山东省社科理论重点研究基地『孔子研究院中外文明交流互鉴研究基地』成果

尼山丛书·国学经典音注

刘续兵 总主编

《诗经》正音释读

魏衍华 崔伟芳 编注

山东教育出版社
·济南·

图书在版编目（CIP）数据

《诗经》正音释读 / 魏衍华，崔伟芳编注．—济南：山东教育出版社，2023. 9（2024.1 重印）

（尼山丛书·国学经典音注 / 刘续兵总主编）

ISBN 978-7-5701-2672-9

Ⅰ.①诗… Ⅱ.①魏… ②崔… Ⅲ.①《诗经》–青少年读物 Ⅳ.①I222.2

中国国家版本馆 CIP 数据核字（2023）第 173147 号

NISHAN CONGSHU · GUOXUE JINGDIAN YINZHU
《SHI JING》ZHENGYIN SHIDU

尼山丛书·国学经典音注　　刘续兵　总主编

《诗经》正音释读　　魏衍华　崔伟芳　编　注

主管单位：山东出版传媒股份有限公司
出版发行：山东教育出版社
地址：济南市市中区二环南路 2066 号 4 区 1 号　　邮编：250003
电话：（0531）82092660　　网址：www.sjs.com.cn
印　　刷：山东临沂新华印刷物流集团有限责任公司
版　　次：2023 年 9 月第 1 版
印　　次：2024 年 1 月第 2 次印刷
开　　本：710 毫米 × 1000 毫米　1/16
印　　张：22.25
字　　数：334 千
定　　价：86.00 元

（如印装质量有问题，请与印刷厂联系调换）印厂电话：0539-2925659

“尼山丛书·国学经典音注”

编委会

总序

在五千多年的发展演变中，中华文明形成了自己的突出特性。第一个特性，就是其突出的连续性。

孔子整理“六经”，自称“述而不作”，全面继承了以前两千五百多年的文明成果，这就是所谓的“先孔子而圣者，非孔子无以明”；同时，孔子又以极大的魄力、高深的学识以及在当时条件下对文献资料尽可能丰富的掌握，“以述为作”而又“寓作于述”，使得以“六经”为代表的典籍整理和传承成果，成为以后两千五百多年中华智慧的源泉，这就是所谓的“后孔子而圣者，非孔子无以法”。中华文明的这种连续性，也因经典的生成而具有了无可替代的神圣性。

对“六经”的整理和删定，其实就是孔子的“创造性转化、创新性发展”，这又成为中华文明创新性的最好注脚。实际上，中华文明的所有突出特性，包括统一性、包容性、和平性，既体现在中华民族几千年来的民生日用中，更体现在中华文化核心经典的流传中。

如果说经典的研究离不开学者们在书斋里创作的“高头讲章”，那么文化的传播则需要适应青少年需求、面向更广大国学爱好者群体的“国风”作品。因此，尼山世界儒学中心（中国孔子基金会秘书处）推出了这套国学经典正音释读丛书，力争以“两创”方针为指导，努力推动中华经典进学校、进课程、进头脑，在广大青少年学生的精神世界落地生根。我们这项工作，其实就是接续先贤经注传统、推动文化落地普及的无数探索中的小小一部分。

丛书力图结合青少年可塑性强的特点，以经典中所凝聚的文化精髓，涵养其精神世界。坚持选取“经典中的经典、精华中的精华”原则，编写、出版校勘精良、读音标准、注释准确，以“大字、注释、注音、诵读”为特色的读本，促使国学经典走进青少年和广大国学爱好者的心灵，让更多人爱上传统文化，增强文化自信和民族自豪感。

丛书分别为《大学》《中庸》《论语》《孟子》《诗经》《道德经》等六部经典正音释读，这六部经典是中华文化最重要、最具有基础性意义的典籍。孔子研究院受山东省委宣传部、尼山世界儒学中心（中国孔子基金会秘书处）的委托，组织精干学术力量开展课题研究，确定了如下编写风格：

一、导言为领。每部作品都以“导言”来提纲挈领。如《大学》对于“大学”与“小学”、“大学”与“大人”、《大学》与曾子、《大学》与道统、《大学》与朱子等核心问题的分析，《中庸》对于其作者、流传、结构、思想的介绍，《论语》对于其书名的由来、编纂者、成书时间、流传版本的阐释，《孟子》对于其成书过程、主要思想、推荐读法等问题的思考，《诗经》对于其“源”与“流”、“诗”与“诗三百”、孔子与“诗三百”、“诗三百”与《诗经》、《诗经》与中华文化的关系等

内容的梳理，《道德经》对于其研究现状、核心概念、政治哲学、生命哲学及其对后世影响的解读，都努力把握要点，向读者讲清楚这些经典的框架、价值及其在中华文化中的地位。

二、章旨为引。为方便读者更好地理解内容，每部经典的篇章都通过“章旨”的形式进行引导解说，综述篇章大义，阐明相关章节在逻辑、义理上的内在联系，以满足广大读者诵读经典的学习需求，并引出与读者对话的主题，帮助提高阅读效率。读者结合“章旨”阅读正文，可见全书结构的纵横条理。

三、正文为经，注释为纬。《大学》《中庸》《论语》《孟子》采用朱子的《四书章句集注》为底本；《诗经》以《十三经注疏》中的《毛诗正义》为底本，并参照“三家诗”对其中的个别字词进行了修订；《道德经》采用王弼注本为底本，也适当地以河上公本、马王堆帛书本、郭店竹简本与北大汉简本等为参校。改订之处均于注释中做出说明。其中的难字、难词，有针对性地进行了注释，力求精练、准确、易懂。某些字词有多种解释时，除选择编者认可的注释外，也适当提供其他说法，供读者参考，以便留有思索的空间。为使读者更好地了解经典的原貌，在繁简字转化时保留了部分常用的古汉语字词，其中有些不常用的生僻字词也依据底本予以保留，力求做到文本的准确无误。

四、注音为辅。注音以音义俱佳、不失考据为原则，并兼顾现代汉语的读音规则。凡有分歧之处，根据文义，汲取历史上注疏经典的经验做法，尤其是参考和借鉴朱子《四书章句集注》正音读、重释义的注解做法，将每个字的读音标注清楚，以便帮助读者理解字义。对一字多音、不好确定的字，查找权威资料，结合现代读音，反复推敲，以确定最佳读音。

编写过程中，参考了古今学者大量研究成果，以参考文献的方式择要列于书后。受人之泽，不敢隐人之美，特此深致谢忱。

书中肯定有不当之处，恳请读者不吝批评指正。

刘续兵

2023 年 8 月

目录

目录

导言

《诗经》原称《诗》“诗三百”，汉代时期开始尊称它为“经”，始有“诗经”之名。《诗经》有305篇诗，人们举成数而言之，称其为“诗三百”。《诗经》是我国最早的一部诗歌总集，收集了大致为商代晚期至春秋中期的诗歌，是中国诗歌的起点。这些诗歌最初是配乐而歌的歌词，诗歌、音乐和舞蹈本为一体，可惜的是在流传过程中乐谱、舞蹈逐渐分离、失传，最后只剩下歌词部分。从文本的结构来看，传世本《诗经》包括《风》《雅》《颂》三部分，其中《风》分为十五部分，通称为“十五国风”；《雅》分为《小雅》《大雅》；《颂》分为《周颂》《鲁颂》和《商颂》。

一、“诗”与“诗三百”

《诗经》中保存的305篇诗歌，创作和编纂时间一般认为是从西周初年至春秋中叶，大约历时500多年的时间，是这一时期中国政治、经济、思想、文化、军事及社会生活等领域的集中反映。那么，这些“诗”的作者是谁？记载的内容是什么？最终又是如何被结集起来的？自古以来，这些问题都被研读《诗经》的人关注和探讨，但是始终没有明确的答案。研讨上述问题，是读懂《诗经》的前提，也是揭示《诗经》自身文化魅力的重要前提。

关于《诗经》中"诗"的作者问题，历代学者作过许多考证，但是大多数结论并不能为学者们普遍信服。究其原因，是《诗经》中的大部分"诗"属于民歌性质，是经过长期流传、多人加工后形成的，著作权很大程度上属于集体，所以他们的名字很难被记录和流传下来。即便有些"诗"涉及作者的姓名、身份，如《小雅·节南山》中有"家父作诵，以究王讻"的记载，《大雅·崧高》中有"吉甫作诵，其诗孔硕"的记载，"家父""吉甫"等名字终究淹没于漫长的历史洪流之中而无法知晓其来龙去脉。目前学者公认有相对确切作者的"诗"，只有《鄘风·载驰》等极少几篇。

《诗经》中的《风》《雅》《颂》三部分题材不同，反映的内容和承载的功能也存在一定差异。《风》是周初至春秋各地的民歌民谣，包括《周南》《召南》《邶风》《鄘风》《卫风》《王风》《郑风》《齐风》《魏风》《唐风》《秦风》《陈风》《桧风》《曹风》《豳风》十五部分；《雅》是周代京师一带正统的乐曲，是相对于《风》的地域性而言的；《颂》则是一种载歌载舞的宗庙乐歌，主要用于祭祀或者其他重大活动。就《风》各篇的诗名和内容而言，大致可以推断它们的产生地为今天的陕西、河南、山西、山东、河北及湖北北部等广袤的区域。西周时期设置"采诗官"，周天子派专人到各地采集民歌民谣，整理后上报给周王室，其目的是"观风俗，知得失，自考正"。

《国语·周语》记载，"天子听政，使公卿至于列士献诗"，

因而地方各级官吏有“献诗”以供“天子听政”的职责。通过“采诗”和“献诗”，周王室最终应该存有大量的诗篇，《史记·孔子世家》中就有“古者诗三千余篇”的记载。可以想象，从规模如此庞大的诗篇中选取具有最高资政价值的诗篇，从一开始就是摆在周王室诗歌整理者面前的一项极为重要的使命。从整理到选编，从选编到运用，从运用到结集，无不影响着“诗三百”的全貌。

尽管时至今日仍然无法断定“诗三百”最终的整理者是谁，但是从传世文献的记载来看，春秋中期就已经基本完成相应的结集工作。据《左传·襄公二十九年》记载，吴公子季札赴鲁观周乐，鲁国乐工分别演奏了《风》《雅》《颂》各部分的乐歌，此时的编排顺序和传世本的“诗三百”有略微差异，而大体内容基本相同。这些诗篇，如同一幅幅生动的历史画卷，再现了殷商末年至春秋中期各阶层的生活状况和社会面貌。

二、孔子与“诗三百”

“孔子删诗”说的是中国《诗经》学史上的重要问题之一，《史记·孔子世家》记载：“古者《诗》三千余篇，及至孔子，去其重。”自司马迁此说之后，孔子删三千篇诗为三百的说法一度广为流传。如上述所言，在春秋中期、孔子时代以前，“诗三百”就已经基本完成结集甚至是定型了，“诗三百”并非由孔子删减而成，但这并不是说它与孔子没有关系，实际上二者的关系极为密切。根据春秋时期的学制，孔子十五岁“志于学”的内容就包括“诗三百”，而且他对“诗三百”有着非常独到的感悟，并在此后的教学中将他的感悟传授给了弟子们。《论语·阳货》

篇记载孔子说："小子何莫学夫《诗》?《诗》，可以兴，可以观，可以群，可以怨。迩之事父，远之事君。多识于鸟兽草木之名。"朱子说，这里"兴"的意思是"感发志意"，"观"的意思是"考见得失"，"群"的意思是"和而不流"，"怨"的意思是"怨而不怒"。孔子认为,《诗》有非常强的教育功能，通过学习《诗》可以启发人的思想志气，可以培养人的辨察能力，可以指导人的交际能力，可以引领人的为政能力，对个人修养和能力的培养具有重要价值。这体现出了孔子"诗教"的"温柔敦厚"(《礼记·经解》)特点。

"诗三百"还有着极强的社会教化功能："迩之事父，远之事君。"这是先秦时期士人处理与父母、国君之间关系的基本准则。据南朝学者皇侃《论语义疏》的解释,《诗》有《凯风》《白华》，相戒以养，是近有事父母之道;《雅》《颂》蕴含君臣之法，是远有事君之道。在研读"诗三百"时，如果无法体悟到上述的功能，读者至少也能增长相应的文化知识，即孔子说的"多识草木鸟兽之名"。后世学者对《诗经》中"鸟兽草木之名"的数量进行过统计，清代学者徐雪樵在三国时期吴人陆玑《毛诗草木鸟兽虫鱼疏》的基础上，发现《诗经》所载动植物总数355种，其中鸟类38种，兽类29种，虫类27种，鱼类19种，草木类242种。

孔子非常看重"诗三百"中所蕴含的教化作用,《论语·为政》篇中孔子说："《诗》三百,一言以蔽之，曰'思无邪'。""思无邪"一语出自《鲁颂·駉》，意思是"诗三百"的内容，无论是孝子、忠臣、怨男、愁女，皆为至情流溢，直写衷曲，毫无伪托虚徐。通过研习这些诗篇，人们能够归于本真和性

情。孔子曾告诉儿子孔鲤说："汝为《周南》《召南》矣乎？人而不为《周南》《召南》，其犹正墙面而立也与？"(《论语·阳货》)并告诫孔鲤说："不学《诗》，无以言。不学礼，无以立。"学《诗》、学礼，就成为孔氏家学的优良传统，也逐渐成为中国传统学校教育中至关重要的内容。

孔子不仅重视"诗教"，而且还对"诗三百"做过极为细致的整理工作。《史记·孔子世家》记载：

> 古者诗三千余篇，及至孔子，去其重，取其可施于礼义，上采契、后稷，中述殷、周之盛，至幽、厉之缺，始于衽席，故曰："《关雎》之乱以为《风》始，《鹿鸣》为《小雅》始，《文王》为《大雅》始，《清庙》为《颂》始。"三百五篇孔子皆弦歌之，以求合《韶》《武》《雅》《颂》之音。

周游列国返回鲁国之后，孔子依据周礼对当时鲁国社会及宫廷用乐进行整理，重新审定《风》《雅》《颂》各部分的顺序，而且对这305首诗"皆弦歌之"，期望依此纠正春秋中期礼崩乐坏的社会秩序。"诗三百"遂成为孔子亲手编订的第一部经典文献。

三、"诗三百"与《诗经》

孔子及其之前的时代，"诗三百"仍属于"礼乐"的重要组成部分，主要由周王室及诸侯国的乐官们掌管。"诗三百"是指狭义的"诗"，也就是"礼乐"的文字部分；"乐"是指狭义的

“乐”，也就是“礼乐”的音乐部分，二者共同构成宫廷所用之乐。随着春秋时期礼崩乐坏程度的日益加剧，与“《韶》《武》《雅》《颂》之音”相合的“礼乐精神”逐渐丢失，即便是将其用在宫廷上，也只能是像“八佾舞于庭”(《论语·八佾》)般装潢一下门面而已。从这样的意义上说，“诗”是真的“亡”了。原来由“诗”和“乐”构成的教化之道，只能交付于历史，交付于懂它们的后来者。

在“王者之迹息”(《孟子·离娄下》)后，“诗三百”得以生存的政治环境、文化空间皆不复存在，也就再难以进入官方意识形态。然而，作为狭义“诗”的文字却流传了下来，并在战国时期的诸子百家之间广泛流传，正如《庄子·天下》所说：

> 古之人其备乎！配神明，醇天地，育万物，和天下，泽及百姓，明于本数，系于末度，六通四辟，小大精粗，其运无乎不在。其明而在数度者，旧法世传之史尚多有之；其在于《诗》《书》《礼》《乐》者，邹鲁之士、缙绅先生多能明之。《诗》以道志，《书》以道事，《礼》以道行，《乐》以道和，《易》以道阴阳，《春秋》以道名分。其数散于天下而设于中国者，百家之学时或称而道之。

秦代之时，虽经历了“焚书”事件，“诗三百”的传承却经久不衰，汉代及其后的学者都将这一孔子整理过的经典文献奉为圭臬，传习者络绎不绝。汉代传习《诗经》者主要有鲁、齐、韩、毛四家。《鲁诗》出于汉文帝博士鲁人申公，《齐诗》出于汉景帝博士齐人辕固生，《韩诗》出于汉文帝博士韩婴，《毛诗》

出于河间献王博士毛亨。《鲁诗》《齐诗》和《韩诗》为“今文经”，即用汉初通行的隶书写定的文本，而《毛诗》为“古文经”，是用先秦使用的籀文（大篆）写定的文本。西汉时鲁、齐、韩三家诗被立为博士，成为官学，完成了从“诗三百”到《诗经》的转变。东汉以后，《毛诗》盛行，成为《诗经》传承最重要的载体，而《鲁诗》《齐诗》和《韩诗》则逐渐衰亡。

四、《诗经》与中华文化传承

汉代以降，历代皆有学者为《毛诗》作注疏，其中最具代表性的著作是东汉末年经学大师郑玄的《诗经笺》。至唐孔颖达作《毛诗正义》，将唐以前《毛诗》的各家注疏进行汇集，成为《诗经》注疏的集成之作。随着宋代理学的兴盛，探索诗篇的本义成为《诗经》学的主流，朱子所作《诗集传》逐渐成为此后士子考取功名的必读书目。清代乾嘉时期，汉学（主张追溯汉儒古训，以昭示孔孟之道）复兴，整理、校勘、音韵、训诂之学兴盛，有关《诗经》的考据著作数量之多、成就之高，可谓达到历史的鼎盛时期，代表作有陈启源的《毛诗稽古编》、马瑞辰的《毛诗传笺通释》、胡承珙的《毛诗后笺》，以及陈奂的《诗毛氏传疏》等等。

清代还有些学者突破《诗经》固有的注疏传统，着重探寻《诗经》文本中蕴含的义理，如方玉润的《诗经原始》，力主“循文按义”求得每首诗的主旨；王先谦的《诗三家义集疏》，搜集鲁、齐、韩三家遗说，成为清代时期“三家诗”的集成之作。民国时期，学者们进一步突破传统的烦琐考据和穿凿附会旧说，尤其注重对《诗经》本义的解读，代表作如林光义的《诗经通解》、吴闿生的《诗义会通》、闻一多的《诗经通义》和《诗经新义》等。新中国成立以来，《诗经》的现代译注著作更如雨后春笋般涌现出来，出现了如余冠英的《诗经注》、蒋立甫的《诗经选注》、程俊英的《诗经注析》、高亨的《诗经今注》等经典注本。

进入新时期，作为中华元典的《诗经》再次引起学术界的高度关注，学术研究进入到一个新的时代。学者们既注重研究《诗经》本身，也研究注解《诗经》的历代作品，形成了具有独特中国风格的《诗经》学史，代表作有洪湛侯的《诗经学史》、胡朴安的《诗经学》、王长华的《〈诗经〉学论稿》等。同时，1993年成立的中国诗经学会，注重《诗经》辞典的编纂工作，于2014年出版了《诗经学大辞典》。该辞典分为传统诗经学、现代诗经学和世界诗经学三大部分，是一部学术性、知识性、资料性为一体的专书学术辞典。

与此同时，《诗经》的普及工作也进入崭新的时代，出版了众多的注释本、全译本、注音本，推动着《诗经》进入更多人的视野。我们这本《〈诗经〉正音释读》以《毛诗正义》为底本，参照“三家诗”对个别字词进行了修正。本书注音参照通行的注音本，根据编注者的理解对《诗经》305首诗全部添加了注音。《诗经》作为一部历久弥新的中华传世经典，此前的众多注疏者对其主旨及字词文义的诠释存在不小的差别，为不妨碍大家正常阅读，本音注版只对必要的字词进行注释，以辅助广大读者阅读和理解《诗经》。

《风》也称《国风》。“国”是指周天子所封诸侯国的区域，“风”是指反映民俗的歌谣之类的一种文学体裁。《毛诗序》中说：“风，风也，教也。风以动之，教以化之。……上以风化下，下以风刺上，主文而谲谏，言之者无罪，闻之者足戒，故曰风。”“是一国之事，系一人之本，谓之风”，这是“风”的作用。从内容来源上说，《国风》是由周王室的“遒人”从各诸侯国处采集或地方官员自献而来的，皆为各地民风民俗以及社会教化状况的一种文学化反映，共160篇，包括《周南》《召南》《邶风》《鄘风》《卫风》《王风》《郑风》《齐风》《魏风》《唐风》《秦风》《陈风》《桧风》《曹风》和《豳风》十五个部分。

zhōu nán

周南

“周”，地名（一说国名），在古雍州岐山之阳，位于今陕西岐山县西南，周之先公古公亶父始居于此，是姬周族的重要发迹地、龙兴地。姬周建国后，经季历和姬昌父子的发展和壮大，将都城迁到丰地。周之故地岐山以南被分给姬周王朝重要功臣周公旦、召公奭作为采邑，这也是周公、召公之名的来历。由于采邑不能被称为“国”，自然不能被称为《周风》，而以《周南》代替，即如季札聘鲁观乐时，“使工为之歌《周南》《召南》，曰：‘美哉！始基之矣”，“美哉”是对音乐的赞美，“始基之矣”是对歌词的讨论，表示这里是西周基业开始的地方。《周南》中的“诗”大多数是西周末年、东周初年的作品，现存有11篇，涉及婚姻嫁娶、思妇征夫、劳动打猎等内容，是研究周代时期社会风俗的重要文献之一。

当然，就《周南》《召南》的命名问题，学术界一直众说纷纭，代表性观点有“周原说”“洛邑说”“分陕说”“南为国名说”等。其中，以朱熹《诗集传》的观点为代表，说：“周，国名。南，南方诸侯之国也……南方诸侯之国，江沱汝汉之间”，将“南”解释为江汉流域的南方区域。按照《礼记·王制》中“天子命其大夫为三监，监方伯之国”的说法，周公、召公代替周天子监督治理某些区域，而《周南》《召南》就是采自周公、召公监督治理下方国内的诗歌，这种说法对后世产生了非常深刻的影响。

guān jū
关雎

guān guān jū jiū　zài hé zhī zhōu
关关雎鸠①，在河之洲。

yǎo tiǎo shū nǚ　jūn zǐ hǎo qiú
窈窕淑女，君子好逑②。

cēn cī xìng cài　zuǒ yòu liú zhī
参差荇菜，左右流之③。

yǎo tiǎo shū nǚ　wù mèi qiú zhī
窈窕淑女，寤寐求之④。

qiú zhī bù dé　wù mèi sī fú
求之不得，寤寐思服⑤。

yōu zāi yōu zāi　zhǎn zhuǎn fǎn cè
悠哉悠哉，辗转反侧⑥。

cēn cī xìng cài　zuǒ yòu cǎi zhī
参差荇菜，左右采之。

yǎo tiǎo shū nǚ　qín sè yǒu zhī
窈窕淑女，琴瑟友之⑦。

cēn cī xìng cài　zuǒ yòu mào zhī
参差荇菜，左右芼之⑧。

yǎo tiǎo shū nǚ　zhōng gǔ lè zhī
窈窕淑女，钟鼓乐之⑨。

①关关：鸟和鸣的声音。雎鸠：水鸟名。②淑：好，善。君子：贵族男子。逑：配偶。③参差：长短、高低不齐的样子。荇菜：水草。流：捞取。④寤：睡醒。寐：睡着。⑤思、服：思念，想念。一说思为语助词。⑥悠：思念。辗转、反侧：翻来覆去，形容难以入眠的样子。⑦友：亲近，友爱。⑧芼：摘取。⑨乐之：使动用法，使之乐，使之欢乐。

gé tán

葛覃

gé zhī tán xī　yì yú zhōng gǔ　wéi yè qī qī

葛之覃兮，施于中谷，维叶萋萋①。

huáng niǎo yú fēi　jí yú guàn mù　qí míng jiē jiē

黄鸟于飞，集于灌木②，其鸣喈喈。

gé zhī tán xī　yì yú zhōng gǔ　wéi yè mò mò

葛之覃兮，施于中谷，维叶莫莫③。

shì yì shì huò　wéi chī wéi xì　fú zhī wú yì

是刈是濩，为絺为绤，服之无斁④。

yán gào shī shì　yán gào yán guī　bó wū wǒ sī

言告师氏，言告言归⑤。薄污我私，

bó huàn wǒ yī　hé huàn hé fǒu　guī níng fù mǔ

薄浣我衣⑥。害浣害否，归宁父母⑦。

juǎn ěr

卷耳

cǎi cǎi juǎn ěr　bù yíng qīng kuāng

采采卷耳，不盈顷筐⑧。

① 葛：藤本蔓生植物。覃：长，延长。施：蔓延。中谷：谷中。维：句首助词。萋萋：茂盛的样子。② 集：鸟停在树上。③ 莫莫：茂盛的样子。④ 刈：割取，收割。濩：煮。絺：细布。绤：粗布。服：穿衣服。斁：厌弃、厌倦。⑤ 言：助词，用在动词前，无实义。师氏：女师。⑥ 薄：句首语气词。污、浣：洗衣服。私：内衣。衣：外衣。⑦ 害：通“曷”（hé），疑问代词，哪些。归宁：出嫁的女子回娘家。⑧ 卷耳：蔓生植物。盈：满，充满。

jiē wǒ huái rén, zhì bǐ zhōu háng
嗟我怀人，寘彼周行①。
zhì bǐ cuī wéi, wǒ mǎ huī tuí
陟彼崔嵬，我马虺隤②。
wǒ gū zhuó bǐ jīn léi, wéi yǐ bù yǒng huái
我姑酌彼金罍，维以不永怀。
zhì bǐ gāo gāng, wǒ mǎ xuán huáng
陟彼高冈，我马玄黄③。
wǒ gū zhuó bǐ sì gōng, wéi yǐ bù yǒng shāng
我姑酌彼兕觥，维以不永伤④。
zhì bǐ jū yǐ, wǒ mǎ tú yǐ
陟彼砠矣，我马瘏矣⑤。
wǒ pú pū yǐ, yún hé xū yǐ
我仆痡矣，云何吁矣⑥。

jiū mù
樛木

nán yǒu jiū mù, gé lěi léi zhī
南有樛木，葛藟累之⑦。
lè zhǐ jūn zǐ, fú lǚ suí zhī
乐只君子，福履绥之⑧。

① 嗟：叹息声。怀人：所怀念的人。寘：即置，放置。② 陟：升，登上。崔嵬：高山。虺隤：病。③ 玄黄：疲病。④ 酌：斟酒。兕觥：犀牛角做的酒杯。维：句首语助词。⑤ 砠：山丘。瘏：病。⑥ 痡：疲劳不能前进。云何：多么。吁：忧愁。⑦ 葛、藟：藤本蔓生植物。累：缠绕，覆盖，蔓延。⑧ 只：句中语气词。福履：福禄。绥：安，安享。

nán yǒu jiū mù gé lěi huāng zhī
南有樛木，葛藟荒之①。
lè zhǐ jūn zǐ fú lǚ jiāng zhī
乐只君子，福履将之②。
nán yǒu jiū mù gé lěi yíng zhī
南有樛木，葛藟萦之③。
lè zhǐ jūn zǐ fú lǚ chéng zhī
乐只君子，福履成之④。

zhōng sī
螽斯

zhōng sī yǔ shēn shēn xī
螽斯羽，诜诜兮⑤。
yí ěr zǐ sūn zhēn zhēn xī
宜尔子孙，振振兮⑥。
zhōng sī yǔ hōng hōng xī
螽斯羽，薨薨兮⑦。
yí ěr zǐ sūn shéng shéng xī
宜尔子孙，绳绳兮⑧。
zhōng sī yǔ jí jí xī
螽斯羽，揖揖兮⑨。
yí ěr zǐ sūn zhé zhé xī
宜尔子孙，蛰蛰兮⑩。

①荒：覆盖。②将：扶助。③萦：缠绕。④成：成就。⑤螽：蚂蚱，蚱蜢。羽：翅膀。诜诜：密集群聚的样子。⑥宜：多，众多。振振：繁盛众多的样子。⑦薨薨：昆虫群飞时翅膀振动的声音。⑧绳绳：连绵不断的样子。⑨揖揖：会聚的样子。⑩蛰蛰：和谐的样子。

táo yāo
桃夭

táo zhī yāo yāo, zhuó zhuó qí huā
桃之夭夭，灼灼其华①。

zhī zǐ yú guī, yí qí shì jiā
之子于归，宜其室家②。

táo zhī yāo yāo, yǒu fén qí shí
桃之夭夭，有蕡其实③。

zhī zǐ yú guī, yí qí jiā shì
之子于归，宜其家室。

táo zhī yāo yāo, qí yè zhēn zhēn
桃之夭夭，其叶蓁蓁。

zhī zǐ yú guī, yí qí jiā rén
之子于归，宜其家人。

tù jū
兔罝

sù sù tù jū, zhuó zhī zhēng zhēng
肃肃兔罝，椓之丁丁④。

jiū jiū wǔ fū, gōng hóu gān chéng
赳赳武夫，公侯干城⑤。

①夭夭：草木柔嫩美盛的样子。灼灼：色彩鲜明的样子。华："花"的古字。②之：指示代词，这，此。之子：这个女子。归：出嫁。宜：善，和睦。③有：助词。蕡：大，肥硕，一说果实成熟的样子。④肃肃：整齐严密的样子。罝：捕兽网。椓：敲击，敲打。丁丁：敲打声。⑤干城：捍卫保护。

suō suō tù jū yì yú zhōng kuí
肃肃兔罝，施于中逵①。

jiū jiū wǔ fū gōng hóu hǎo qiú
赳赳武夫，公侯好仇②。

suō suō tù jū yì yú zhōng lín
肃肃兔罝，施于中林。

jiū jiū wǔ fū gōng hóu fù xīn
赳赳武夫，公侯腹心。

fú yǐ
芣苢

cǎi cǎi fú yǐ bó yán cǎi zhī
采采芣苢，薄言采之③。

cǎi cǎi fú yǐ bó yán yǒu zhī
采采芣苢，薄言有之④。

cǎi cǎi fú yǐ bó yán duō zhī
采采芣苢，薄言掇之⑤。

cǎi cǎi fú yǐ bó yán luō zhī
采采芣苢，薄言捋之⑥。

cǎi cǎi fú yǐ bó yán jié zhī
采采芣苢，薄言袺之⑦。

cǎi cǎi fú yǐ bó yán xié zhī
采采芣苢，薄言襭之⑧。

① 逵：通达的道路。② 好：善，好的。仇：助手。③ 芣苢：植物名，俗称车前子。薄言：用于动词前的助词。④ 有：取，采。⑤ 掇：拾取。⑥ 捋：用手握住抹取。⑦ 袺：用衣襟兜东西。⑧ 襭：犹“袺”。

汉广

hàn guǎng

nán yǒu qiáo mù bù kě xiū xī
南有乔木，不可休思①。

hàn yǒu yóu nǚ bù kě qiú sī
汉有游女，不可求思。

hàn zhī guǎng yǐ bù kě yǒng sī
汉之广矣，不可泳思。

jiāng zhī yǒng yǐ bù kě fāng sī
江之永矣，不可方思②。

qiáo qiáo cuò xīn yán yì qí chǔ
翘翘错薪，言刈其楚③。

zhī zǐ yú guī yán mò qí mǎ
之子于归，言秣其马④。

hàn zhī guǎng yǐ bù kě yǒng sī
汉之广矣，不可泳思。

jiāng zhī yǒng yǐ bù kě fāng sī
江之永矣，不可方思。

qiáo qiáo cuò xīn yán yì qí lóu
翘翘错薪，言刈其蒌⑤。

zhī zǐ yú guī yán mò qí jū
之子于归，言秣其驹。

①休：休息。思：句末助词，同“矣”。②永：水流长。方：本指用竹木编成的筏子，这里指乘筏子过河。③薪：木柴，柴草，错薪：杂乱的柴草。楚：植物名，即荆。④秣：喂养马匹。⑤蒌：植物名，蒌蒿。

hàn zhī guǎng yǐ, bù kě yǒng sī.
汉之广矣，不可泳思。
jiāng zhī yǒng yǐ, bù kě fāng sī.
江之永矣，不可方思。

rǔ fén
汝坟

zūn bǐ rǔ fén, fá qí tiáo méi
遵彼汝坟，伐其条枚①。
wèi jiàn jūn zǐ, nì rú zhāo jī
未见君子，惄如调饥②。
zūn bǐ rǔ fén, fá qí tiáo yì
遵彼汝坟，伐其条肄③。
jì jiàn jūn zǐ, bù wǒ xiá qì
既见君子，不我遐弃④。
fáng yú chēng wěi, wáng shì rú huǐ
鲂鱼赪尾，王室如燬⑤。
suī zé rú huǐ, fù mǔ kǒng ěr
虽则如燬，父母孔迩⑥！

①遵：沿着，顺着。汝：水名。坟：堤坝，堤岸。伐：砍。条：树枝。枚：树干。②君子：妻子称呼丈夫。惄：思也，忧思。调：通“朝”(zhāo)，早晨。③肄：嫩树枝。④不我遐弃：倒装句，即“不遐弃我”，不会远远地抛弃我。⑤赪：红色。燬：火，烈火焚烧，这里用来形容王政的凶狠残暴。⑥孔：很，非常。迩：近。此句大意或为：尽管王政残暴（君子不得不去行役），幸而归来后父母仍然安在。

麟之趾

lín zhī zhǐ

lín zhī zhǐ　zhēn zhēn gōng zǐ　xū jiē lín xī
麟之趾，振振公子，于嗟麟兮[①]。

lín zhī dìng　zhēn zhēn gōng xìng　xū jiē lín xī
麟之定，振振公姓[②]，于嗟麟兮。

lín zhī jiǎo　zhēn zhēn gōng zú　xū jiē lín xī
麟之角，振振公族[③]，于嗟麟兮。

①麟：麒麟。趾：足，这里指蹄子。振振：仁厚的样子。公子：公之子，诸侯的儿子，贵族子弟。于嗟：通“吁嗟”（xū jiē），叹词。②定：额头。公姓：公同姓，与诸侯同祖父的贵族子弟。③公族：公同族，与诸侯同高祖的贵族子弟。

shào nán

召南

“召”，地名，也在古雍州岐山之阳，位于今陕西岐山县西南，是姬周王朝重要功臣召公姬奭的采邑，也是召公之所以被称为召公的原因。该区域曾深受召公高贵品德的影响，以《甘棠》为例，《毛诗序》中说：“《甘棠》，美召公也。召伯之教，明于南国。”由于召公的采邑不能被称为“国”，自然也不能被称为《召风》，而以《召南》代替。这些诗歌产生的时间、反映的内容与《周南》基本一致，现存14篇，主要内容涉及婚姻嫁娶、思妇征夫、劳动打猎等内容，也是研究西周至春秋中期社会风俗的重要文献。

鹊巢
què cháo

wéi què yǒu cháo, wéi jiū jū zhī. zhī zǐ yú guī, bǎi liàng yà zhī
维鹊有巢，维鸠居之。之子于归，百两御之①。

wéi què yǒu cháo, wéi jiū fāng zhī. zhī zǐ yú guī, bǎi liàng jiāng zhī
维鹊有巢，维鸠方之②。之子于归，百两将之③。

wéi què yǒu cháo, wéi jiū yíng zhī. zhī zǐ yú guī, bǎi liàng chéng zhī
维鹊有巢，维鸠盈之④。之子于归，百两成之⑤。

采蘩
cǎi fán

yú yǐ cǎi fán? yú zhǎo yú zhǐ. yú yǐ yòng zhī? gōng hóu zhī shì
于以采蘩？于沼于沚。于以用之？公侯之事⑥。

yú yǐ cǎi fán? yú jiàn zhī zhōng. yú yǐ yòng zhī? gōng
于以采蘩？于涧之中。于以用之？公

①两：即“辆”。御：通“讶”或“迓”(yà)，迎接。②方：有，占有。③将：送，护送。④盈：满，充满。⑤成：完成，这里指完成婚礼。⑥于以：在何处。事：祭祀之事。

hóu zhī gōng
侯之宫①。

bì zhī tóng tóng sù yè zài gōng bì zhī qí qí
被之僮僮，夙夜在公②。被之祁祁③，

bó yán huán guī
薄言还归。

cǎo chóng
草虫

yāo yāo cǎo chóng tì tì fù zhōng wèi jiàn jūn zǐ
喓喓草虫，趯趯阜螽④。未见君子，

yōu xīn chōng chōng
忧心忡忡。

yì jì jiàn zhǐ yì jì gòu zhǐ wǒ xīn zé xiáng
亦既见止，亦既觏止，我心则降⑤。

zhì bǐ nán shān yán cǎi qí jué wèi jiàn jūn zǐ yōu
陟彼南山，言采其蕨。未见君子，忧

xīn chuò chuò
心惙惙。

yì jì jiàn zhǐ yì jì gòu zhǐ wǒ xīn zé yuè
亦既见止，亦既觏止，我心则说⑥。

①宫：宗庙。②被：通“髲”（bì），用假发编成的妇女头饰。僮僮：首饰华美的样子。夙夜：日夜。公：公门，办公的地方。③祁祁：首饰繁多又华丽的样子。④喓喓：虫叫声。草虫：蝈蝈。阜：大。阜螽：大蚱蜢。⑤亦：助词，无实义。止：句末语气词，犹“之”（zhī）。觏：通“遘”（gòu），相遇，遇见。降：下，放下。⑥说：通“悦”（yuè），喜悦。

陟彼南山，言采其薇。未见君子，我心伤悲。

亦既见止，亦既觏止，我心则夷①。

采蘋

于以采蘋？南涧之滨。于以采藻？于彼行潦②。

于以盛之？维筐及筥。于以湘之？维锜及釜③。

于以奠之？宗室牖下④。谁其尸之？有齐季女⑤。

①夷：平静，喜悦。②行潦：流水。③湘：通“鬺”(shāng)，烹煮。锜、釜：煮食的锅，三足为锜，无足为釜。④奠：陈设祭品。宗室：宗庙。牖：窗户。⑤尸：主持祭祀。齐：通“斋”(zhāi)，古代祭祀之前洁净身心以表示虔诚。季女：少女。

gān táng

甘棠

bì fèi gān táng wù jiǎn wù fá shào bó suǒ bá

蔽芾甘棠，勿翦勿伐，召伯所茇①。

bì fèi gān táng wù jiǎn wù bài shào bó suǒ qì

蔽芾甘棠，勿翦勿败②，召伯所憩。

bì fèi gān táng wù jiǎn wù bài shào bó suǒ shuì

蔽芾甘棠，勿翦勿拜，召伯所说③。

háng lù

行露

yì yì háng lù qǐ bú sù yè wèi háng duō lù

厌浥行露，岂不夙夜？谓行多露④。

shuí wèi què wú jiǎo hé yǐ chuān wǒ wū shuí wèi rǔ wú jiā hé yǐ sù wǒ yù suī sù wǒ yù shì jiā bù zú

谁谓雀无角？何以穿我屋？谁谓女无家⑤？何以速我狱？虽速我狱，室家不足⑥。

①蔽芾：树木枝叶茂盛的样子。翦：剪断，除去。茇：居住，住宿。②败：砍伐，毁坏。③拜：拔掉。说：通“税”(shuì)，停车休息。④厌浥：潮湿的样子。行：道路。露：露水。谓：通“畏”(wèi)，畏惧，害怕。⑤角：鸟嘴。女：即“汝”(rǔ)，你。⑥速：招致，引起。狱：诉讼，官司。足：充足。室家不足：倒装句，即“不足室家”。郑笺曰：“室家不足谓媒妁之言不知六礼之来强委之。”

谁谓鼠无牙？何以穿我墉①？谁谓女无家？何以速我讼？虽速我讼，亦不女从！

羔羊

羔羊之皮，素丝五纶②。退食自公，委蛇委蛇③。

羔羊之革④，素丝五緎。委蛇委蛇，自公退食。

羔羊之缝，素丝五总⑤。委蛇委蛇，退食自公。

① 墉：墙。此诗大意为一名女子坚决拒绝男子的婚姻。② 素：白色。丝：丝线。③ 退食自公：即自公食而退，从公门吃完饭退朝回家。委蛇：从容自得的样子。④ 革：去毛的兽皮。⑤ 缝：皮革。总：量词，犹上之“纶”“緎”，表示丝数。王引之《经义述闻》卷五曰：“五丝为纶，四纶为緎，四緎为总。”

yǐn qí léi
殷其雷

yǐn qí léi zài nán shān zhī yáng hé sī wéi sī
殷其雷，在南山之阳①。何斯违斯，
mò gǎn huò huáng zhēn zhēn jūn zǐ guī zāi guī zāi
莫敢或遑②？振振君子，归哉归哉！

yǐn qí léi zài nán shān zhī cè hé sī wéi sī mò
殷其雷，在南山之侧。何斯违斯，莫
gǎn huáng xī zhēn zhēn jūn zǐ guī zāi guī zāi
敢遑息？振振君子，归哉归哉！

yǐn qí léi zài nán shān zhī xià hé sī wéi sī mò
殷其雷，在南山之下。何斯违斯，莫
huò huáng chǔ zhēn zhēn jūn zǐ guī zāi guī zāi
或遑处③？振振君子，归哉归哉！

biào yǒu méi
摽有梅

biào yǒu méi qí shí qī xī qiú wǒ shù shì dài
摽有梅，其实七兮④。求我庶士，迨
qí jí xī
其吉兮⑤。

①殷：雷声。阳：山的南面。②斯：指示代词，这，这样。违：离开，远去。何斯违斯：为何这时离开家。或：有。遑：闲暇。③处：居住。莫或遑处：不敢停留。④摽：落下。七：七成，十分之七。其实七兮：果实只剩七成了。⑤庶：多，众多。迨：趁着。吉：吉日。

biào yǒu méi　qí shí sān xī　qiú wǒ shù shì　dài qí
摽有梅，其实三兮。求我庶士，迨其
jīn xī
今兮。

biào yǒu méi　qīng kuāng jì zhī　qiú wǒ shù shì　dài
摽有梅，顷筐塈之①。求我庶士，迨
qí huì zhī
其谓之②。

xiǎo xīng
小星

huì bǐ xiǎo xīng　sān wǔ zài dōng　sù sù xiāo zhēng
嘒彼小星，三五在东。肃肃宵征③，
sù yè zài gōng　shí mìng bù tóng
夙夜在公。寔命不同④！

huì bǐ xiǎo xīng　wéi shēn yǔ mǎo　sù sù xiāo zhēng
嘒彼小星，维参与昴⑤。肃肃宵征，
bào qīn yǔ chóu　shí mìng bù yóu
抱衾与裯⑥。寔命不犹⑦！

①塈：取。②谓：假借为“会”（huì），即《周礼·媒氏》“中春之月，令会男女。于是时也，奔者不禁”之“会”。③肃肃：急急忙忙的样子。宵征：晚上赶路。④寔：是，此。⑤嘒：微小的样子。参、昴：星宿名。⑥衾：被子。裯：床帐。⑦犹：如，同。

jiāng yǒu sì
江有汜

jiāng yǒu sì zhī zǐ guī bù wǒ yǐ bù wǒ yǐ
江有汜，之子归，不我以①。不我以，
qí hòu yě huǐ
其后也悔！

jiāng yǒu zhǔ zhī zǐ guī bù wǒ yǔ bù wǒ yǔ
江有渚，之子归，不我与②。不我与，
qí hòu yě chǔ
其后也处③！

jiāng yǒu tuó zhī zǐ guī bù wǒ guò bù wǒ guò
江有沱，之子归，不我过④。不我过，
qí xiào yě gē
其啸也歌⑤！

yě yǒu sǐ jūn
野有死麕

yě yǒu sǐ jūn bái máo bāo zhī yǒu nǚ huái chūn
野有死麕，白茅包之⑥。有女怀春，
jí shì yòu zhī
吉士诱之⑦。

①汜：水的支流。之子归：这个男子回家，一说这个男子娶妻，一说丈夫的新欢出嫁（到丈夫家）。以：动词，与。不我以：即“不以我”，不和我一起。②渚：水中小洲。与：同，和。③处：忧伤，忧愁。其后也处：日后必定忧愁。④沱：支流。过：过访，到访。⑤啸：哭号。歌：悲歌。⑥麕：动物名，獐子。白茅：植物名。⑦怀春：爱情萌发。诱：引诱。

林有朴樕①，野有死鹿。白茅纯束②，有女如玉。

“舒而脱脱兮，无感我帨兮，无使尨也吠③。”

何彼襛矣

何彼襛矣④，唐棣之华！曷不肃雍⑤？王姬之车。

何彼襛矣，华如桃李！平王之孙，齐侯之子。

其钓维何？维丝伊缗⑥。齐侯之子，

①朴樕：丛生的小树。②纯：通“屯”（tún），捆，束。③舒：迟缓，从容。脱脱：从容缓慢的样子。感：通“撼”（hàn），触动。帨：女子的佩巾。尨：多毛的狗。此句为女子的话。④何：副词，多么。襛：花木繁密茂盛的样子。⑤曷：何。肃雍：庄严和谐。⑥钓：钓鱼，这里用作名词，指钓鱼的线。维、伊：助词，是。缗：双股的丝线。维丝伊缗：意为用单股丝线和双股丝线做钓鱼的线，喻男女合婚。

píng wáng zhī sūn
平王之孙。

zōu yú
驺虞

bǐ zhuó zhě jiā　yī fā wǔ bā　xū jiē hū zōu yú
彼茁者葭，壹发五豝，于嗟乎驺虞①！

bǐ zhuó zhě péng　yī fā wǔ zōng　xū jiē hū zōu yú
彼茁者蓬，壹发五豵，于嗟乎驺虞②！

① 葭：植物名，芦苇。茁：植物旺盛的样子。发：射箭。豝：野猪，《广雅·释兽》曰："兽一岁为豵，二岁为豝，三岁为特。"驺虞：官名，掌管豢养鸟兽牲畜。② 蓬：草名，蓬蒿。豵：一岁的野猪。

bèi fēng

邶风

邶、鄘、卫，皆为殷商故地，在其都城朝歌一带。周武王灭商之后，三分其地，朝歌之北为邶，其东为鄘，其南为卫，置三监，使管叔、蔡叔、霍叔分别监治管理。周武王去世后，商纣王子武庚联合三监发动叛乱，引起社会的动荡。周公平定叛乱之后，合并三地，建诸侯国于卫，同殷遗民一起分封给他的弟弟康叔，是为卫国。所以《邶风》《鄘风》严格意义上说皆为卫国区域内的诗歌。“邶”在今河南淇县东北淇河沿岸一带，多数为东周时期的作品，现存诗歌19篇，主要反映上层社会的思想状况以及婚姻恋爱状况等。

bǎi zhōu

柏舟

fàn bǐ bǎi zhōu yì fàn qí liú gěng gěng bú mèi
泛彼柏舟①，亦泛其流。耿耿不寐②，
rú yǒu yǐn yōu wēi wǒ wú jiǔ yǐ áo yǐ yóu
如有隐忧。微我无酒，以敖以游③。

wǒ xīn fěi jiàn bù kě yǐ rú yì yǒu xiōng dì
我心匪鉴，不可以茹④。亦有兄弟，
bù kě yǐ jù bó yán wǎng sù féng bǐ zhī nù
不可以据⑤。薄言往愬⑥，逢彼之怒。

wǒ xīn fěi shí bù kě zhuǎn yě wǒ xīn fěi xí bù
我心匪石，不可转也。我心匪席，不
kě juǎn yě wēi yí dì dì bù kě suàn yě
可卷也。威仪棣棣，不可选也⑦。

yōu xīn qiǎo qiǎo yùn yú qún xiǎo gòu mǐn jì duō
忧心悄悄，愠于群小⑧。觏闵既多⑨，
shòu wǔ bù shǎo jìng yán sī zhī wù pì yǒu biào
受侮不少。静言思之，寤辟有摽⑩。

rì jī yuè zhū hú dié ér wēi xīn zhī yōu yǐ
日居月诸，胡迭而微⑪？心之忧矣，

①泛：漂流的样子。②耿耿：忧虑不安的样子。③微：不是。以：连词，连接两个并列的动词。敖：通“遨”（áo），游玩。④匪：通“非”（fēi），不，不是。鉴：青铜镜。茹：度量，忖度。⑤据：依靠。⑥愬：告诉，诉说。⑦威仪：庄严的仪容举止。棣棣：雍容娴雅的样子。选：通“算”（suàn），计算，清点。陈奂《诗毛氏传疏》曰：“言己之容貌完备，不可说数也。”⑧愠：怨恨。⑨闵：忧患，痛苦。⑩言：助词，无实义。寤：醒着。辟：通“擗”（pì），两手互相拍胸。摽：捶胸。⑪居、诸：语助词，相当于“乎”。迭：更迭、轮番。微：日月亏蚀，昏暗不明。

rú fēi huàn yī jìng yán sī zhī bù néng fèn fēi
如匪浣衣。静言思之，不能奋飞。

lǜ yī
绿衣

lǜ xī yī xī lǜ yī huáng lǐ xīn zhī yōu yǐ hé wéi qí yǐ
绿兮衣兮，绿衣黄里。心之忧矣，曷维其已①！

lǜ xī yī xī lǜ yī huáng cháng xīn zhī yōu yǐ hé wéi qí wáng
绿兮衣兮，绿衣黄裳。心之忧矣，曷维其亡②！

lǜ xī sī xī rǔ suǒ zhì xī wǒ sī gǔ rén bǐ wú yóu xī
绿兮丝兮，女所治兮。我思古人，俾无訧兮③！

chī xī xì xī qī qí yǐ fēng wǒ sī gǔ rén shí huò wǒ xīn
絺兮绤兮，凄其以风④。我思古人，实获我心！

① 曷：何，什么。维：语助词，无实义。已：停止，结束。② 亡：忘记。③ 古人：即故人，指诗人的亡妻。俾：使。訧：通“尤”（yóu），过失，过错。④ 凄：寒凉，寒冷。以：连词，而。此句大意为：穿着葛布衣寒冷挨冻的时候而又遇到寒风。

燕燕

燕燕于飞，差池其羽①。之子于归，远送于野。瞻望弗及，泣涕如雨。

燕燕于飞，颉之颃之②。之子于归，远于将之③。瞻望弗及，伫立以泣。

燕燕于飞，下上其音。之子于归，远送于南④。瞻望弗及，实劳我心⑤。

仲氏任只，其心塞渊⑥。终温且惠，淑慎其身⑦。先君之思，以勖寡人⑧。

①差池：参差不齐的样子。②颉：鸟向下飞。颃：鸟向上飞。③将：护送。④南：南郊。⑤劳：忧伤，忧愁。⑥仲氏：第二个女儿。任：姓，出嫁女子的姓。塞：诚实，诚恳。渊：深远，深厚。⑦终：犹“既”，连词，与“又”“且”连用，表示两种情况同时存在。温、惠、淑、慎：皆赞美之词。⑧先君：作者死去的父亲。勖：勉励，劝勉。

rì yuè
日月

rì jī yuè zhū zhào lín xià tǔ nǎi rú zhī rén xī
日居月诸①，照临下土。乃如之人兮，
shì bù gù chǔ hú néng yǒu dìng nìng bù wǒ gù
逝不古处②。胡能有定？宁不我顾③。

rì jī yuè zhū xià tǔ shì mào nǎi rú zhī rén xī
日居月诸，下土是冒④。乃如之人兮，
shì bù xiāng hào hú néng yǒu dìng nìng bù wǒ bào
逝不相好。胡能有定？宁不我报⑤。

rì jī yuè zhū chū zì dōng fāng nǎi rú zhī rén xī
日居月诸，出自东方。乃如之人兮，
dé yīn wú liáng hú néng yǒu dìng bǐ yě kě wàng
德音无良⑥。胡能有定？俾也可忘。

rì jī yuè zhū dōng fāng zì chū fù xī mǔ xī xù
日居月诸，东方自出。父兮母兮，畜
wǒ bù zú hú néng yǒu dìng bào wǒ bú shù
我不卒。胡能有定？报我不述⑦。

①居、诸：语气词，相当于“乎”。②逝：发语词，无实义。古：通“故”（gù），旧的，原来的。处：相处。③定：停止，止息。顾：顾念，思念。④冒：覆盖，遮盖。⑤报：回报，指丈夫不以夫妻之情回应我。⑥德音：声誉，名誉。无良：不好。⑦述：遵循。报我不述：不遵循夫妻之道来回报我。此诗是一首弃妇诗，倾诉了弃妇受到丈夫厌弃和虐待后的悲怆之情。

zhōng fēng
终风

zhōng fēng qiě bào gù wǒ zé xiào xuè làng xiào ào zhōng xīn shì dào
终风且暴①，顾我则笑。谑浪笑敖，中心是悼②。

zhōng fēng qiě mái huì rán kěn lái mò wǎng mò lái yōu yōu wǒ sī
终风且霾，惠然肯来。莫往莫来，悠悠我思。

zhōng fēng qiě yì bú rì yòu yì wù yán bú mèi yuàn yán zé tì
终风且曀，不日有曀③。寤言不寐，愿言则嚏④。

yì yì qí yīn huǐ huǐ qí léi wù yán bú mèi yuàn yán zé huái
曀曀其阴，虺虺其雷。寤言不寐，愿言则怀⑤。

① 终：犹“既”，连词，与“又”“且”连用，表示两种情况同时存在。暴：风暴，疾风。② 中心：心中。悼：悲伤。③ 曀：阴暗，天色阴沉。不日：没有太阳。有：通“又”。④ 愿：希望。嚏：打喷嚏，民间有“打喷嚏说明有人在想你”的说法。此句大意为：我思念他，希望他能打喷嚏，从而知道我在思念他。⑤ 怀：忧伤，悲伤。

jī gǔ

击鼓

jī gǔ qí tāng yǒng yuè yòng bīng tǔ guó chéng cáo

击鼓其镗①，踊跃用兵。土国城漕②，

wǒ dú nán xíng

我独南行。

cóng sūn zǐ zhòng píng chén yǔ sòng bù wǒ yǐ guī

从孙子仲，平陈与宋③。不我以归④，

yōu xīn yǒu chōng

忧心有忡。

yuán jū yuán chǔ yuán sàng qí mǎ yú yǐ qiú zhī

爰居爰处⑤？爰丧其马？于以求之？

yú lín zhī xià

于林之下。

sǐ shēng qiè kuò yǔ zǐ chéng shuō zhí zǐ zhī shǒu

死生契阔，与子成说⑥。执子之手，

yǔ zǐ xié lǎo

与子偕老。

xū jiē kuò xī bù wǒ huó xī xū jiē xún xī

于嗟阔兮，不我活兮⑦。于嗟洵兮，

bù wǒ shēn xī

不我信兮⑧。

①镗：鼓声。②土：用土筑城。国：国都，都城。城：筑城。漕：地名。此句大意为：修筑漕地城邑。③孙子仲：人名。平：联合。《左传·隐公四年》记载卫国联合陈国、宋国和蔡国去讨伐郑国一事。④以：带领、率领。不我以归：即“不以我归”。⑤爰：何处，哪里。⑥契阔：离散。说：誓言，约定。⑦于嗟：吁嗟，叹词。阔：远离，远隔。活：通“佸”（huó），相会。⑧洵：长久。信：通“伸”（shēn），实现。

kǎi fēng

凯风

kǎi fēng zì nán，chuī bǐ jí xīn。jí xīn yāo yāo，mǔ shì qú láo。

凯风自南，吹彼棘心①。棘心夭夭，母氏劬劳。

kǎi fēng zì nán，chuī bǐ jí xīn。mǔ shì shèng shàn，wǒ wú lìng rén。

凯风自南，吹彼棘薪②。母氏圣善，我无令人③。

yuán yǒu hán quán，zài jùn zhī xià。yǒu zǐ qī rén，mǔ shì láo kǔ。

爰有寒泉，在浚之下④。有子七人，母氏劳苦。

xiàn huǎn huáng niǎo，zài hǎo qí yīn。yǒu zǐ qī rén，mò wèi mǔ xīn。

睍睆黄鸟，载好其音⑤。有子七人，莫慰母心。

① 凯风：南风。棘：木名，酸枣树。心：草木的萌芽。② 薪：木柴，指棘树已长大成柴。③ 令：善，好。④ 浚：古邑名，春秋时属卫国，今河南省濮阳县南。⑤ 睍睆：黄雀清和婉转的叫声。载：语气词。

雄雉

雄雉于飞，泄泄其羽①。我之怀矣，自诒伊阻②。

雄雉于飞，下上其音。展矣君子，实劳我心③。

瞻彼日月，悠悠我思。道之云远④，曷云能来？

百尔君子⑤，不知德行。不忮不求，何用不臧⑥！

①泄泄：雄雉翅膀从容扇动的样子。②自：自己。诒：留，遗留。伊：他。阻：隔，阻隔。此句大意为：我留在家而他远去，与我相隔甚远。③展：诚，可信。君子：妻子称呼丈夫。劳：忧伤。④道：道路。云：句中助词。⑤百：凡。君子：指统治者。⑥忮：嫉妒，忌恨。求：贪婪，贪图。臧：好。

páo yǒu kū yè
匏有苦叶

páo yǒu kū yè jǐ yǒu shēn shè shēn zé lì qiǎn zé qì
匏有苦叶，济有深涉①。深则厉，浅则揭②。

yǒu mǐ jǐ yíng yǒu yǎo zhì míng jǐ yíng bù rú guǐ zhì míng qiú qí mǔ
有瀰济盈，有鷕雉鸣③。济盈不濡轨④，雉鸣求其牡。

yōng yōng míng yàn xù rì shǐ dàn shì rú guī qī dài bīng wèi pàn
雍雍鸣雁，旭日始旦。士如归妻，迨冰未泮⑤。

zhāo zhāo zhōu zǐ rén shè áng fǒu rén shè áng fǒu áng xū wǒ yǒu
招招舟子，人涉卬否⑥。人涉卬否，卬须我友⑦。

①苦：通“枯”（kū），干枯。济：水名，济水。涉：徒步涉水。②厉：不脱衣服涉水。揭：撩起衣裳涉水。③瀰：水满溢的样子。盈：满。鷕：鸟鸣声。④濡：濡湿。轨：车轴的两端。⑤归妻：娶妻。泮：冰融化。⑥涉：渡河。卬：我。否：不，这里指不渡河。人涉卬否：别人渡河我不渡。⑦须：等，等待。

gǔ fēng

谷风

xí xí gǔ fēng yǐ yīn yǐ yǔ mǐn miǎn tóng xīn

习习谷风，以阴以雨①。黾勉同心②，

bù yí yǒu nù cǎi fēng cǎi fěi wú yǐ xià tǐ dé yīn

不宜有怒。采葑采菲，无以下体③？德音

mò wéi jí ěr tóng sǐ

莫违，及尔同死。

xíng dào chí chí zhōng xīn yǒu wéi bù yuǎn yī ěr

行道迟迟，中心有违④。不远伊迩，

bó sòng wǒ jī shuí wèi tú kǔ qí gān rú jì yàn ěr

薄送我畿⑤。谁谓荼苦，其甘如荠。宴尔

xīn hūn rú xiōng rú dì

新昏⑥，如兄如弟。

jīng yǐ wèi zhuó shí shí qí zhǐ yàn ěr xīn hūn

泾以渭浊，湜湜其沚⑦。宴尔新昏，

bù wǒ xiè yǐ wú shì wǒ liáng wú fā wǒ gǒu wǒ

不我屑以⑧。毋逝我梁，毋发我笱⑨。我

gōng bú yuè huáng xù wǒ hòu

躬不阅，遑恤我后⑩。

①习习：微风和煦的样子。以：连词，连接两个并列的动词或动词性词语。②黾勉：勤勉，努力。③以：用。下体：指葑（蔓菁）、菲（萝卜）的根部。④违：怨恨。⑤伊：助词，乃是。薄：语助词。畿：门坎。⑥宴：安乐，快乐。⑦以：由于，因为。句意为：泾水因为与渭水合流而显示出清浊。湜湜：水清的样子。沚：静止。句意为：河水清澈仿若静止。⑧屑：顾惜，介意。以：动词，与。此句大意为：我们新婚多快乐，不知可怜我心痛。⑨逝：往，去。梁：捕鱼水坝。发：打开。笱：捕鱼器。⑩躬：自身。阅：容纳，收容。恤：忧虑。此句大意为：我自身尚且不能被容纳，哪有闲暇担忧后事呢？

jiù qí shēn yǐ fāng zhī zhōu zhī jiù qí qiǎn yǐ
就其深矣，方之舟之①。就其浅矣，
yǒng zhī yóu zhī hé yǒu hé wú mǐn miǎn qiú zhī fán mín
泳之游之。何有何亡，黾勉求之。凡民
yǒu sāng pú fú jiù zhī
有丧，匍匐救之②。

bù wǒ néng xù fǎn yǐ wǒ wéi chóu jì zǔ wǒ dé
不我能慉③，反以我为仇。既阻我德，
gǔ yòng bú shòu xī yù kǒng yù jū jí ěr diān fù
贾用不售④。昔育恐育鞫，及尔颠覆⑤。
jì shēng jì yù bǐ yú yú dú
既生既育，比予于毒⑥。

wǒ yǒu zhǐ xù yì yǐ yù dōng yàn ěr xīn hūn
我有旨蓄，亦以御冬⑦。宴尔新昏，
yǐ wǒ yù qióng yǒu guāng yǒu kuì jì yí wǒ yì bú
以我御穷⑧。有洸有溃，既诒我肄⑨。不
niàn xī zhě yī yú lái xì
念昔者，伊余来塈⑩。

① 就：到，遇到。方：用木筏渡水。舟：乘船渡水。② 民：别人。丧：灾难。匍匐：手足爬行，这里指竭尽全力。③ 慉：爱，喜爱。④ 阻：拒绝。贾：卖。用：因而。不售：卖不出去。此句大意为：你怀疑我的品德，因此我这个人就像卖不出去的商品一样（不被你认可）。⑤ 育：生活。鞫：穷困，贫穷。及：和。颠覆：经受挫折。此句大意为：从前生活困难，我和你一起经受了挫折。⑥ 比：比作，比拟。予：第一人称代词，我。此句大意为：如今已经给你生儿育女，你却把我当作害虫。⑦ 旨蓄：美好的积蓄。御：抵御。⑧ 此句大意为：和我结婚，只是为了拿我的积蓄来抵御贫穷。⑨ 有：又。洸：凶狠粗暴的样子。溃：盛怒的样子。诒：通“贻”（yí），给予。肄：辛劳，劳苦。⑩ 伊：助词，惟。来：是。塈：通“摡”（xì），除去，抛弃。

shì wēi
式微

shì wēi shì wēi hú bù guī wēi jūn zhī gù hú

式微①，式微，胡不归？微君之故，胡

wèi hū zhōng lù

为乎中露②！

shì wēi shì wēi hú bù guī wēi jūn zhī gōng hú

式微，式微，胡不归？微君之躬，胡

wèi hū ní zhōng

为乎泥中！

máo qiū
旄丘

máo qiū zhī gé xī hé yán zhī jié xī shū xī bó

旄丘之葛兮，何诞之节兮③？叔兮伯

xī hé duō rì yě

兮，何多日也④？

hé qí chǔ yě bì yǒu yǔ yě hé qí jiǔ yě

何其处也？必有与也⑤。何其久也？

bì yǒu yǐ yě

必有以也⑥。

①式：发语词，无实义。微：天黑。②微：若非，不是。故：缘故。中露：即露中，露水之中。③旄丘：前高后低的山丘。诞：通“延”（yán），长。节：枝节。④何多日也：大意是为何那么多天没见到你？⑤与：原因。⑥以：原因，缘故。

　　hú qiú méng róng，bǐ chē bù dōng。shū xī bó xī，
　　狐裘蒙戎，匪车不东①。叔兮伯兮，
mǐ suǒ yǔ tóng。
靡所与同。

　　suǒ xī wěi xī，liú lí zhī zǐ。shū xī bó xī，
　　琐兮尾兮，流离之子②。叔兮伯兮，
yòu rú chōng ěr。
褎如充耳③。

jiǎn xī
简兮

　　jiǎn xī jiǎn xī，fāng jiāng wàn wǔ。rì zhī fāng zhōng，
　　简兮简兮，方将万舞④。日之方中，
zài qián shàng chǔ。
在前上处⑤。

　　shuò rén yǔ yǔ，gōng tíng wàn wǔ。yǒu lì rú hǔ，
　　硕人俣俣，公庭万舞⑥。有力如虎，
zhí pèi rú zǔ。
执辔如组。

　　zuǒ shǒu zhí yuè，yòu shǒu bǐng dí。hè rú wò zhě，gōng
　　左手执籥，右手秉翟。赫如渥赭，公
yán cì jué。
言锡爵⑦。

　　①匪：通“彼”（bǐ），那。东：向东，往东方。②琐：渺小，微小。尾：假借为“微”（wēi），卑微。流离：鸟名，黄莺。③充耳：本指挂在耳旁的首饰，这里指耳朵被堵塞，听不到声音。④简：盛大。方将：正要。万舞：周代一种大型舞蹈。⑤处：位置。⑥硕人：高大而壮美的人。公庭：庙堂的大庭。⑦爵：酒器，这里指赐酒喝。

shān yǒu zhēn xí yǒu líng yún shuí zhī sī xī fāng měi
山有榛，隰有苓。云谁之思？西方美
rén bǐ měi rén xī xī fāng zhī rén xī
人。彼美人兮，西方之人兮。

quán shuǐ
泉水

bì bǐ quán shuǐ yì liú yú qí yǒu huái yú wèi
毖彼泉水①，亦流于淇。有怀于卫，
mǐ rì bù sī luán bǐ zhū jī liáo yǔ zhī móu
靡日不思。娈彼诸姬②，聊与之谋。

chū sù yú jǐ yǐn jiàn yú nǐ nǚ zǐ yǒu xíng
出宿于泲，饮饯于祢③。女子有行④，
yuǎn fù mǔ xiōng dì wèn wǒ zhū gū suì jí bó zǐ
远父母兄弟。问我诸姑⑤，遂及伯姊。

chū sù yú gān yǐn jiàn yú yán zài zhī zài xiá
出宿于干，饮饯于言⑥。载脂载辖，
xuán chē yán mài chuán zhēn yú wèi bù xiá yǒu hài
还车言迈⑦。遄臻于卫，不瑕有害⑧。

wǒ sī féi quán zī zhī yǒng tàn sī xū yǔ cáo wǒ
我思肥泉，兹之永叹。思须与漕，我
xīn yōu yōu jià yán chū yóu yǐ xiè wǒ yōu
心悠悠⑨。驾言出游，以写我忧⑩。

①毖：通“泌”(bì)，泉水涌流的样子。②娈：美好。姬：姓，卫女姓姬。诸姬：同姓之女。③泲、祢：卫国地名。④行：出嫁。⑤问：告别。⑥干、言：卫国地名。⑦载：语助词，乃，则。脂：给车轴涂抹油脂。辖：安好车键。还：掉转过来。迈：行。⑧遄：快，迅速。臻：至，到。瑕：通“遐”(xiá)，何。不瑕：疑问词，不无，没有什么。不瑕有害：没有什么危害。⑨须、漕：卫国地名。悠悠：忧思的样子。⑩驾：驾车。言：语助词。写：通“泄”(xiè)，发泄，消除。

běi mén

北门

chū zì běi mén yōu xīn yīn yīn zhōng jù qiě pín mò
出自北门，忧心殷殷。终窭且贫①，莫
zhī wǒ jiān yǐ yān zāi tiān shí wéi zhī wèi zhī hé zāi
知我艰。已焉哉！天实为之，谓之何哉②！

wáng shì zhì wǒ zhèng shì yī pí yì wǒ wǒ rù zì
王事适我，政事一埤益我③。我入自
wài shì rén jiāo biàn zhé wǒ yǐ yān zāi tiān shí wéi zhī
外，室人交遍谪我④。已焉哉！天实为之，
wèi zhī hé zāi
谓之何哉！

wáng shì dūn wǒ zhèng shì yī pí wèi wǒ wǒ rù zì
王事敦我⑤，政事一埤遗我。我入自
wài shì rén jiāo biàn cuī wǒ yǐ yān zāi tiān shí wéi zhī
外，室人交遍摧我⑥。已焉哉！天实为之，
wèi zhī hé zāi
谓之何哉！

① 窭：贫寒。贫：贫穷。② 谓之何：奈之何，对此还能怎么办呢。③ 适：通“掷”(zhì)，投，扔给。埤：多多地，重重地。益：增加。④ 室人：家人。谪：指责，责备。⑤ 敦：增加，堆。⑥ 摧：讽刺，打击。

běi fēng
北风

běi fēng qí liáng yù xuě qí pāng huì ér hào wǒ
北风其凉，雨雪其雱①。惠而好我②，
xié shǒu tóng xíng qí xū qí xú jì jí zhǐ jū
携手同行。其虚其邪，既亟只且③！
běi fēng qí jiē yù xuě qí fēi huì ér hào wǒ
北风其喈，雨雪其霏④。惠而好我，
xié shǒu tóng guī qí xū qí xú jì jí zhǐ jū
携手同归。其虚其邪，既亟只且！
mò chì fēi hu mò hēi fēi wū huì ér hào wǒ
莫赤匪狐，莫黑匪乌⑤。惠而好我，
xié shǒu tóng chē qí xū qí xú jì jí zhǐ jū
携手同车。其虚其邪，既亟只且！

jìng nǚ
静女

jìng nǚ qí shū sì wǒ yú chéng yú ài ér bú jiàn
静女其姝，俟我于城隅⑥。爱而不见⑦，

①雨雪：下雪。雱：雪花飞舞的样子。②惠：爱，仁爱。好：喜爱。③虚：舒。邪：通“徐”（xú）。虚、邪：从容缓慢的样子。既：已经。亟：急，紧急。既亟：（事情）已经如此紧急。只且：语气词连用，相当于“啦”。④喈：寒冷。霏：雪很大的样子。⑤匪：通“非”（fēi），没有。莫赤匪狐，莫黑匪乌：即“非狐莫赤，非乌莫黑”，没有狐狸不是红色的，没有乌鸦不是黑色的，用来讽刺卫国的君臣之恶。⑥姝：美好。俟：等待。⑦爱：通“僾”（ài），隐藏，躲避。

sāo shǒu chí chú
搔首踟蹰。

jìng nǚ qí luán yí wǒ tóng guǎn tóng guǎn yǒu wěi
静女其娈，贻我彤管①。彤管有炜，

yuè yì rǔ měi
说怿女美②。

zì mù kuì tí xún měi qiě yì fěi rǔ zhī wéi měi
自牧归荑，洵美且异③。匪女之为美，

měi rén zhī yí
美人之贻。

xīn tái
新台

xīn tái yǒu cǐ hé shuǐ mǐ mǐ yàn wǎn zhī qiú
新台有泚④，河水弥弥。燕婉之求，

qú chú bù xiān
籧篨不鲜⑤。

xīn tái yǒu cuǐ hé shuǐ měi měi yàn wǎn zhī qiú
新台有洒⑥，河水浼浼。燕婉之求，

qú chú bù tiǎn
籧篨不殄⑦。

① 娈：美丽。彤：红色。② 炜：颜色鲜明的样子。说怿：喜爱。女：指彤管。③ 归：假借为“馈”（kuì），赠送。荑：白茅的嫩芽。洵：诚然，的确。④ 新台：新建的楼台。泚：颜色鲜明的样子。⑤ 燕婉：美好漂亮的样子。鲜：善，美。籧篨：丑恶的人。⑥ 洒：高峻的样子。⑦ 殄：美。

yú wǎng zhī shè hóng zé lí zhī yàn wǎn zhī qiú dé
鱼网之设，鸿则离之①。燕婉之求，得
cǐ qī shī
此戚施②。

èr zǐ chéng zhōu
二子乘舟

èr zǐ chéng zhōu fàn fàn qí yǐng yuàn yán sī zǐ
二子乘舟，泛泛其景③。愿言思子，
zhōng xīn yàng yàng
中心养养④。

èr zǐ chéng zhōu fàn fàn qí shì yuàn yán sī zǐ
二子乘舟，泛泛其逝⑤。愿言思子，
bù xiá yǒu hài
不瑕有害。

①鸿：蟾蜍，蛤蟆。离：通“罹”（lí），遭遇，陷入。②戚施：丑恶的人。此诗大意为女子想嫁给美少年，却配给一个丑陋的丈夫。③泛泛：漂流的样子。景：通“影”（yǐng），影子。④愿：每每，经常。言：助词。养：假借为“恙”（yàng），忧愁的样子。⑤逝：往，去。

yōng fēng 鄘风

《鄘风》是鄘地（今河南汲县境内）流行的乐调。《鄘风》现存诗歌10篇，基本为赞美诗、讽刺诗和爱情诗，是反映卫国社会基本状况的重要文献之一。特别值得一提的是，《载驰》这首诗明确记载了该诗的作者许穆夫人，她是中国文学史上见于记载的第一位女诗人。

bǎi zhōu

柏舟

fàn bǐ bǎi zhōu zài bǐ zhōng hé dàn bǐ liǎng máo shí
泛彼柏舟，在彼中河。髧彼两髦，实
wéi wǒ yí zhī sǐ shǐ mǐ tā mǔ yě tiān zhǐ bú
维我仪①。之死矢靡它②。母也天只，不
liàng rén zhǐ
谅人只③！

fàn bǐ bǎi zhōu zài bǐ hé cè dàn bǐ liǎng máo shí
泛彼柏舟，在彼河侧。髧彼两髦，实
wéi wǒ tè zhī sǐ shǐ mǐ tè mǔ yě tiān zhǐ bú
维我特④。之死矢靡慝⑤！母也天只，不
liàng rén zhǐ
谅人只！

qiáng yǒu cí

墙有茨

qiáng yǒu cí bù kě sǎo yě zhōng gòu zhī yán
墙有茨⑥，不可埽也。中冓之言⑦，
bù kě dào yě suǒ kě dào yě yán zhī chǒu yě
不可道也。所可道也，言之丑也。

① 髧：头发下垂的样子。髦：古代男子的一种发型。仪：配偶。② 之死：至死。矢：发誓。靡它：没有其他。③ 也：句中语气词。只：句末语气词，啊。谅：相信，体谅。④ 特：配偶。⑤ 慝：通“忒”（tè），更改，改变。⑥ 茨：植物名，蒺藜。⑦ 冓：通“构”（gòu），内室。中冓：即冓中，宫中。

qiáng yǒu cí bù kě rǎng yě zhōng gòu zhī yán bù
墙有茨，不可襄也①。中冓之言，不
kě xiáng yě suǒ kě xiáng yě yán zhī cháng yě
可详也。所可详也，言之长也。

qiáng yǒu cí bù kě shù yě zhōng gòu zhī yán bù
墙有茨，不可束也②。中冓之言，不
kě dú yě suǒ kě dú yě yán zhī rǔ yě
可读也③。所可读也，言之辱也。

jūn zǐ xié lǎo
君子偕老

jūn zǐ xié lǎo fù jī liù jiā wēi wēi tuó tuó
君子偕老，副笄六珈④。委委佗佗，
rú shān rú hé xiàng fú shì yí zǐ zhī bù shū yún
如山如河，象服是宜⑤。子之不淑⑥，云
rú zhī hé
如之何？

cǐ xī cǐ xī qí zhī dí yě zhěn fà rú yún
玼兮玼兮，其之翟也⑦。鬒发如云，
bú xiè tì yě yù zhī tiàn yě xiàng zhī tì yě yáng
不屑髢也⑧。玉之瑱也，象之揥也⑨。扬

①襄：通“攘”（rǎng），除掉。②束：捆，绑。③读：宣扬。④副、笄、珈：首饰名。⑤委委佗佗：从容悠闲的样子。象服：王后及诸侯夫人所穿的彩绘礼服。⑥淑：好，善。⑦玼：色彩鲜明的样子。翟：本指野鸡，这里指绘有野鸡花纹的礼服。⑧鬒发：黑发。髢：假发。⑨瑱、揥：首饰名。

jū zhī xī yě hú rán ér tiān yě hú rán ér dì yě
且之皙也①。胡然而天也，胡然而帝也②！

cuō xī cuō xī qí zhī zhǎn yě méng bǐ zhòu chī
瑳兮瑳兮，其之展也③。蒙彼绉絺，

shì xiè fán yě zǐ zhī qīng yáng yáng jū zhī yán yě
是绁袢也④。子之清扬，扬且之颜也⑤。

zhǎn rú zhī rén xī ɔāng zhī yuàn yě
展如之人兮，邦之媛也⑥！

sāng zhōng
桑中

yuán cǎi táng yǐ mèi zhī xiāng yǐ yún shuí zhī sī
爰采唐矣，沬之乡矣⑦。云谁之思？

měi mèng jiāng yǐ qī wǒ hū sāng zhōng yāo wǒ hū shàng
美孟姜矣⑧。期我乎桑中，要我乎上

gōng sòng wǒ hū q zhī shàng yǐ
宫，送我乎淇之上矣⑨。

yuán cǎi mài yǐ mèi zhī běi yǐ yún shuí zhī sī měi
爰采麦矣，沬之北矣。云谁之思？美

mèng yì yǐ qī wǒ hū sāng zhōng yāo wǒ hū shàng gōng
孟弋矣。期我乎桑中，要我乎上宫，

① 扬：额角。且：句中语气词。皙：洁白。② 胡：为什么，怎么。然：指示代词，这样，那样。而：如，象。此句大意为：如此品性不善的女子为什么像上天那样高贵，为什么像上帝那样尊荣。③ 瑳：衣服光鲜亮丽的样子。展：展衣，后妃礼服的一种。④ 蒙：罩，覆盖。绉絺：极细的葛布。是：指示代词，这，这样。绁袢：贴身内衣。⑤ 清扬：眉目清秀。颜：额角丰满的形态。⑥ 展：确实，的确。媛：美女。⑦ 唐：植物名，女萝。沬：地名。乡：田野。⑧ 孟姜：代指美女，下文"孟弋""孟庸"同此义。⑨ 期：约会。要：通"邀"（yāo），邀请。上宫：地名。淇：水名，淇水。

sòng wǒ hū qí zhī shàng yǐ
送我乎淇之上矣。

yuán cǎi fēng yǐ, mèi zhī dōng yǐ. yún shuí zhī sī? měi
爰采葑矣，沬之东矣。云谁之思？美

mèng yōng yǐ. qī wǒ hū sāng zhōng, yāo wǒ hū shàng gōng,
孟庸矣。期我乎桑中，要我乎上宫，

sòng wǒ hū qí zhī shàng yǐ
送我乎淇之上矣。

chún zhī bēn bēn
鹑之奔奔

chún zhī bēn bēn, què zhī jiāng jiāng. rén zhī wú liáng,
鹑之奔奔，鹊之彊彊①。人之无良，

wǒ yǐ wéi xiōng
我以为兄②。

què zhī jiāng jiāng, chún zhī bēn bēn. rén zhī wú liáng, wǒ
鹊之彊彊，鹑之奔奔。人之无良，我

yǐ wéi jūn
以为君。

① 奔奔、彊彊：鸟类雌雄相随而飞的样子。② 以为：以之为，把他当作。

dìng zhī fāng zhōng

定之方中

dìng zhī fāng zhōng zuò yú chǔ gōng kuí zhī yǐ rì
定之方中，作于楚宫①。揆之以日②，
zuò yú chǔ shì shù zhī zhēn lì yī tóng zǐ qī yuán fá
作于楚室。树之榛栗，椅桐梓漆，爰伐
qín sè
琴瑟③。

shēng bǐ xū yǐ yǐ wàng chǔ yǐ wàng chǔ yǔ táng
升彼虚矣④，以望楚矣。望楚与堂，
jǐng shān yǔ jīng jiàng guān yú sāng bǔ yún qí jí zhōng rán
景山与京⑤，降观于桑。卜云其吉，终然
yǔn zāng
允臧⑥。

líng yǔ jì líng mìng bǐ guān rén xīng yán sù jià
灵雨既零，命彼倌人⑦。星言夙驾，
shuì yú sāng tián bǐ zhí yě rén bǐng xīn sāi yuān lái pìn
说于桑田⑧。匪直也人，秉心塞渊，騋牝
sān qiān
三千⑨。

①定：星宿名。方中：天正中的位置。作：营建，营造。楚：地名，也叫楚丘。②揆：测量，度量。日：太阳。③树：栽树。榛、栗、椅、桐、梓、漆：木名。爰：乃，于是。伐：伐木。④虚：通“墟”（xū），土丘。⑤堂：地名。景山：大山。京：高大的山丘。⑥允：副词，确实，实在。臧：好，善。⑦零：落，落下。倌人：官职名，掌管国君车辆和驾车。⑧星：天晴。说：通“税”（shuì），停车休息。⑨匪：通“彼”（bǐ），那个。直：正直。騋：高七尺以上的大马。牝：母马。

dì dōng
蝃蝀

dì dōng zài dōng mò zhī gǎn zhǐ nǚ zǐ yǒu xíng
蝃蝀在东①，莫之敢指。女子有行，
yuǎn fù mǔ xiōng dì
远父母兄弟。

zhāo jī yú xī zhōng zhāo qí yǔ nǚ zǐ yǒu xíng
朝隮于西，崇朝其雨②。女子有行，
yuǎn xiōng dì fù mǔ
远兄弟父母。

nǎi rú zhī rén yě huái hūn yīn yě dà wú xìn yě
乃如之人也，怀昏姻也③。大无信也，
bù zhī mìng yě
不知命也④。

xiàng shǔ
相鼠

xiàng shǔ yǒu pí rén ér wú yí rén ér wú yí
相鼠有皮⑤，人而无仪。人而无仪，
bù sǐ hé wéi
不死何为？

① 蝃蝀：彩虹。② 隮：彩虹。崇：通“终”（zhōng），整，尽。崇朝：整个早晨。③ 怀：思。④ 信：诚实，诚信。不知命：不知道婚姻应当听从父母之命。⑤ 相：看，观看。

xiàng shǔ yǒu chǐ rén ér wú zhǐ rén ér wú zhǐ
相鼠有齿，人而无止①。人而无止，
bù sǐ hé sì
不死何俟？

xiàng shǔ yǒu tǐ rén ér wú lǐ rén ér wú lǐ hú
相鼠有体，人而无礼。人而无礼，胡
bù chuán sǐ
不遄死？

gān máo
干旄

jié jié gān máo zài jùn zhī jiāo sù sī pí zhī
孑孑干旄②，在浚之郊。素丝纰之③，
liáng mǎ sì zhī bǐ shū zhě zǐ hé yǐ bì zhī
良马四之。彼姝者子，何以畀之④？

jié jié gān yú zài jùn zhī dū sù sī zǔ zhī
孑孑干旟，在浚之都⑤。素丝组之⑥，
liáng mǎ wǔ zhī bǐ shū zhě zǐ hé yǐ yǔ zhī
良马五之。彼姝者子，何以予之？

jié jié gān jīng zài jùn zhī chéng sù sī zhù zhī
孑孑干旌，在浚之城。素丝祝之⑦，
liáng mǎ liù zhī bǐ shū zhě zǐ hé yǐ gào zhī
良马六之。彼姝者子，何以告之？

① 止：容止，行为举止。② 孑孑：独立突出的样子。干：通“竿”（gān），旗杆。旄：与下文的“旟”“旌”分别代表不同装饰造型的旗帜。③ 纰：用白色丝线装饰旗帜。④ 畀：给予，赠予。⑤ 都：近郊。⑥ 组：犹“纰”。⑦ 祝：纺织。

zài chí

载驰

zài chí zài qū guī yàn wèi hóu qū mǎ yōu yōu
载驰载驱，归唁卫侯①。驱马悠悠，
yán zhì yú cáo dà fū bá shè wǒ xīn zé yōu
言至于漕。大夫跋涉②，我心则忧。

jì bù wǒ jiā bù néng xuán fǎn shì ěr bù zāng
既不我嘉③，不能旋反。视尔不臧，
wǒ sī bù yuǎn jì bù wǒ jiā bù néng xuán jì shì
我思不远④。既不我嘉，不能旋济⑤。视
ěr bù zāng wǒ sī bú bì
尔不臧，我思不閟⑥。

zhì bǐ ē qiū yán cǎi qí méng nǚ zǐ shàn huái yì
陟彼阿丘，言采其蝱。女子善怀，亦
gè yǒu háng xǔ rén yóu zhī zhōng zhì qiě kuáng
各有行⑦。许人尤之，众稚且狂⑧。

wǒ xíng qí yě péng péng qí mài kòng yú dà bāng shuí
我行其野，芃芃其麦。控于大邦，谁
yīn shuí jí
因谁极⑨？

①载：助词，发语词。归：回来。唁：吊唁。②大夫：来许国报丧的卫国大夫。跋涉：登山涉水，形容旅途辛苦。③不我嘉：不嘉我，不赞美我，指许国人不许夫人回母国。④远：去，去掉。我思不远：大意为我的思念无法去除、停止。⑤旋：回，还。济：渡水。⑥閟：止，停止。⑦行：道理。⑧尤：抱怨，指责。众：通“终”(zhōng)，既，连词。⑨控：控告，控诉。因：依靠。极：至，到达。此句大意为：卫国依靠谁，谁就能来救援？

dà fū jūn zǐ wú wǒ yǒu yóu bǎi ěr suǒ sī
大夫君子，无我有尤①。百尔所思，
bù rú wǒ suǒ zhī
不如我所之②。

①无：通“毋”(wú)，不要。无我有尤：毋尤我，不要指责我。②之：去，往。此诗为许穆夫人所作，《左传·闵公二年》记载“狄人伐卫”，卫国大败，本为卫女的许穆夫人想要回母国吊唁卫侯，并希望求助齐国来帮助卫国，但遭到许国人的阻止。

wèi fēng

卫风

《卫风》是产生于西周末年至春秋早期卫地的歌谣，与《邶风》《鄘风》的性质基本相同，是流传于殷商都城朝歌及其南部一带的诗歌。卫国第一代国君为周文王第九子康叔，由于平定“三监之乱”有功而获封于殷商故地，都城为朝歌。公元前660年卫国为北方狄人所破，后迁都楚丘（今河南滑县东），前254年为魏国所灭。现存诗歌10篇，内容多为赞美诗、婚恋诗。

qí yù
淇奥

zhān bǐ qí yù lǜ zhú yī yī yǒu fěi jūn zǐ
瞻彼淇奥①，绿竹猗猗。有匪君子，
rú qiē rú cuō rú zhuó rú mó sè xī xiàn xī hè xī
如切如磋，如琢如磨②。瑟兮僩兮，赫兮
xuān xī yǒu fěi jūn zǐ zhōng bù kě xuān xī
咺兮③。有匪君子，终不可谖兮④。

zhān bǐ qí yù lǜ zhú jīng jīng yǒu fěi jūn zǐ
瞻彼淇奥，绿竹青青⑤。有匪君子，
chōng ěr xiù yíng kuài biàn rú xīng sè xī xiàn xī hè xī
充耳琇莹，会弁如星⑥。瑟兮僩兮，赫兮
xuān xī yǒu fěi jūn zǐ zhōng bù kě xuān xī
咺兮。有匪君子，终不可谖兮。

zhān bǐ qí yù lǜ zhú rú zé yǒu fěi jūn zǐ
瞻彼淇奥，绿竹如箦⑦。有匪君子，
rú jīn rú xī rú guī rú bì kuān xī chuò xī yǐ chóng
如金如锡，如圭如璧⑧。宽兮绰兮，猗重
jué xī shàn xì xuè xī bù wéi nüè xī
较兮⑨。善戏谑兮，不为虐兮⑩。

①淇：水名。奥：通“澳”（yù），水弯处。②匪：通“斐”（fěi），有文采的样子。切、磋、琢、磨：制作器物的方式，这里用来比喻君子努力进修。③瑟、僩、赫、咺：有光泽的样子，这里用来形容君子美好的仪表。④谖：忘记，忘却。⑤青青：通“菁菁”（jīng jīng），绿竹茂盛的样子。⑥充耳、琇、莹：首饰名。会弁：皮帽的缝合处，以玉石装饰。⑦箦：绿竹茂密的样子。⑧金、锡：这里用来形容君子的品德如金锡一样精炼。圭、璧：这里用来形容君子的学问如圭璧一样质成。⑨宽、绰：君子性情宽宏、和缓的样子。猗：假借为“倚”（yǐ），倚靠。重较：卿士乘坐的车箱两壁上有横木的车子。⑩戏谑：开玩笑。虐：刻薄，以言语伤人。

kǎo pán

考槃

kǎo pán zài jiàn shuò rén zhī kuān dú mèi wù yán

考槃在涧，硕人之宽①。独寐寤言，

yǒng shǐ fú xuān

永矢弗谖。

kǎo pán zài ē shuò rén zhī kē dú mèi wù gē yǒng

考槃在阿，硕人之薖②。独寐寤歌，永

shǐ fú guò

矢弗过③。

kǎo pán zài lù shuò rén zhī zhóu dú mèi wù sù

考槃在陆，硕人之轴④。独寐寤宿，

yǒng shǐ fú gào

永矢弗告。

shuò rén

硕人

shuò rén qí qí yì jǐn jiǒng yī qí hóu zhī zǐ

硕人其颀，衣锦褧衣⑤，齐侯之子，

wèi hóu zhī qī dōng gōng zhī mèi xíng hóu zhī yí tán gōng

卫侯之妻，东宫之妹，邢侯之姨，谭公

① 考：敲，击打。槃：乐器名。硕人：有贤德的人。宽：宽宏，心情宽广。② 阿：山坳。薖：平和的样子。③ 矢：发誓。过：忘记，遗忘。④ 陆：高平之地。轴：徘徊，盘旋。⑤ 硕人：身材高大而美的人。衣：动词，穿。褧衣：罩衣。

wéi sī
维私①。

shǒu rú róu tí　fū rú níng zhī　lǐng rú qiú qí　chǐ rú
手如柔荑，肤如凝脂，领如蝤蛴，齿如

hù xī　qín shǒu é méi　qiǎo xiào qiàn xī　měi mù pàn xī
瓠犀，螓首蛾眉，巧笑倩兮，美目盼兮②。

shuò rén áo áo　shuì yú nóng jiāo　sì mǔ yǒu jiāo　zhū
硕人敖敖，说于农郊。四牡有骄，朱

fén biāo biāo　dí fú yǐ cháo　dà fū sù tuì　wú shǐ
帻镳镳，翟茀以朝③。大夫夙退④，无使

jūn láo
君劳。

hé shuǐ yáng yáng　běi liú guō guō　shī gū huò huò
河水洋洋，北流活活⑤。施罛涉涉⑥，

zhān wěi bō bō　jiā tǎn jiē jiē　shù jiāng niè niè　shù shì
鳣鲔发发⑦。葭菼揭揭，庶姜孽孽，庶士

yǒu qiè
有朅⑧。

méng 氓

méng zhī chī chī　bào bù mào sī　fěi lái mào sī
氓之蚩蚩⑨，抱布贸丝。匪来贸丝，

① 私：女子称姐妹的丈夫为私。② 盼：眼睛黑白分明的样子。这一段均是对女子美丽容貌的描述。③ 翟茀：用野鸡的羽毛装饰车箱。朝：入朝，朝见。④ 夙：早。⑤ 活活：流水声。⑥ 施：设，张。罛：渔网。⑦ 发发：鱼尾摆动的声音。⑧ 揭揭：又高又长的样子。庶：众多。姜：陪嫁的姜姓女子。孽孽：服饰华丽的样子。朅：威武雄健的样子。⑨ 氓：民。蚩蚩：通“嗤嗤”（chī chī），笑嘻嘻的样子。

lái jí wǒ móu sòng zǐ shè qí zhì yú dùn qiū fěi wǒ
来即我谋①。送子涉淇，至于顿丘。匪我
qiān qī zǐ wú liáng méi qiāng zǐ wú nù qiū yǐ wéi qī
愆期②，子无良媒。将子无怒③，秋以为期。

chéng bǐ guǐ yuán yǐ wàng fù guān bú jiàn fù guān
乘彼垝垣，以望复关④。不见复关，
qì tì lián lián jì jiàn fù guān zài xiào zài yán ěr bǔ ěr
泣涕涟涟。既见复关，载笑载言。尔卜尔
shì tǐ wú jiù yán yǐ ěr chē lái yǐ wǒ huì qiān
筮，体无咎言⑤。以尔车来，以我贿迁⑥。

sāng zhī wèi luò qí yè wò ruò xū jiē jiū xī wú
桑之未落，其叶沃若。于嗟鸠兮，无
shí sāng shèn xū jiē nǚ xī wú yǔ shì dān shì zhī dān
食桑葚。于嗟女兮，无与士耽⑦。士之耽
xī yóu kě tuō yě nǚ zhī dān xī bù kě tuō yě
兮，犹可说也⑧。女之耽兮，不可说也。

sāng zhī luò yǐ qí huáng ér yǔn zì wǒ cú ěr
桑之落矣，其黄而陨。自我徂尔⑨，
sān suì shí pín qí shuǐ shāng shāng jiān chē wéi cháng nǚ
三岁食贫。淇水汤汤，渐车帷裳⑩。女
yě bù shuǎng shì èr qí xíng shì yě wǎng jí èr
也不爽，士贰其行⑪。士也罔极⑫，二

①即：接近，靠近。②愆：拖延，耽误。③将：请，愿，希望。④垝：毁坏，倒塌。复关：男子居住的地方，代指男子。⑤体：卦体，占卜时所显示的卦象。咎：灾祸。⑥贿：财，财物，这里指女子的嫁妆。⑦耽：沉溺于玩乐。⑧说：通“脱”（tuō），解脱。⑨徂：往，至，这里指嫁到你家。⑩汤汤：水流丰盛的样子。渐：沾湿，浸湿。⑪爽：差错，过错。贰：不专一，有二心。⑫罔：无，没有。极：准则。

sān qí dé
三其德。

sān suì wéi fù mǐ shì láo yǐ sù xīng yè mèi
三岁为妇，靡室劳矣①。夙兴夜寐，
mǐ yǒu zhāo yǐ yár jì suì yǐ zhì yú bào yǐ xiōng dì
靡有朝矣。言既遂矣，至于暴矣②。兄弟
bù zhī xì qí xiào yǐ jìng yán sī zhī gōng zì dào yǐ
不知，咥其笑矣。静言思之，躬自悼矣。

jí ěr xié lǎo lǎo shǐ wǒ yuàn qí zé yǒu àn xí
及尔偕老，老使我怨。淇则有岸，隰
zé yǒu pàn zǒng jiǎo zhī yàn yán xiào yàn yàn xìn shì dàn
则有泮。总角之宴，言笑晏晏③。信誓旦
dàn bù sī qí fǎn fǎn shì bù sī yì yǐ yān zāi
旦，不思其反④。反是不思，亦已焉哉⑤。

zhú gān
竹竿

tì tì zhú gān yǐ diào yú qí qǐ bù ěr sī yuǎn
籊籊竹竿，以钓于淇。岂不尔思？远
mò zhì zhī
莫致之⑥。

①靡：不，没有。此句大意为：不以室家之事为劳苦。②既遂：指家业有成。暴：粗暴，虐待。③总角：未成年人的发型。此句大意为：你我小时候在一起快乐地玩乐。④信誓：诚挚的誓言。旦旦：真诚恳切的样子。反：变化，改变。⑤是：这，指誓言。思：想，思念。已：止，停止。此句大意为：已经改变的誓言不能再去想念，（我们的婚姻）也到此为止了。⑥致：传达。此句大意为：怎么会不思念你呢？只是距离太遥远了，我的思念无法传达到。

quán yuán zài zuǒ　qí shuǐ zài yòu　nǚ zǐ yǒu xíng　yuǎn xiōng dì fù mǔ
泉源在左，淇水在右。女子有行，远兄弟父母。

qí shuǐ zài yòu　quán yuán zài zuǒ　qiǎo xiào zhī cuō　pèi yù zhī nuó
淇水在右，泉源在左。巧笑之瑳，佩玉之傩①。

qí shuǐ yōu yōu　guì jí sōng zhōu　jià yán chū yóu　yǐ xiè wǒ yōu
淇水滺滺，桧楫松舟②。驾言出游，以写我忧③。

wán lán
芄兰

wán lán zhī zhī　tóng zǐ pèi xī　suī zé pèi xī　néng bù wǒ zhī　róng xī suì xī　chuí dài jì xī
芄兰之支，童子佩觿④。虽则佩觿，能不我知⑤。容兮遂兮，垂带悸兮⑥。

wán lán zhī yè　tóng zǐ pèi shè　suī zé pèi shè　néng bù wǒ xiá　róng xī suì xī　chuí dài jì xī
芄兰之叶，童子佩韘。虽则佩韘，能不我甲⑦。容兮遂兮，垂带悸兮。

① 傩：行动有节奏的样子。② 楫：船桨，用桧木做船桨。③ 驾：乘船。言：语助词。写：通“泄”(xiè)，发泄，消除。④ 支：枝。觿：成年男子佩戴的饰品。⑤ 能：而，乃。不我知：不知我，不了解我。⑥ 容、遂：从容自得的样子。悸：衣带下垂的样子。⑦ 韘：犹“觿”。甲：通“狎”(xiá)，亲近，亲昵。

hé guǎng
河广

shuí wèi hé guǎng yì wěi háng zhī shuí wèi sòng yuǎn
谁谓河广？一苇杭之①。谁谓宋远？
qǐ yú wàng zhī
跂予望之②。

shuí wèi hé guǎng zēng bù róng dāo shuí wèi sòng yuǎn
谁谓河广？曾不容刀③。谁谓宋远？
zēng bù zhōng zhāo
曾不崇朝。

bó xī
伯兮

bó xī qiè xī bāng zhī jié xī bó yě zhí shū
伯兮朅兮，邦之桀兮④。伯也执殳⑤，
wéi wáng qián qū
为王前驱。

zì bó zhī dōng shǒu rú fēi péng qǐ wú gāo mù
自伯之东，首如飞蓬⑥。岂无膏沐，
shuí dí wéi róng
谁适为容⑦？

①苇：芦苇。杭：渡，渡过。②跂：通"企"(qǐ)，踮起脚后跟。③曾：乃，竟然。容：容纳。刀：小船。④伯：妻子称呼丈夫。朅：威武雄健的样子。桀：通"杰"(jié)，优秀的、杰出的人。⑤殳：兵器。⑥首如飞蓬：头发像飞舞的蓬草一样乱糟糟的样子。⑦适：悦，取悦。容：修饰打扮。谁适为容：容为适谁？

qí yǔ qí yǔ, gǎo gǎo chū rì。yuàn yán sī bó,
其雨其雨，杲杲出日①。愿言思伯，
gān xīn shǒu jí。
甘心首疾②。
yān dé xuān cǎo? yán shù zhī bèi。yuàn yán sī bó,
焉得谖草？言树之背③。愿言思伯，
shǐ wǒ xīn mèi!
使我心痗④！

yǒu hú
有狐

yǒu hú suí suí, zài bǐ qí liáng。xīn zhī yōu yǐ,
有狐绥绥，在彼淇梁⑤。心之忧矣，
zhī zǐ wú cháng。
之子无裳。
yǒu hú suí suí, zài bǐ qí lì。xīn zhī yōu yǐ,
有狐绥绥，在彼淇厉⑥。心之忧矣，
zhī zǐ wú dài。
之子无带。
yǒu hú suí suí, zài bǐ qí cè。xīn zhī yōu yǐ, zhī
有狐绥绥，在彼淇侧。心之忧矣，之
zǐ wú fú。
子无服。

①其：语助词，表示委婉或希望的意思。杲杲：明亮的样子。②甘心：苦心，痛心。甘心首疾：思念如此强烈以至于心疼头疼。③树：栽种。背：堂屋的北面。④痗：病。⑤绥绥：缓慢行走的样子。梁：桥。⑥厉：水边，水旁。

木瓜

mù guā

tóu wǒ yǐ mù guā, bào zhī yǐ qióng jū, fěi bào yě, yǒng yǐ wéi hǎo yě.

投我以木瓜，报之以琼琚①。匪报也，永以为好也。

tóu wǒ yǐ mù táo, bào zhī yǐ qióng yáo, fěi bào yě, yǒng yǐ wéi hǎo yě.

投我以木桃，报之以琼瑶②。匪报也，永以为好也。

tóu wǒ yǐ mù lǐ, bào zhī yǐ qióng jiǔ, fěi bào yě, yǒng yǐ wéi hǎo yě.

投我以木李，报之以琼玖③。匪报也，永以为好也。

①投：给予，赠予。报：回报。琼：像玉一样的。琚：佩玉。②瑶：美玉。③玖：美石。

wáng fēng
王风

《王风》是采集自姬周东都王城洛邑一带的歌谣，其地大约位于今河南洛阳、孟县、沁阳、巩县、温县等地。周幽王去世后，周王室无力控制镐京一带，周平王被迫东迁至东都洛邑。尽管此时的周王室已经很难完全驾驭各诸侯国，但名义上还是天下诸侯的共主，所以称从这一区域采集的诗歌为“王风”。现存诗歌10篇，大都产生于东周初期，其内容多悲怨之音，故李白曾有“《王风》何怨怒”的说法，以《黍离》《采葛》为代表。

shǔ lí

黍离

bǐ shǔ lí lí, bǐ jì zhī miáo. xíng mài mǐ mǐ,

彼黍离离，彼稷之苗①。行迈靡靡，

zhōng xīn yáo yáo. zhī wǒ zhě wèi wǒ xīn yōu, bù zhī wǒ

中心摇摇②。知我者谓我心忧，不知我

zhě wèi wǒ hé qiú. yōu yōu cāng tiān, cǐ hé rén zāi?

者谓我何求。悠悠苍天，此何人哉？

bǐ shǔ lí lí, bǐ jì zhī suì. xíng mài mǐ mǐ, zhōng

彼黍离离，彼稷之穗。行迈靡靡，中

xīn rú zuì. zhī wǒ zhě wèi wǒ xīn yōu, bù zhī wǒ zhě wèi

心如醉。知我者谓我心忧，不知我者谓

wǒ hé qiú. yōu yōu cāng tiān, cǐ hé rén zāi?

我何求。悠悠苍天，此何人哉？

bǐ shǔ lí lí, bǐ jì zhī shí. xíng mài mǐ mǐ, zhōng

彼黍离离，彼稷之实。行迈靡靡，中

xīn rú yē. zhī wǒ zhě wèi wǒ xīn yōu, bù zhī wǒ zhě

心如噎③。知我者谓我心忧，不知我者

wèi wǒ hé qiú. yōu yōu cāng tiān, cǐ hé rén zāi?

谓我何求。悠悠苍天，此何人哉？

① 离离：生长茂盛的样子。黍：黄米（黍米）。稷：高粱。② 靡靡：步行缓慢的样子。摇摇：心神不安的样子。③ 噎：食物堵住喉咙，这里用来形容心中苦闷以至如食物堵住喉咙无法喘息。

jūn zǐ yú yì
君子于役

jūn zǐ yú yì bù zhī qí qī hé zhì zāi jī
君子于役①，不知其期。曷至哉？鸡
qī yú shí rì zhī xī yǐ yáng niú xià lái jūn zǐ
栖于埘②。日之夕矣，羊牛下来③。君子
yú yì rú zhī hé wù sī
于役，如之何勿思！

jūn zǐ yú yì bú rì bú yuè hé qí yǒu huó jī
君子于役，不日不月。曷其有佸？鸡
qī yú jié rì zhī xī yǐ yáng niú xià kuò jūn zǐ
栖于桀④。日之夕矣，羊牛下括⑤。君子
yú yì gǒu wú jī kě
于役，苟无饥渴⑥！

jūn zǐ yáng yáng
君子阳阳

jūn zǐ yáng yáng zuǒ zhí huáng yòu zhāo wǒ yóu fáng
君子阳阳，左执簧，右招我由房，
qí lè zhǐ jū
其乐只且⑦！

①役：服兵役。②埘：鸡窝。③下来：指放牧归来。④佸：到来，相聚。桀：鸡栖息的木架子。⑤括：来，到。⑥苟：或许，表希望。⑦阳阳：通“扬扬”（yáng yáng），快乐的样子。左、右：左手，右手。由：通“游”（yóu），游逛。

jūn zǐ táo táo zuǒ zhí dào yòu zhāo wǒ yóu áo qí
君子陶陶，左执翿，右招我由敖。其
lè zhǐ jū
乐只且①！

yáng zhī shuǐ
扬之水

yáng zhī shuǐ bù liú shù xīn bǐ jì zhī zǐ bù yǔ
扬之水，不流束薪②。彼其之子，不与
wǒ shù shēn huái zāi huái zāi hé yuè yú huán guī zāi
我戍申③。怀哉怀哉！曷月予还归哉④？

yáng zhī shuǐ bù liú shù chǔ bǐ jì zhī zǐ bù yǔ
扬之水，不流束楚。彼其之子，不与
wǒ shù fǔ huái zāi huái zāi hé yuè yú huán guī zāi
我戍甫⑤。怀哉怀哉！曷月予还归哉？

yáng zhī shuǐ bù liú shù pú bǐ jì zhī zǐ bù yǔ
扬之水，不流束蒲。彼其之子，不与
wǒ shù xǔ huái zāi huái zāi hé yuè yú huán guī zāi
我戍许⑥。怀哉怀哉！曷月予还归哉？

①陶陶：欢乐的样子。翿：羽毛做成的舞具。由敖：游敖，游玩。只且：语助词连用。②扬：悠扬，水流缓慢的样子。流：漂流。③其：语助词。彼其之子：那个人。戍：防守。申：国名。④予：我。⑤甫：国名。⑥许：国名。

zhōng gǔ yǒu tuī

中谷有蓷

zhōng gǔ yǒu tuī hàn qí gān yǐ yǒu nǚ pǐ lí

中谷有蓷，暵其干矣①。有女仳离②，

kǎi qí tàn yǐ kǎi qí tàn yǐ yù rén zhī jiān nán yǐ

嘅其叹矣。嘅其叹矣，遇人之艰难矣！

zhōng gǔ yǒu tuī hàn qí xiū yǐ yǒu nǚ pǐ lí

中谷有蓷，暵其脩矣③。有女仳离，

tiáo qí xiào yǐ tiáo qí xiào yǐ yù rén zhī bù shū yǐ

条其啸矣④。条其啸矣，遇人之不淑矣！

zhōng gǔ yǒu tuī hàn qí shī yǐ yǒu nǚ pǐ lí

中谷有蓷，暵其湿矣⑤。有女仳离，

chuò qí qì yǐ chuò qí qì yǐ hé jiē jí yǐ

啜其泣矣。啜其泣矣，何嗟及矣⑥！

tù yuán

兔爰

yǒu tù yuán yuán zhì lí yú luó wǒ shēng zhī chū

有兔爰爰，雉离于罗⑦。我生之初，

shàng wú wéi wǒ shēng zhī hòu féng cǐ bǎi lí shàng mèi

尚无为⑧。我生之后，逢此百罹⑨。尚寐

①中谷：谷中。蓷：益母草，喜湿。暵：干燥、枯萎的样子。②仳离：分离，离别，这里指女子被抛弃。③脩：干肉，这里指干燥的状态。④条：长。⑤湿：未干潮湿的状态。⑥嗟：叹息，悲叹。何嗟及矣：嗟何及矣，哭泣哀叹也来不及了。⑦爰爰：从容缓慢的样子。离：通"罹"（lí），遭遇。罗：网，罗网。⑧为：劳役之事。⑨百罹：多难，多忧。

wú é
无吪①！

yǒu tù yuán yuán zhì lí yú fú wǒ shēng zhī chū shàng
有兔爰爰，雉离于罦②。我生之初，尚
wú zào wǒ shēng zhī hòu féng cǐ bǎi yōu shàng mèi wú jué
无造③。我生之后，逢此百忧。尚寐无觉④！

yǒu tù yuán yuán zhì lí yú tóng wǒ shēng zhī chū
有兔爰爰，雉离于罿⑤。我生之初，
shàng wú yōng wǒ shēng zhī hòu féng cǐ bǎi xiōng shàng
尚无庸⑥。我生之后，逢此百凶。尚
mèi wú cōng
寐无聪⑦！

gé lěi
葛藟

mián mián gé lěi zài hé zhī hǔ zhōng yuǎn xiōng dì
绵绵葛藟，在河之浒⑧。终远兄弟，
wèi tā rén fù wèi tā rén fù yì mò wǒ gù
谓他人父⑨。谓他人父，亦莫我顾。

mián mián gé lěi zài hé zhī sì zhōng yuǎn xiōng dì
绵绵葛藟，在河之涘⑩。终远兄弟，
wèi tā rén mǔ wèi tā rén mǔ yì mò wǒ yǒu
谓他人母。谓他人母，亦莫我有⑪。

① 尚：庶几，表示希望的意思。吪：动，动作。② 罦：捕兽网。③ 造：指劳役之事。④ 觉：睡醒。⑤ 罿：捕鸟网。⑥ 庸：犹“造”，劳役之事。⑦ 聪：听，听见。⑧ 绵绵：连绵不断的样子。浒：水边。⑨ 终：既，已。谓：称……为。⑩ 涘：水边。⑪ 有：通“友”（yǒu），亲近，友爱。

mián mián gé lěi zài hé zhī chún zhōng yuǎn xiōng dì
绵绵葛藟，在河之漘[①]。终远兄弟，
wèi tā rén kūn wèi tā rén kūn yì mò wǒ wèn
谓他人昆。谓他人昆，亦莫我闻[②]。

cǎi gé
采葛

bǐ cǎi gé xī yí rì bú jiàn rú sān yuè xī
彼采葛兮，一日不见，如三月兮。
bǐ cǎi xiāo xī yí rì bú jiàn rú sān qiū xī
彼采萧兮，一日不见，如三秋兮。
bǐ cǎi ài xī yí rì bú jiàn rú sān suì xī
彼采艾兮，一日不见，如三岁兮。

dà chē
大车

dà chē jiàn jiàn cuì yī rú tǎn qǐ bù ěr sī
大车槛槛，毳衣如菼[③]。岂不尔思？
wèi zǐ bù gǎn
畏子不敢。
dà chē tūn tūn cuì yī rú mén qǐ bù ěr sī
大车哼哼，毳衣如璊[④]。岂不尔思？

①漘：临崖的水边。②昆：兄，哥哥。闻：通“问”(wèn)，恤问，问候。③槛槛：车行进的声音。毳衣：用鸟兽的细毛制作的衣服。菼：荻苇，这里特指荻苇淡青的颜色。④哼哼：车子缓慢行进的样子。璊：红色的玉，这里特指玉的红色。

wèi zǐ bù bēn
畏子不奔①。

gǔ zé yì shì　sǐ zé tóng xué　wèi yú bú xìn
穀则异室②，死则同穴。谓予不信，

yǒu rú jiǎo rì
有如皦日③。

qiū zhōng yǒu má
丘中有麻

qiū zhōng yǒu má　bǐ liú zǐ jiē　bǐ liú zǐ jiē
丘中有麻，彼留子嗟④。彼留子嗟，

qiāng qí lái shī shī
将其来施施⑤。

qiū zhōng yǒu mài　bǐ liú zǐ guó　bǐ liú zǐ guó
丘中有麦，彼留子国⑥。彼留子国，

qiāng qí lái shí
将其来食。

qiū zhōng yǒu lǐ　bǐ liú zhī zǐ　bǐ liú zhī zǐ　yí
丘中有李，彼留之子。彼留之子，贻

wǒ pèi jiǔ
我佩玖。

① 奔：私奔。② 穀：生，活着。③ 信：诚信。皦：通“皎”（jiǎo），洁白，明亮。此句大意为：你说我不诚信，但我的忠诚如明亮的太阳。④ 留：通“刘”（liú），姓或地名。嗟：句末语气词。⑤ 将：愿，希望。施施：衍一“施”字，应为“施”，帮助。⑥ 子国：人名。

zhèng fēng

郑风

“郑”，国名。公元前806年，周宣王封他的弟弟姬友于郑（今陕西华县东），是为郑桓公。周幽王末年，犬戎杀幽王和郑桓公。郑桓公之子掘突继位，是为郑武公，建都于新郑（今河南郑州市一带），仍国号“郑”。郑国的版图不断扩大，郑由此成为春秋早期最强大的诸侯国之一，至公元前375年被韩国所灭。《郑风》是产生于郑武公迁新郑之后的作品，现存诗歌21篇，多为爱情诗。《论语》中曰“郑声淫”，这里“淫”指演奏技术“过分奇巧”，正是《郑风》作为“新乐”区别于中正平和的“古乐”的独特魅力。

zī yī
缁衣

zī yī zhī yí xī, bì, yú yòu gǎi wéi xī. shì zǐ zhī guǎn xī, huán, yú shòu zǐ zhī càn xī.

缁衣之宜兮，敝，予又改为兮①。适子之馆兮，还，予授子之粲兮②。

zī yī zhī hǎo xī, bì, yú yòu gǎi zào xī. shì zǐ zhī guǎn xī, huán, yú shòu zǐ zhī càn xī.

缁衣之好兮，敝，予又改造兮。适子之馆兮，还，予授子之粲兮。

zī yī zhī xí xī, bì, yú yòu gǎi zuò xī. shì zǐ zhī guǎn xī, huán, yú shòu zǐ zhī càn xī.

缁衣之席兮③，敝，予又改作兮。适子之馆兮，还，予授子之粲兮。

qiāng zhòng zǐ
将仲子

qiāng zhòng zǐ xī, wú yú wǒ lǐ, wú zhé wǒ shù qǐ. qǐ gǎn ài zhī? wèi wǒ fù mǔ. zhòng kě huái yě,

将仲子兮，无逾我里④，无折我树杞。岂敢爱之⑤？畏我父母。仲可怀也，

① 缁：黑色。宜：适合，合身。敝：破旧，破败。改：另外，重新。② 适：副词，恰好。之：去，往。粲：新衣服。③ 席：宽大。④ 将：希望。仲子：女子的恋人。逾：翻越。里：里墙，古代五家为邻，五邻为里，里有墙有门。⑤ 爱：吝啬，吝惜。

fù mǔ zhī yán　yì kě wèi yě
父母之言，亦可畏也。

qiāng zhòng zǐ xī　wú yú wǒ qiáng　wú zhé wǒ shù sāng
将仲子兮，无逾我墙，无折我树桑。
qǐ gǎn ài zhī　wèi wǒ zhū xiōng　zhòng kě huái yě　zhū xiōng
岂敢爱之？畏我诸兄。仲可怀也，诸兄
zhī yán　yì kě wèi yě
之言，亦可畏也。

qiāng zhòng zǐ xī　wú yú wǒ yuán　wú zhé wǒ shù tán
将仲子兮，无逾我园，无折我树檀。
qǐ gǎn ài zhī　wèi rén zhī duō yán　zhòng kě huái yě　rén
岂敢爱之？畏人之多言。仲可怀也，人
zhī duō yán　yì kě wèi yě
之多言，亦可畏也。

shū yú tián
叔于田

shū yú tián　xiàng wú jū rén　qǐ wú jū rén　bù
叔于田①，巷无居人。岂无居人？不
rú shū yě　xún měi qiě rén
如叔也，洵美且仁②。

shū yú shòu　xiàng wú yǐn jiǔ　qǐ wú yǐn jiǔ　bù
叔于狩③，巷无饮酒。岂无饮酒？不
rú shū yě　xún měi qiě hǎo
如叔也，洵美且好。

①田：打猎。②洵：诚然，的确。③狩：狩猎。

shū shì yě, xiàng wú fú mǎ ①。qǐ wú fú mǎ? bù
叔适野，巷无服马①。岂无服马？不
rú shū yě, xún měi qiě wǔ。
如叔也，洵美且武。

tài shū yú tián
大叔于田

shū yú tián, chéng shèng mǎ。zhí pèi rú zǔ, liǎng cān rú
叔于田，乘乘马。执辔如组，两骖如
wǔ ②。shū zài sǒu, huǒ liè jù jǔ ③。tǎn xī bào hǔ ④,
舞②。叔在薮，火烈具举③。袒裼暴虎④，
xiàn yú gōng suǒ。qiāng shū wú niǔ ⑤, jiè qí shāng rǔ。
献于公所。将叔无狃⑤，戒其伤女。

shū yú tián, chéng shèng huáng。liǎng fú shàng xiāng, liǎng cān
叔于田，乘乘黄。两服上襄，两骖
yàn háng。shū zài sǒu, huǒ liè jù yáng。shū shàn shè jì ⑥, yòu
雁行。叔在薮，火烈具扬。叔善射忌⑥，又
liáng yù jì。yì qìng kòng jì, yì zòng sòng jì ⑦。
良御忌。抑磬控忌，抑纵送忌⑦。

shū yú tián, chéng shèng bǎo ⑧。liǎng fú qí shǒu, liǎng cān
叔于田，乘乘鸨⑧。两服齐首，两骖
rú shǒu。shū zài sǒu, huǒ liè jù fù。shū mǎ màn jì, shū
如手。叔在薮，火烈具阜。叔马慢忌，叔

① 服马：骑马，驾马。② 本句用来形容骑手驾马技术的高超娴熟。③ 薮：沼泽。火烈：打猎时放火烧林。④ 袒裼：赤膊，光膀子。暴虎：徒手搏击老虎。⑤ 狃：习以为常而不加重视，大意。⑥ 忌：句尾语气词。⑦ 抑：发语词。磬控、纵送：驾马的动作。⑧ 鸨：黑白杂色的马。

fā hǎn jì　yì shì bīng jì　yì chàng gōng jì
发罕忌①。抑释掤忌，抑鬯弓忌②。

qīng rén
清人

qīng rén zài péng　sì jiè bēng bēng　èr máo chóng yīng
清人在彭，驷介旁旁③。二矛重英，
hé shàng hū áo xiáng
河上乎翱翔④。

qīng rén zài xiāo　sì jiè biāo biāo　èr máo chóng jiāo
清人在消⑤，驷介麃麃。二矛重乔⑥，
hé shàng hū xiāo yáo
河上乎逍遥。

qīng rén zài zhóu　sì jiè táo táo　zuǒ xuán yòu chōu
清人在轴⑦，驷介陶陶。左旋右抽，
zhōng jūn zuò hǎo
中军作好⑧。

①发：射箭。罕：少。②释掤、鬯弓：收起箭、弓。③清、彭：地名。驷介：四马而披甲。旁旁：马强壮有力的样子。④二矛：古代战车上插着两支矛。重英：矛上装饰着两层璎。翱翔、逍遥：优游自得、自由自在的样子。⑤消：地名。⑥乔：通“鹞”(jiāo)，长尾野鸡，这里特指野鸡的羽毛。⑦轴：地名。⑧旋：旋转，转身。抽：拔剑刺击。作好：嬉戏，玩乐。

gāo qiú
羔裘

gāo qiú rú rú xún zhí qiě hóu bǐ jì zhī zǐ shě mìng bù yú

羔裘如濡，洵直且侯①。彼其之子，舍命不渝②。

gāo qiú bào shì kǒng wǔ yǒu lì bǐ jì zhī zǐ bāng zhī sī zhí

羔裘豹饰，孔武有力③。彼其之子，邦之司直④。

gāo qiú yàn xī sān yīng càn xī bǐ jì zhī zǐ bāng zhī yàn xī

羔裘晏兮，三英粲兮⑤。彼其之子，邦之彦兮⑥。

zūn dà lù
遵大路

zūn dà lù xī shǎn zhí zǐ zhī qū xī wú wǒ wù xī bù zǎn gù yě

遵大路兮，掺执子之祛兮⑦。无我恶兮，不寁故也⑧！

① 濡：柔润有光泽的样子。侯：美，好。② 其：助词。彼其之子：那个人。渝：变，改变。③ 豹：豹皮。豹饰：用豹皮装饰。孔：很，甚。④ 司直：主管正人过失的人。⑤ 晏：柔软温暖的样子。三英：羔裘上的三道装饰。粲：颜色鲜明的样子。⑥ 彦：士之美称，杰出的人。⑦ 遵：顺着，沿着。掺、执：拉，拉住。祛：衣袖。⑧ 无我恶兮：不要厌恶我。寁：快速离开。故：故人。

zūn dà lù xī shǎn zhí zǐ zhī shǒu xī wú wǒ chǒu xī
遵大路兮，掺执子之手兮。无我魗兮①，
bù zǎn hǎo yě
不寁好也！

nǚ yuē jī míng
女曰鸡鸣

nǚ yuē jī míng shì yuē mèi dàn zǐ
女曰："鸡鸣。"士曰："昧旦②。""子
xīng shì yè míng xīng yǒu làn jiāng áo jiāng xiáng yì fú
兴视夜，明星有烂。""将翱将翔，弋凫
yǔ yàn
与雁。"

yì yán jiā zhī yǔ zǐ yí zhī yí yán yǐn jiǔ
"弋言加之，与子宜之③。宜言饮酒，
yǔ zǐ xié lǎo qín sè zài yù mò bú jìng hǎo
与子偕老。琴瑟在御，莫不静好。"

zhī zǐ zhī lái zhī zá pèi yǐ zèng zhī zhī zǐ
"知子之来之，杂佩以赠之④。知子
zhī shùn zhī zá pèi yǐ wèn zhī zhī zǐ zhī hào zhī
之顺之，杂佩以问之⑤。知子之好之⑥，
zá pèi yǐ bào zhī
杂佩以报之。"

①魗：通"丑"（chǒu），厌恶。②昧旦：黎明，天将明未明的时候。③弋：射，射箭。加：射中。宜：烹制菜肴。④杂佩：由几种玉组合成的佩玉。⑤顺：和顺。问：赠送，馈赠。⑥好：喜爱，爱恋。

有女同车

有女同车，颜如舜华①。将翱将翔，佩玉琼琚。彼美孟姜，洵美且都②。

有女同行，颜如舜英。将翱将翔，佩玉将将。彼美孟姜，德音不忘。

山有扶苏

山有扶苏③，隰有荷华。不见子都，乃见狂且④。

山有桥松，隰有游龙⑤。不见子充⑥，乃见狡童。

① 舜：木名，木槿。② 都：优美，闲雅。③ 扶苏：枝叶繁茂的树木。④ 子都：人名。且：语助词。⑤ 游龙：草名，即马蓼。⑥ 子充：人名。

tuò xī
萚兮

tuó xī tuò xī fēng qí chuī rǔ shū xī bó xī
萚兮萚兮①，风其吹女。叔兮伯兮，
chàng yú hè rǔ
倡予和女②。

tuò xī tuó xī fēng qí piāo rǔ shū xī bó xī chàng
萚兮萚兮，风其漂女。叔兮伯兮，倡
yú hè rǔ
予要女③。

jiǎo tóng
狡童

bǐ jiǎo tóng xī bù yǔ wǒ yán xī wéi zǐ zhī gù
彼狡童兮④，不与我言兮。维子之故，
shǐ wǒ bù néng cān xī
使我不能餐兮。

bǐ jiǎo tóng xī bù yǔ wǒ shí xī wéi zǐ zhī gù
彼狡童兮，不与我食兮。维子之故，
shǐ wǒ bù néng xī xī
使我不能息兮。

①萚：草木脱落的皮或叶。②倡：领唱。倡予和女：女倡予和，你领唱我合唱。③要：假借为“和”（hè）。合唱。④狡童：狡猾的青年。

qiān cháng
褰裳

zǐ huì sī wǒ qiān cháng shè zhēn zǐ bù wǒ sī
子惠思我，褰裳涉溱①。子不我思，

qǐ wú tā rén kuáng tóng zhī kuáng yě jū
岂无他人？狂童之狂也且。

zǐ huì sī wǒ qiān cháng shè wěi zǐ bù wǒ sī qǐ
子惠思我，褰裳涉洧。子不我思，岂

wú tā shì kuáng tóng zhī kuáng yě jū
无他士？狂童之狂也且。

fēng
丰

zǐ zhī fēng xī sì wǒ hū xiàng xī huǐ yú bú sòng
子之丰兮②，俟我乎巷兮。悔予不送

xī
兮③。

zǐ zhī chāng xī sì wǒ hū táng xī huǐ yú bù jiāng
子之昌兮④，俟我乎堂兮。悔予不将

xī
兮⑤。

①惠：爱。褰：提起（衣服）。溱：水名。②丰：容貌丰满美好。③送：送女出嫁。④昌：体格健壮美好。⑤将：迎接。

yì jǐn jiǒng yī cháng jǐn jiǒng cháng shū xī bó xī
衣锦褧衣，裳锦褧裳。叔兮伯兮，
jià yú yǔ xíng
驾予与行。

cháng jǐn jiǒng cháng yì jǐn jiǒng yī shū xī bó xī
裳锦褧裳，衣锦褧衣。叔兮伯兮，
jià yú yǔ guī
驾予与归。

dōng mén zhī shàn
东门之墠

dōng mén zhī shàn rú lǘ zài bǎn qí shì zé ěr
东门之墠，茹藘在阪①。其室则迩，
qí rén shèn yuǎn
其人甚远。

dōng mén zhī lì yǒu jiàn jiā shì qǐ bù ěr sī
东门之栗，有践家室②。岂不尔思？
zǐ bù wǒ jí
子不我即。

fēng yǔ
风雨

fēng yǔ qī qī jī míng jiē jiē jì jiàn jūn zǐ
风雨凄凄，鸡鸣喈喈③。既见君子，

① 墠：平整的广场。茹藘：植物名，茜草。阪：土坡。② 践：排列整齐的样子。③ 喈喈：鸡鸣的声音。

yún hú bù yí
云胡不夷①？

fēng yǔ xiāo xiāo, jī míng jiāo jiāo. jì jiàn jūn zǐ,
风雨潇潇，鸡鸣胶胶②。既见君子，

yún hú bù chōu
云胡不瘳③？

fēng yǔ rú huì, jī míng bù yǐ. jì jiàn jūn zǐ,
风雨如晦④，鸡鸣不已。既见君子，

yún hú bù xǐ
云胡不喜？

zǐ jīn
子衿

qīng qīng zǐ jīn, yōu yōu wǒ xīn. zòng wǒ bù wǎng,
青青子衿⑤，悠悠我心。纵我不往，

zǐ nìng bú yí yīn
子宁不嗣音⑥？

qīng qīng zǐ pè, yōu yōu wǒ sī. zòng wǒ bù wǎng, zǐ
青青子佩，悠悠我思。纵我不往，子

nìng bù lái
宁不来？

tāo xī tà xī, zài chéng què xī. yí rì bú jiàn,
挑兮达兮⑦，在城阙兮。一日不见，

rú sān yuè xī
如三月兮。

①夷：平静，喜悦。②胶胶：鸡鸣叫的声音。③瘳：病除，病愈。④晦：昏暗。⑤衿：衣领。⑥宁：难道。嗣：假借为“贻”（yí），给，寄。音：信，音讯。⑦挑达：双声连绵字，走来走去的样子。

yáng zhī shuǐ
扬之水

yáng zhī shuǐ bù liú shù chǔ zhōng xiǎn xiōng dì wéi
扬之水，不流束楚。终鲜兄弟①，维
yú yǔ rǔ wú xìn rén zhī yán rén shí kuáng rǔ
予与女。无信人之言，人实迋女②。

yáng zhī shuǐ bù liú shù xīn zhōng xiǎn xiōng dì wéi
扬之水，不流束薪。终鲜兄弟，维
yú èr rén wú xìn rén zhī yán rén shí bú xìn
予二人。无信人之言，人实不信。

chū qí dōng mén
出其东门

chū qí dōng mén yǒu nǚ rú yún suī zé rú yún fēi
出其东门，有女如云。虽则如云，匪
wǒ sī cún gǎo yī qí jīn liáo lè wǒ yún
我思存③。缟衣綦巾，聊乐我员④。

chū qí yīn dū yǒu nǚ rú tú suī zé rú tú fēi
出其闉阇，有女如荼⑤。虽则如荼，匪
wǒ sī cú gǎo yī rú lǘ liáo kě yǔ yú
我思且⑥。缟衣茹藘⑦，聊可与娱。

① 终：既。鲜：少。② 迋：通“诳”（kuáng），欺骗。③ 存：在，所在。④ 缟衣：白色的衣服。綦巾：青灰色的佩巾。聊：姑且。员：通“云”（yún），句末语助词。⑤ 闉阇：城门。荼：白茅的花。如荼：同“如云”，众多的意思。⑥ 且：假借为“徂”（cú），往，向往。⑦ 茹藘：茜草，根部红色，这里特指茜草的红色，用来指代红色的佩巾。

yě yǒu màn cǎo
野有蔓草

yě yǒu màn cǎo líng lù tuán xī yǒu měi yì rén
野有蔓草，零露漙兮①。有美一人，
qīng yáng wǎn xī xiè hòu xiāng yù shì wǒ yuàn xī
清扬婉兮。邂逅相遇，适我愿兮②。

yě yǒu màn cǎo líng lù ráng ráng yǒu měi yì rén wǎn
野有蔓草，零露瀼瀼。有美一人，婉
rú qīng yáng xiè hòu xiāng yù yǔ zǐ xié zāng
如清扬。邂逅相遇，与子偕臧。

zhēn wěi
溱洧

zhēn yǔ wěi fāng huàn huàn xī shì yǔ nǚ fāng bǐng
溱与洧，方涣涣兮③。士与女，方秉
jiān xī nǚ yuē guān hū shì yuē jì cú
蕑兮④。女曰：“观乎？”士曰：“既且⑤。”
qiě wǎng guān hū wěi zhī wài xún xū qiě lè wéi shì
“且往观乎！洧之外，洵訏且乐⑥。”维士
yǔ nǚ yī qí xiāng xuè zèng zhī yǐ sháo yào
与女，伊其相谑⑦，赠之以勺药。

①零：降，降落。漙：露水很多的样子。②适：符合，适合。③溱、洧：水名。涣涣：春水盛大的样子。④蕑：植物名，兰草。⑤既：已经。且：往。⑥訏：大，宽阔。⑦维、伊：语助词。谑：开玩笑。

zhēn yǔ wěi liú qí qīng yǐ shì yǔ nǚ yīn qí
溱与洧，浏其清矣①。士与女，殷其
yíng yǐ nǚ yuē guān hū shì yuē jì cú
盈矣②。女曰：“观乎？”士曰：“既且。”
qiě wǎng guān hū wěi zhī wài xún xū qiě lè wéi shì
“且往观乎！洧之外，洵訏且乐。”维士
yǔ nǚ yī qí jiāng xuè zèng zhī yǐ sháo yào
与女，伊其将谑，赠之以勺药。

①浏：水流深且清澈的样子。②殷：众多。

"齐",国名,是姬周功臣姜太公的封地,建都营丘(今山东临淄东北)。公元前386年,田氏代齐,遂为田氏之齐。齐国的疆域濒临大海,以其优越的地理位置成为整个周代最富庶、最强大的国家之一。朱熹《诗集传》中说:"通工商之业,便鱼盐之利,民多归之,故为大国"。《齐风》是采集自今山东临淄以及河北沧州南部一带的诗歌,作品产生的年代大致在东周早期,现存11篇,季札论乐时,评价《齐风》说"美哉!泱泱乎,大风也哉",认为齐乐如泱泱之水般弘大,深广。

jī míng
鸡鸣

jī jì míng yǐ cháo jì yíng yǐ fēi jī zé
“鸡既鸣矣，朝既盈矣①。”“匪鸡则

míng cāng yíng zhī shēng
鸣，苍蝇之声。”

dōng fāng míng yǐ cháo jì chāng yǐ fēi dōng fāng zé
“东方明矣，朝既昌矣。”“匪东方则

míng yuè chū zhī guāng
明，月出之光。”

chóng fēi hōng hōng gān yǔ zǐ tóng mèng huì qiě guī
“虫飞薨薨，甘与子同梦。”“会且归

yǐ wú shù yú zǐ zēng
矣，无庶予子憎②。”

xuán
还

zǐ zhī xuán xī zāo wǒ hū náo zhī jiān xī bìng qū
子之还兮，遭我乎猱之间兮③。并驱

cóng liǎng jiān xī yī wǒ wèi wǒ xuān xī
从两肩兮，揖我谓我儇兮④。

①盈：满。此句大意为：上朝的人都到满了。②会：朝会。庶：幸，希望。无庶予子憎：即庶无憎予子，希望不要憎恨你我。③还：轻快敏捷的样子。猱：山名。④从：追赶。肩：通“豜”（jiān），三岁的野猪。揖：拱手行礼。儇：身手敏捷。

zǐ zhī mào xī zāo wǒ hū náo zhī dào xī bìng qū
子之茂兮①，遭我乎狃之道兮。并驱
cóng liǎng mǔ xī yī wǒ wèi wǒ hǎo xī
从两牡兮，揖我谓我好兮。

zǐ zhī chāng xī zāo wǒ hū náo zhī yáng xī bìng qū
子之昌兮，遭我乎狃之阳兮②。并驱
cóng liǎng láng xī yī wǒ wèi wǒ zāng xī
从两狼兮，揖我谓我臧兮。

zhù
著

sì wǒ yú zhù hū ér chōng ěr yǐ sù hū ér shàng
俟我于著乎而，充耳以素乎而，尚
zhī yǐ qióng huá hū ér
之以琼华乎而③。

sì wǒ yú tíng hū ér chōng ěr yǐ qīng hū ér shàng
俟我于庭乎而，充耳以青乎而，尚
zhī yǐ qióng yíng hū ér
之以琼莹乎而。

sì wǒ yú táng hū ér chōng ěr yǐ huáng hū ér shàng
俟我于堂乎而，充耳以黄乎而，尚
zhī yǐ qióng yīng hū ér
之以琼英乎而。

① 茂：美好。② 昌：健壮。阳：山的南面。③ 著：大门与屏风之间的位置。充耳：古代一种男子头部的装饰。乎而：句尾语助词。尚：加，加上。

dōng fāng zhī rì
东方之日

dōng fāng zhī rì xī bǐ shū zhě zǐ zài wǒ shì xī
东方之日兮，彼姝者子，在我室兮。
zài wǒ shì xī lǚ wǒ jí xī
在我室兮，履我即兮①。

dōng fāng zhī yuè xī bǐ shū zhě zǐ zài wǒ tà xī
东方之月兮，彼姝者子，在我闼兮②。
zài wǒ tà xī lǚ wǒ fā xī
在我闼兮，履我发兮③。

dōng fāng wèi míng
东方未明

dōng fāng wèi míng diān dǎo yī cháng diān zhī dǎo zhī
东方未明，颠倒衣裳④。颠之倒之，
zì gōng zhào zhī
自公召之。

dōng fāng wèi xī diān dǎo cháng yī dǎo zhī diān zhī
东方未晞⑤，颠倒裳衣。倒之颠之，
zì gōng lìng zhī
自公令之。

①即：或指竹席。②闼：夹室，寝室左右的小屋。③发：或指苇席。④衣：上身的衣服。裳：下身的衣服。⑤晞：朝阳初升。

折柳樊圃，狂夫瞿瞿①。不能辰夜，不夙则莫②。

南山

南山崔崔，雄狐绥绥③。鲁道有荡，齐子由归④。既曰归止，曷又怀止⑤？

葛屦五两，冠緌双止⑥。鲁道有荡，齐子庸止⑦。既曰庸止，曷又从止⑧？

蓺麻如之何？衡从其亩⑨。取妻如之何？必告父母。既曰告止，曷又鞠止⑩？

① 樊：编筑篱笆。折柳樊圃：大意为折断柳枝，用柳枝编筑园圃的篱笆。瞿瞿：双目瞪视的样子。② 莫："暮"（mù）的本字，晚。③ 雄狐：本诗以雄狐暗指与妹妹文姜乱伦私通的齐襄公。④ 鲁道：往鲁国去的大道。荡：平坦。齐子：即文姜。归：出嫁。⑤ 怀：想念。此句大意为：文姜已经出嫁了，齐襄公为什么还要惦记她？⑥ 葛屦：葛麻做的鞋子。两：量词，双。緌：帽带打结后垂下来的部分。⑦ 庸：用，由。朱熹《诗集传》曰："用此道以嫁于鲁也。"⑧ 从：跟随。此句大意为：文姜已经出嫁了，齐襄公为什么还要跟随她？⑨ 衡：通"横"（héng），东西为横。从：通"纵"（zòng），南北为纵。⑩ 鞠：通"鞫"（jū），穷极。此句大意为：文姜已经出嫁了，齐襄公为什么放纵想追求她的欲望？

xī xīn rú zhī hé fěi fǔ bú kè qǔ qī rú zhī
析薪如之何①？匪斧不克。取妻如之

hé fěi méi bù dé jì yuē dé zhǐ hé yòu jí zhǐ
何？匪媒不得。既曰得止，曷又极止②？

fǔ tián
甫田

wú tián fǔ tián wéi yǒu jiāo jiāo wú sī yuǎn rén
无田甫田，维莠骄骄③。无思远人，

láo xīn dāo dāo
劳心忉忉。

wú tián fǔ tián wéi yǒu jié jié wú sī yuǎn rén láo
无田甫田，维莠桀桀。无思远人，劳

xīn dá dá
心怛怛。

wǎn xī luán xī zǒng jiǎo guàn xī wèi jǐ jiàn xī
婉兮娈兮，总角丱兮④。未几见兮，

tū ér biàn xī
突而弁兮⑤。

①析薪：砍柴，劈柴。②极：到，到达。此句大意为：文姜已经出嫁了，齐襄公为什么还要做到这种地步？③无田：不要耕种。甫田：大田。莠：杂草。骄骄：杂草茂盛的样子。④丱：两个发髻左右对称的样子。⑤弁：戴冠，古时男子二十岁时举行加冠礼，表示成人。

卢令
lú líng

lú líng líng　qí rén měi qiě rén

卢令令①，其人美且仁。

lú chóng huán　qí rén měi qiě quán

卢重环，其人美且鬈②。

lú chóng méi　qí rén měi qiě cāi

卢重镅，其人美且偲③。

敝笱
bì gǒu

bì gǒu zài liáng　qí yú fáng guān　qí zǐ guī zhǐ　qí cóng rú yún

敝笱在梁④，其鱼鲂鳏。齐子归止⑤，其从如云。

bì gǒu zài liáng　qí yú fáng xù　qí zǐ guī zhǐ　qí cóng rú yǔ

敝笱在梁，其鱼鲂鱮。齐子归止，其从如雨。

bì gǒu zài liáng　qí yú wěi wěi　qí zǐ guī zhǐ

敝笱在梁，其鱼唯唯⑥。齐子归止，

①卢：黑色猎犬。令令：通“铃铃”（líng líng），颈环的响声。②鬈：通“权”（quán），勇壮。③镅：大连环。偲：有才能。④笱：竹制捕鱼器。梁：堤坝。⑤齐子：文姜。归：返回，文姜返回齐国。止：句末语气词。⑥唯唯：形容鱼出入自由的样子。

qí cóng rú shuǐ
其从如水。

zài qū
载驱

zài qū bó bó diàn fú zhū kuò lǔ dào yǒu dàng
载驱薄薄，簟茀朱鞹①。鲁道有荡，
qí zǐ fā xī
齐子发夕②。

sì lí jǐ jǐ chuí pèi nǐ nǐ lǔ dào yǒu dàng
四骊济济，垂辔沵沵③。鲁道有荡，
qí zǐ kǎi tì
齐子岂弟④。

wèn shuǐ shāng shāng xíng rén bāng bāng lǔ dào yǒu dàng
汶水汤汤，行人彭彭⑤。鲁道有荡，
qí zǐ áo xiáng
齐子翱翔。

wèn shuǐ tāo tāo xíng rén biāo biāo lǔ dào yǒu dàng
汶水滔滔，行人儦儦⑥。鲁道有荡，
qí zǐ yóu áo
齐子游敖。

① 载：语助词。驱：驾马奔驰。薄薄：车马疾驰的声音。簟茀：竹编的车帘。朱鞹：红色兽皮制作的车盖。② 发夕：犹“旦夕”，从早走到晚。③ 济济：整齐的样子。沵沵：柔软的样子。④ 岂弟：即“恺悌”（kǎi tì），快乐和悦的样子。⑤ 彭彭：众多的样子。⑥ 滔滔：水流盛大的样子。儦儦：人数众多的样子。

猗嗟（yī jiē）

猗嗟昌兮①，颀而长兮。抑若扬兮，美目扬兮②。巧趋跄兮③，射则臧兮。

猗嗟名兮④，美目清兮。仪既成兮，终日射侯⑤。不出正兮，展我甥兮⑥。

猗嗟娈兮，清扬婉兮。舞则选兮，射则贯兮⑦。四矢反兮，以御乱兮⑧。

①猗嗟：叹词，表示赞美。昌：健壮美好的样子。②抑：通“懿”（yì），美。若：而，然。扬：额头。美目扬：眼睛明亮有神的样子。③巧：灵敏，灵巧。趋：快步走。跄：行走从容有节奏的样子。④名：通“明”（míng），脸色明亮的样子。⑤仪：射箭的仪式。侯：箭靶。⑥正：箭靶的中心位置。展：真是，的确。⑦选：整齐，端正。贯：射中，穿透。⑧反：重复射中一个地方。御：抵御，抵挡。乱：祸乱。

wèi fēng

“魏”，国名，是西周初年成王时期分封的姬姓诸侯伯国，始封君不详，都城在今山西芮城县东北，公元前661年为晋献公所灭，朱熹《诗集传》中说：“其地狭隘，而民贫俗俭，盖有圣贤之遗风焉”。《魏风》是采自古魏国灭亡之前的歌谣，现存诗歌7篇，主要反映的是人民生活艰苦以及对魏国统治者的不满情绪。

葛屦

纠纠葛屦，可以履霜①？掺掺女手②，可以缝裳？要之襋之③，好人服之。

好人提提，宛然左辟，佩其象揥④。维是褊心⑤，是以为刺。

汾沮洳

彼汾沮洳，言采其莫⑥。彼其之子，美无度⑦。美无度，殊异乎公路⑧。

彼汾一方，言采其桑。彼其之子，美如英。美如英，殊异乎公行⑨。

① 葛屦：用葛编的鞋。可：通“何”（hé），什么，怎么。② 掺掺：通“纤纤”（xiān xiān），纤细。③ 要：用作动词，缝制衣服的腰。襋：用作动词，缝衣领。④ 提提：美好安详的样子。辟：通“避”（bì），避让，回避。⑤ 褊心：心胸狭窄。⑥ 汾：水名。沮洳：水边低洼潮湿的地方。莫：一种可以吃的野菜。⑦ 度：限度。⑧ 公路：官职名，掌管国君的车。⑨ 公行：通“公路”。

bǐ fén yì qū yán cǎi qí xù bǐ jì zhī zǐ měi
彼汾一曲①，言采其萎。彼其之子，美

rú yù měi rú yù shū yì hū gōng zú
如玉。美如玉，殊异乎公族②。

yuán yǒu táo
园有桃

yuán yǒu táo qí shí zhī yáo xīn zhī yōu yǐ wǒ
园有桃，其实之殽③。心之忧矣，我

gē qiě yáo bù wǒ zhī zhě wèi wǒ shì yě jiāo bǐ rén shì
歌且谣。不我知者，谓我士也骄。彼人是

zāi zǐ yuē hé jī xīn zhī yōu yǐ qí shuí zhī zhī
哉，子曰何其④！心之忧矣，其谁知之？

qí shuí zhī zhī hé yì wù sī
其谁知之，盖亦勿思⑤。

yuán yǒu jí qí shí zhī shí xīn zhī yōu yǐ liáo yǐ
园有棘，其实之食。心之忧矣，聊以

xíng guó bù wǒ zhī zhě wèi wǒ shì yě wǎng jí bǐ rén
行国⑥。不我知者，谓我士也罔极。彼人

shì zāi zǐ yuē hé jī xīn zhī yōu yǐ qí shuí zhī zhī
是哉，子曰何其！心之忧矣，其谁知之？

qí shuí zhī zhī hé yì wù sī
其谁知之，盖亦勿思。

①曲：河湾，水流转弯处。②公族：官职名，掌管国君宗族的事务。③殽：吃。④其：语气词，表示疑问。⑤盖：通“盍”（hé），何不。亦：助词。⑥行国：周游于国中。

zhì hù

陟岵

zhì bǐ hù xī zhān wàng fù xī fù yuē jiē

陟彼岵兮①，瞻望父兮。父曰：“嗟！

yú zǐ xíng yì sù yè wú yǐ shàng shèn zhān zāi yóu lái

予子行役，夙夜无已。上慎旃哉，犹来

wú zhǐ

无止②！”

zhì bǐ qǐ xī zhān wàng mǔ xī mǔ yuē jiē

陟彼屺兮③，瞻望母兮。母曰：“嗟！

yú jì xíng yì sù yè wú mèi shàng shèn zhān zāi yóu lái

予季行役，夙夜无寐。上慎旃哉，犹来

wú qì

无弃！”

zhì bǐ gāng xī zhān wàng xiōng xī xiōng yuē jiē

陟彼冈兮，瞻望兄兮。兄曰：“嗟！

yú dì xíng yì sù yè bì xié shàng shèn zhān zāi yóu

予弟行役，夙夜必偕④。上慎旃哉，犹

lái wú sǐ

来无死！”

① 岵：荒芜的山。② 上：通“尚”（shàng），表示希望。慎：谨慎。旃：语助词，之。犹：愿，希望。来：回来，归来。③ 屺：无草木的山。④ 偕：勤勉努力。

shí mǔ zhī jiān
十亩之间

shí mǔ zhī jiān xī sāng zhě xián xián xī xíng yǔ zǐ xuán xī
十亩之间兮，桑者闲闲兮，行与子还兮。
shí mǔ zhī wài xī sāng zhě yì yì xī xíng yǔ zǐ shì xī
十亩之外兮，桑者泄泄兮[①]，行与子逝兮。

fá tán
伐檀

kǎn kǎn fá tán xī zhì zhī hé zhī gān xī hé shuǐ qīng
坎坎伐檀兮，寘之河之干兮，河水清
qiě lián yī bú jià bú sè hú qǔ hé sān bǎi chán xī
且涟猗[②]。不稼不穑，胡取禾三百廛兮[③]？
bú shòu bú liè hú zhān ěr tíng yǒu xuán huán xī bǐ jūn
不狩不猎，胡瞻尔庭有县貆兮[④]？彼君
zǐ xī bú sù cān xī
子兮，不素餐兮[⑤]！

kǎn kǎn fá fú xī zhì zhī hé zhī cè xī hé
坎坎伐辐兮[⑥]，寘之河之侧兮，河
shuǐ qīng qiě zhí yī bú jià bú sè hú qǔ hé sān bǎi yì
水清且直猗。不稼不穑，胡取禾三百亿

① 泄泄：很多人的样子。② 寘：放置，搁置。干：岸，水边。猗：句末语气词，啊。③ 廛：一百亩田为廛。三百廛：泛指不耕作却获得许多粮食，下“三百亿”“三百囷”同此义。④ 县：通“悬”（xuán），挂着。貆：野兽名，獾。⑤ 素餐：指贵族不干活白吃饭，“素食”“素飧”同此义。⑥ 辐：车轮的辐条，这里指用砍伐的檀木做辐条。

xī bú shòu bú liè hú zhān ěr tíng yǒu xuán tè xī bǐ
兮？不狩不猎，胡瞻尔庭有县特兮？彼
jūn zǐ xī bú sù shí xī
君子兮，不素食兮！

kǎn kǎn fá lún xī zhì zhī hé zhī chún xī hé shuǐ qīng
坎坎伐轮兮，寘之河之漘兮，河水清
qiě lún yī bú jià bú sè hú qǔ hé sān bǎi qūn xī bú
且沦猗。不稼不穑，胡取禾三百囷兮？不
shòu bú liè hú zhān ěr tíng yǒu xuán chún xī bǐ jūn zǐ xī
狩不猎，胡瞻尔庭有县鹑兮？彼君子兮，
bú sù sūn xī
不素飧兮！

shuò shǔ
硕鼠

shuò shǔ shuò shǔ wú shí wǒ shǔ sān suì guàn rǔ mò
硕鼠硕鼠，无食我黍！三岁贯女，莫
wǒ kěn gù shì jiāng qù rǔ shì bǐ lè tǔ lè tǔ
我肯顾①。逝将去女②，适彼乐土。乐土
lè tǔ yuán dé wǒ suǒ
乐土，爰得我所。

shuò shǔ shuò shǔ wú shí wǒ mài sān suì guàn rǔ mò
硕鼠硕鼠，无食我麦！三岁贯女，莫
wǒ kěn dé shì jiāng qù rǔ shì bǐ lè guó lè guó yuè
我肯德③。逝将去女，适彼乐国。乐国乐

① 贯：侍奉，服侍。莫我肯顾：莫肯顾我，不肯照顾我。② 逝：通“誓”（shì），发誓。③ 德：报恩。

guó yuán dé wǒ zhí
国，爰得我直①。

shuò shǔ shuò shǔ wú shí wǒ miáo sān suì guàn rǔ mò
硕鼠硕鼠，无食我苗！三岁贯女，莫

wǒ kěn lào shì jiāng qù rǔ shì bǐ lè jiāo lè jiāo lè
我肯劳②。逝将去女，适彼乐郊。乐郊乐

jiāo shuí zhī yǒng háo
郊，谁之永号？

①直：通“职”（zhí），处所。②劳：慰劳。

táng fēng

“唐”即唐国，本为帝尧的旧都，曾以“唐”为国号，是西周初年成王之弟叔虞的封国，都城在今山西翼城县南。唐叔虞去世后，其子燮父将都城迁居晋水之旁，改国号为“晋”，史称“晋国”。“唐风”就是采自今山西太原一带的诗篇，尽管晋国地瘠民贫，但是百姓勤俭质朴，忧深思远，有唐尧之遗风，现存诗歌12篇，作品年代大致在周平王东迁后的百年间。与《魏风》相似，《唐风》的情调也比较忧伤、苦涩，所以季札在评论《唐风》时说：“深思哉！其陶唐氏之遗民乎？不然，何忧之远也？非令德之后，谁能若是！”

xī shuài

蟋蟀

xī shuài zài táng suì yù qí mù jīn wǒ bú lè

蟋蟀在堂，岁聿其莫①。今我不乐，

rì yuè qí chú wú yǐ tài kāng zhí sī qí jū hào

日月其除②。无已大康，职思其居③。好

lè wú huāng liáng shì jù jù

乐无荒，良士瞿瞿④。

xī shuài zài táng suì yù qí shì jīn wǒ bú lè rì

蟋蟀在堂，岁聿其逝。今我不乐，日

yuè qí mài wú yǐ tài kāng zhí sī qí wài hào lè

月其迈⑤。无已大康，职思其外⑥。好乐

wú huāng liáng shì guì guì

无荒，良士蹶蹶⑦。

xī shuài zài táng yì chē qí xiū jīn wǒ bú lè rì

蟋蟀在堂，役车其休。今我不乐，日

yuè qí tāo wú yǐ tài kāng zhí sī qí yōu hào lè wú

月其慆⑧。无已大康，职思其忧。好乐无

huāng liáng shì xiū xiū

荒，良士休休⑨。

①聿：句中助词。莫：通“暮”（mù），晚。②除：去，逝去，时光消逝。③已：太，过于。大康：太安乐。职：助词，应，当。居：内，内部的事。④荒：荒淫，荒废。瞿瞿：小心谨慎的样子。⑤迈：时光消逝。⑥外：外部的事。⑦蹶蹶：勤敏的样子。⑧慆：逝去。⑨休休：安闲的样子。

shān yǒu ōu

山有枢

shān yǒu ōu xí yǒu yú zǐ yǒu yī cháng fú yè fú
山有枢，隰有榆。子有衣裳，弗曳弗
lǚ zǐ yǒu chē mǎ fú chí fú qū yuàn qí sǐ yǐ
娄①。子有车马，弗驰弗驱。宛其死矣，
tā rén shì yú
他人是愉②。

shān yǒu kǎo xí yǒu niǔ zǐ yǒu tíng nèi fú sǎ fú
山有栲，隰有杻。子有廷内，弗洒弗
sǎo zǐ yǒu zhōng gǔ fú gǔ fú kǎo yuàn qí sǐ yǐ tā
扫。子有钟鼓，弗鼓弗考。宛其死矣，他
rén shì bǎo
人是保③。

shān yǒu qī xí yǒu lì zǐ yǒu jiǔ shí hé bú rì
山有漆，隰有栗。子有酒食，何不日
gǔ sè qiě yǐ xǐ lè qiě yǐ yǒng rì wǎn qí sǐ
鼓瑟？且以喜乐，且以永日④。宛其死
yǐ tā rén rù shì
矣，他人入室。

①娄：拉、系衣服。②宛：假借为“苑”（yuàn），枯萎的样子。愉：娱乐。此句大意为：一旦你死了，你自己不享用的东西都会被别人享用。③保：占据，占有。④永：终，尽。永日：终日。

yáng zhī shuǐ
扬之水

yáng zhī shuǐ bái shí zuò zuò sù yī zhū bó cóng zǐ
扬之水，白石凿凿。素衣朱襮，从子

yú wò jì jiàn jūn zǐ yún hé bú lè
于沃①。既见君子，云何不乐？

yáng zhī shuǐ bái shí hào hào sù yī zhū xiù cóng zǐ
扬之水，白石皓皓。素衣朱绣，从子

yú hú jì jiàn jūn zǐ yún hé qí yōu
于鹄②。既见君子，云何其忧？

yáng zhī shuǐ bái shí lín lín wǒ wén yǒu mìng bù
扬之水，白石粼粼。我闻有命③，不

gǎn yǐ gào rén
敢以告人！

jiāo liáo
椒聊

jiāo liáo zhī shí fán yǎn yíng shēng bǐ jì zhī zǐ
椒聊之实，蕃衍盈升④。彼其之子，

shuò dà wú péng jiāo liáo jū yuǎn tiáo jū
硕大无朋⑤。椒聊且，远条且⑥。

①朱襮：不同花纹的红色衣领。下文“朱绣”同此义。沃：地名。②鹄：地名。③命：政命。④椒：花椒。聊：语助词。蕃衍：繁盛众多的样子。升：量词。⑤朋：比，伦比。⑥远条：长长的枝条。且：语助词。

jiāo liáo zhī shí fán yǎn yíng jū bǐ jì zhī zǐ
椒聊之实，蕃衍盈匊①。彼其之子，
shuò dà qiě dǔ jiāo liáo jū yuǎn tiáo jū
硕大且笃②。椒聊且，远条且。

chóu móu
绸缪

chóu móu shù xīn sān xīng zài tiān jīn xī hé xī
绸缪束薪③，三星在天。今夕何夕？
jiàn cǐ liáng rén zǐ xī zǐ xī rú cǐ liáng rén hé
见此良人。子兮子兮，如此良人何？
chóu móu shù chú sān xīng zài yú jīn xī hé xī
绸缪束刍，三星在隅④。今夕何夕？
jiàn cǐ xiè hòu zǐ xī zǐ xī rú cǐ xiè hòu hé
见此邂逅⑤。子兮子兮，如此邂逅何？
chóu móu shù chǔ sān xīng zài hù jīn xī hé xī
绸缪束楚，三星在户⑥。今夕何夕？
jiàn cǐ càn zhě zǐ xī zǐ xī rú cǐ càn zhě hé
见此粲者⑦。子兮子兮，如此粲者何？

①匊：掬，两手合捧。②笃：忠厚，忠实。③绸缪：束缚，缠绕。束薪：捆束的木柴。④刍：喂牲口的草。隅：东南方。⑤邂逅：喜欢的人。⑥楚：即荆。户：门，房门通常朝南开，这里指代向南的方向。⑦粲：美丽，漂亮。粲者：美人。

dì dù
杕杜

yǒu dì zhī dù qí yè xǔ xǔ dú xíng jǔ jǔ
有杕之杜，其叶湑湑①。独行踽踽②，qǐ wú tā rén bù rú wǒ tóng fù jiē xíng zhī rén hú
岂无他人？不如我同父③。嗟行之人，胡bú bì yān rén wú xiōng dì hú bú cì yān
不比焉④？人无兄弟，胡不佽焉⑤？

yǒu dì zhī dù qí yè jīng jīng dú xíng qióng qióng qǐ
有杕之杜，其叶菁菁。独行睘睘，岂wú tā rén bù rú wǒ tóng xìng jiē xíng zhī rén hú bú
无他人？不如我同姓⑥。嗟行之人，胡不bì yān rén wú xiōng dì hú bú cì yān
比焉？人无兄弟，胡不佽焉？

gāo qiú
羔裘

gāo qiú bào qū zì wǒ rén jū jū qǐ wú tā
羔裘豹袪，自我人居居⑦。岂无他rén wéi zǐ zhī gù
人？维子之故。

① 杕：一棵树孤生独立的样子。杜：木名，杜梨，棠梨。湑湑：树叶茂盛的样子。② 踽踽：孤独无依的样子。③ 同父：兄弟。④ 比：亲近，亲爱。⑤ 佽：帮助，辅助。⑥ 同姓：同族的人。⑦ 自：对。我人：我本人，我个人。居居：傲慢无礼的样子。

gāo qiú bào xiù zì wǒ rén qiú qiú qǐ wú tā
羔裘豹褎，自我人究究①。岂无他
rén wéi zǐ zhī hào
人？维子之好。

bǎo yǔ
鸨羽

sù sù bǎo yǔ jí yú bāo xǔ wáng shì mǐ gǔ
肃肃鸨羽，集于苞栩②。王事靡盬，
bù néng yì jì shǔ fù mǔ hé hù yōu yōu cāng tiān hé
不能蓺稷黍，父母何怙③？悠悠苍天，曷
qí yǒu suǒ
其有所④？

sù sù bǎo yì jí yú bāo jí wáng shì mǐ gǔ bù
肃肃鸨翼，集于苞棘。王事靡盬，不
néng yì shǔ jì fu mǔ hé shí yōu yōu cāng tiān hé qí
能蓺黍稷，父母何食？悠悠苍天，曷其
yǒu jí
有极？

sù sù bǎo háng jí yú bāo sāng wáng shì mǐ gǔ
肃肃鸨行⑤，集于苞桑。王事靡盬，
bù néng yì dào liáng fù mǔ hé cháng yōu yōu cāng tiān
不能蓺稻粱，父母何尝⑥？悠悠苍天，

① 究究：通“仇仇”（qiú qiú），态度傲慢的样子。自我人究究：对我傲慢又无礼。② 肃肃：鸟羽振动的声音。集：鸟停在树上。苞：茂盛。栩：木名，柞树。③ 靡：不，没有。盬：停止，止息。蓺：种植。怙：依靠。④ 所：处所。⑤ 行：翮，鸟的羽茎。⑥ 尝：吃，食。

hé qí yǒu cháng
曷其有常？

wú yī
无衣

qǐ yuē wú yī qī xī bù rú zǐ zhī yī ān qiě jí xī
岂曰无衣？七兮。不如子之衣，安且吉兮！

qǐ yuē wú yī liù xī bù rú zǐ zhī yī ān qiě yù xī
岂曰无衣？六兮。不如子之衣，安且燠兮①！

yǒu dì zhī dù
有杕之杜

yǒu dì zhī dù shēng yú dào zuǒ bǐ jūn zǐ xī shì kěn shì wǒ zhōng xīn hào zhī hé yìn sì zhī
有杕之杜，生于道左。彼君子兮，噬肯适我②？中心好之，曷饮食之③？

yǒu dì zhī dù shēng yú dào zhōu bǐ jūn zǐ xī shì kěn lái yóu zhōng xīn hào zhī hé yìn sì zhī
有杕之杜，生于道周④。彼君子兮，噬肯来游？中心好之，曷饮食之？

①安：舒适。燠：暖和。②噬：通“逝”(shì)，句首语助词。适：到，来。③饮：给……喝酒。食：给……吃。④周：道路的弯曲处。

葛生

gé shēng méng chǔ liǎn màn yú yě yú měi wáng cǐ
葛生蒙楚，蔹蔓于野①。予美亡此，
shuí yǔ dú chǔ
谁与独处②。

gé shēng méng jí liǎn màn yú yù yú měi wáng cǐ
葛生蒙棘，蔹蔓于域③。予美亡此，
shuí yǔ dú xī
谁与独息。

jiǎo zhěn càn xī jǐn qīn làn xī yú měi wáng cǐ
角枕粲兮，锦衾烂兮④。予美亡此，
shuí yǔ dú dàn
谁与独旦⑤。

xià zhī rì dōng zhī yè bǎi suì zhī hòu guī yú qí
夏之日，冬之夜。百岁之后，归于其
jū
居⑥。

dōng zhī yè xià zhī rì bǎi suì zhī hòu guī yú
冬之夜，夏之日。百岁之后，归于
qí shì
其室⑦。

①蒙：覆盖。蔹：植物名，蔹草，蔓草。蔓：蔓延。②予美：我的良人。亡：死亡。亡此：死在此地，埋在此地。谁：唯。与：以。谁与：唯以，只有。③域：墓地，坟地。④烂：同“粲”，华美。⑤独旦：独自到天明。⑥居：死者居住的地方，坟墓。⑦室：墓穴。

cǎi líng

采苓

cǎi líng cǎi líng shǒu yáng zhī diān rén zhī wěi yán

采苓采苓，首阳之巅①。人之为言，

gǒu yì wú xìn shě zhān shě zhān gǒu yì wú rán rén

苟亦无信②。舍旃舍旃，苟亦无然③。人

zhī wěi yán hú dé yān

之为言，胡得焉！

cǎi kǔ cǎi kǔ shǒu yáng zhī xià rén zhī wěi yán

采苦采苦④，首阳之下。人之为言，

gǒu yì wú yǔ shě zhān shě zhān gǒu yì wú rán rén zhī

苟亦无与⑤。舍旃舍旃，苟亦无然。人之

wěi yán hú dé yān

为言，胡得焉！

cǎi fēng cǎi fēng shǒu yáng zhī dōng rén zhī wěi yán gǒu

采葑采葑，首阳之东。人之为言，苟

yì wú cóng shě zhān shě zhān gǒu yì wú rán rén zhī wěi

亦无从。舍旃舍旃，苟亦无然。人之为

yán hú dé yān

言，胡得焉！

① 首阳：山名。巅：山顶。② 为：通“伪”（wěi），欺诈，诈伪。苟：诚，实在。③ 舍：舍弃，抛弃。旃：语助词，之。无然：不要相信。④ 苦：野菜名，苦菜，也叫荼。⑤ 与：赞同。

qín fēng

秦风

“秦”，国名，曾为周朝的附庸，最初为东方的部族，相传其始祖为皋陶之子伯益，后生活在今甘肃、陕西一带，为周养马以抵御西戎。周宣王时，大夫秦仲奉命讨伐西戎，战败后被杀。周平王东迁，秦仲之孙秦襄公护送有功，被封为诸侯，秦真正成为诸侯国，此时秦国拥有镐京八百里国土。秦德公时迁都至雍，秦国开始迈入大国行列，疆域相当于今陕西中部、甘肃东南部一带。《秦风》是采自这一区域的诗歌，现存10篇，产生的时间为西周末年至春秋中期，内容多为车马田猎之事，充满尚武精神，亦有《蒹葭》这样宛转秀美的诗篇。

车邻

chē lín

yǒu chē lín lín, yǒu mǎ bái diān. wèi jiàn jūn zǐ, sì rén zhī lìng.

有车邻邻，有马白颠①。未见君子，寺人之令②。

bǎn yǒu qī, xí yǒu lì. jì jiàn jūn zǐ, bìng zuò gǔ sè. jīn zhě bú lè, shì zhě qí dié.

阪有漆，隰有栗。既见君子，并坐鼓瑟。今者不乐，逝者其耋③。

bǎn yǒu sāng, xí yǒu yáng. jì jiàn jūn zǐ, bìng zuò gǔ huáng. jīn zhě bú lè, shì zhě qí wáng.

阪有桑，隰有杨。既见君子，并坐鼓簧。今者不乐，逝者其亡。

驷驖

sì tiě

sì tiě kǒng fù, liù pèi zài shǒu. gōng zhī mèi zǐ, cóng gōng yú shòu.

驷驖孔阜④，六辔在手。公之媚子⑤，从公于狩。

①邻邻：车行进的声音。颠：头顶。②寺人：侍臣，宫廷中供使唤的人，类似后世的宦官。③逝者：将来。耋：老，衰老。④驷驖：四匹黑色的马。阜：大，肥大。⑤媚：喜爱，亲爱。

fèng shì chén mǔ　chén mǔ kǒng shuò　gōng yuē zuǒ zhī
奉时辰牡[1]，辰牡孔硕。公曰左之，
shě bá zé huò
舍拔则获[2]。

yóu yú běi yuán　sì mǎ jì xián　yóu chē luán biāo　zài
游于北园，四马既闲。輶车鸾镳，载
xiǎn xiē xiāo
猃歇骄[3]。

xiǎo róng
小戎

xiǎo róng jiàn shōu　wǔ mù liáng zhōu　yóu huán xié qū
小戎俴收[4]，五楘梁辀。游环胁驱，
yīn yǐn wù xù　wén yīn chàng gǔ　jià wǒ qí zhù　yán niàn
阴靷鋈续。文茵畅毂，驾我骐异。言念
jūn zǐ　wēn qí rú yù　zài qí bǎn wū　luàn wǒ xīn qū
君子，温其如玉[5]。在其板屋，乱我心曲[6]。

sì mǔ kǒng fù　liù pèi zài shǒu　qí liú shì zhōng　guā
四牡孔阜，六辔在手。骐骝是中，騧
lí shì cān　lóng dùn zhī hé　wù yǐ jué nà　yán niàn jūn
骊是骖。龙盾之合，鋈以觼軜。言念君

①奉：进献，供给。时：通“是”（shì），这。辰：适时的。②拔：箭的末端。③载：装载，装运。猃：长嘴猎犬。歇骄：短嘴猎犬。④小戎：轻小的兵车。俴：浅，不深。收：车箱。以下几句是对小戎装饰的描述。⑤言：语助词。君子：妻子称呼丈夫。温：性情温和。⑥板屋：西戎地区用木板建造房屋，这里用来指代西戎。在其板屋：指丈夫在西戎征战。心曲：内心。

zǐ wēn qí zài yì fāng hé wéi qī hú rán wǒ niàn zhī
子，温其在邑①。方何为期，胡然我念之。

jiàn sì kǒng qún qiú máo wù duì méng fá yǒu yuàn
俴驷孔群②，厹矛鋈錞。蒙伐有苑，

hǔ chàng lòu yīng jiāo chàng èr gōng zhú bì gǔn téng yán niàn
虎韔镂膺。交韔二弓，竹闭绲縢。言念

jūn zǐ zài qǐn zài xīng yān yān liáng rén zhì zhì dé yīn
君子，载寝载兴。厌厌良人，秩秩德音③。

jiān jiā
蒹葭

jiān jiā cāng cāng bái lù wéi shuāng suǒ wèi yī rén zài
蒹葭苍苍，白露为霜。所谓伊人，在

shuǐ yì fāng sù huí cóng zhī dào zǔ qiě cháng sù yóu
水一方④。溯洄从之⑤，道阻且长。溯游

cóng zhī wǎn zài shuǐ zhōng yāng
从之⑥，宛在水中央。

jiān jiā qī qī bái lù wèi xī suǒ wèi yī rén
蒹葭萋萋，白露未晞⑦。所谓伊人，

zài shuǐ zhī méi sù huí cóng zhī dào zǔ qiě jī sù
在水之湄⑧。溯洄从之，道阻且跻⑨。溯

yóu cóng zhī wǎn zài shuǐ zhōng chí
游从之，宛在水中坻⑩。

① 邑：边远地区。前面几句是对战马的描述。② 俴驷：不披铠甲的马。下面几句是对兵器的描述。③ 厌厌：安闲的样子。秩秩：有序次的样子。德音：名誉，好声誉。④ 伊人：那个人。一方：另一边。⑤ 溯洄：逆流而上。⑥ 溯游：顺流而下。⑦ 晞：晒干。⑧ 湄：岸边。⑨ 阻：阻碍，地势不平坦。跻：升高，指地势升高。⑩ 坻：水中的小沙洲。

jiān jiā cǎi cǎi bái lù wèi yǐ suǒ wèi yī rén zài
蒹葭采采，白露未已。所谓伊人，在

shuǐ zhī sì sù huí cóng zhī dào zǔ qiě yòu sù yóu cóng
水之涘。溯洄从之，道阻且右①。溯游从

zhī wǎn zài shuǐ zhōng zhǐ
之，宛在水中沚。

zhōng nán
终南

zhōng nán hé yǒu yǒu tiáo yǒu méi jūn zǐ zhì zhǐ
终南何有？有条有梅②。君子至止，

jǐn yī hú qiú yán rú wò dān qí jūn yě zāi
锦衣狐裘。颜如渥丹，其君也哉。

zhōng nán hé yǒu yǒu qǐ yǒu táng jūn zǐ zhì zhǐ
终南何有？有纪有堂③。君子至止，

fú yī xiù cháng pèi yù qiāng qiāng shòu kǎo bú wáng
黻衣绣裳。佩玉将将，寿考不忘④。

huáng niǎo
黄鸟

jiāo jiāo huáng niǎo zhǐ yú jí shuí cóng mù gōng zǐ
交交黄鸟⑤，止于棘。谁从穆公？子

①右：往右，指迂回弯曲。②终南：山名。条：树名，山楸。梅：树名，楠木。③纪：假借为"杞"(qǐ)，树名。堂：假借为"棠"(táng)，海棠。④寿考：长寿，高寿。忘：通"亡"(wáng)，死亡。⑤交交：鸟鸣声。

chē yǎn xī wéi cǐ yǎn xī bǎi fū zhī tè lín qí

车奄息①。维此奄息，百夫之特②。临其

xué zhuì zhuì qí lì bǐ cāng zhě tiān jiān wǒ liáng rén

穴，惴惴其慄③。彼苍者天，歼我良人！

rú kě shú xī rén bǎi qí shēn

如可赎兮，人百其身④。

jiāo jiāo huáng niǎo zhǐ yú sāng shuí cóng mù gōng zǐ chē

交交黄鸟，止于桑。谁从穆公？子车

zhòng háng wéi cǐ zhòng háng bǎi fū zhī fāng lín qí xué

仲行。维此仲行，百夫之防⑤。临其穴，

zhuì zhuì qí lì bǐ cāng zhě tiān jiān wǒ liáng rén rú kě

惴惴其慄。彼苍者天，歼我良人！如可

shú xī rén bǎi qí shēn

赎兮，人百其身。

jiāo jiāo huáng niǎo zhǐ yú chǔ shuí cóng mù gōng zǐ chē

交交黄鸟，止于楚。谁从穆公？子车

qián hǔ wéi cǐ qián hǔ bǎi fū zhī yù lín qí xué

鍼虎。维此鍼虎，百夫之御⑥。临其穴，

zhuì zhuì qí lì bǐ cāng zhě tiān jiān wǒ liáng rén rú kě

惴惴其慄。彼苍者天，歼我良人！如可

shú xī rén bǎi qí shēn

赎兮，人百其身。

①从：随从，跟随，这里指陪葬，殉葬。子车：姓。奄息：人名。②特：匹敌，匹配。③穴：墓穴。惴惴：害怕恐惧的样子。慄：战栗，颤抖。④歼：灭绝。赎：换回，替换。人百其身：如果可以替换，我们愿意用一百个人来替换他。⑤仲行：人名。防：通“方”（fāng），比，相当。⑥鍼虎：人名。御：相当。

晨风

鴥彼晨风，郁彼北林①。未见君子，忧心钦钦②。如何如何？忘我实多！

山有苞栎，隰有六驳③。未见君子，忧心靡乐。如何如何？忘我实多！

山有苞棣，隰有树檖。未见君子，忧心如醉。如何如何？忘我实多！

无衣

岂曰无衣？与子同袍④。王于兴师，修我戈矛，与子同仇⑤！

① 鴥：鸟疾飞的样子。晨风：鸟名，鹞鹰一类的猛禽。郁：林木茂盛的样子。② 钦钦：忧思的样子。③ 六驳：树名，属梓榆一类。④ 袍：战袍。⑤ 兴师：起兵。同仇：同伴。

qǐ yuē wú yī yǔ zǐ tóng zé wáng yú xīng shī
岂曰无衣？与子同泽[1]。王于兴师，
xiū wǒ máo jǐ yǔ zǐ xié zuò
修我矛戟，与子偕作！

qǐ yuē wú yī yǔ zǐ tóng cháng wáng yú xīng shī xiū
岂曰无衣？与子同裳。王于兴师，修
wǒ jiǎ bīng yǔ zǐ xié xíng
我甲兵，与子偕行！

wèi yáng
渭阳

wǒ sòng jiù shì yuē zhì wèi yáng hé yǐ zèng zhī
我送舅氏，曰至渭阳[2]。何以赠之？
lù chē shèng huáng
路车乘黄。

wǒ sòng jiù shì yōu yōu wǒ sī hé yǐ zèng zhī qióng
我送舅氏，悠悠我思。何以赠之？琼
guī yù pèi
瑰玉佩。

①泽：内衣。②渭阳：渭水之北。

quán yú
权舆

wū wǒ hū xià wū qú qú jīn yě měi shí wú yú xū jiē hū bù chéng quán yú

於，我乎！夏屋渠渠[①]，今也每食无余。于嗟乎！不承权舆[②]！

wū wǒ hū měi shì shí guǐ jīn yě měi shí bù bǎo xū jiē hū bù chéng quán yú

於，我乎！每食食簋[③]，今也每食不饱。于嗟乎！不承权舆！

① 夏屋：大屋。渠渠：房屋高大的样子。② 承：继承，继续。权舆：初始，当初。③ 簋：盛粮食的食器。

chén fēng

“陈”即陈国，为帝舜后裔的封国，都株野（今河南柘城），后迁都宛丘（今河南淮阳），区域为今河南东部、安徽北部一带。周武王灭商后，将帝舜后裔妫满分封于此地，是为陈胡公，并将大女儿嫁给他。公元前478年陈国为楚国所灭。《陈风》即来自东周时期陈地的歌谣，此地土地平旷，无名山大川，使得此地人性情平缓，少北方刚烈之气，多南方绮靡之风，好乐巫觋歌舞之事，今存诗歌10篇。

wǎn qiū
宛丘

zǐ zhī dàng xī wǎn qiū zhī shàng xī xún yǒu qíng
子之汤兮，宛丘之上兮①。洵有情
xī ér wú wàng xī
兮，而无望兮。

kǎn qí jī gǔ wǎn qiū zhī xià wú dōng wú xià zhí
坎其击鼓，宛丘之下。无冬无夏，值
qí lù yǔ
其鹭羽②。

kǎn qí jī fǒu wǎn qiū zhī dào wú dōng wú xià zhí
坎其击缶，宛丘之道。无冬无夏，值
qí lù dào
其鹭翿。

dōng mén zhī fén
东门之枌

dōng mén zhī fén wǎn qiū zhī xǔ zǐ zhòng zhī zǐ
东门之枌，宛丘之栩③。子仲之子，
pó suō qí xià
婆娑其下④。

①汤：通“荡”（dàng），形容舞姿摇摆。宛丘：地名。②值：执，持，拿着。翿羽：同鹭翿，用鹭鸟的羽毛制作的舞具。③枌：树名，白榆。栩：树名，栎树。④子仲：姓氏。婆娑：跳舞，舞蹈。

gǔ dàn yú chāi nán fāng zhī yuán bù jī qí má shì yě pó suō
縠旦于差，南方之原①。不绩其麻，市也婆娑②。

gǔ dàn yú shì yuè yǐ zōng mài shì ěr rú qiáo yí wǒ wò jiāo
縠旦于逝，越以鬷迈③。视尔如荍，贻我握椒④。

héng mén 衡门

héng mén zhī xià kě yǐ qī chí bì zhī yáng yáng kě yǐ liáo jī
衡门之下⑤，可以栖迟。泌之洋洋，可以乐饥⑥。

qǐ qí shí yú bì hé zhī fáng qǐ qí qǔ qī bì qí zhī jiāng
岂其食鱼，必河之鲂？岂其取妻，必齐之姜？

qǐ qí shí yú bì hé zhī lǐ qǐ qí qǔ qī bì sòng zhī zǐ
岂其食鱼，必河之鲤？岂其取妻，必宋之子⑦？

①縠旦：吉日。差：选择。原：原野。②绩：纺织。市：市场。③逝：往，去。越以：助词。鬷：多次，屡次。迈：行。④荍：植物名，锦葵。握：量词，一把。⑤衡：通“横”（héng）。衡门：横一木为门，指代简陋的住宅。⑥泌：泉水。乐：通“疗”（liáo），治疗。⑦子：姓，宋为子姓殷商后裔。

dōng mén zhī chí
东门之池

dōng mén zhī chí，kě yǐ òu má。bǐ měi shū jī，kě yǔ wù gē。
东门之池，可以沤麻①。彼美淑姬，可与晤歌②。

dōng mén zhī chí，kě yǐ òu zhù。bǐ měi shū jī，kě yǔ wù yǔ。
东门之池，可以沤纻③。彼美淑姬，可与晤语。

dōng mén zhī chí，kě yǐ òu jiān。bǐ měi shū jī，kě yǔ wù yán。
东门之池，可以沤菅。彼美淑姬，可与晤言。

dōng mén zhī yáng
东门之杨

dōng mén zhī yáng，qí yè zāng zāng。hūn yǐ wéi qī，míng xīng huáng huáng。
东门之杨，其叶牂牂④。昏以为期，明星煌煌⑤。

dōng mén zhī yáng，qí yè pèi pèi。hūn yǐ wéi qī，
东门之杨，其叶肺肺⑥。昏以为期，

① 沤：浸泡。② 姬：女子的美称。晤：对，相对。③ 纻：纻麻。④ 牂牂：树叶茂盛的样子。⑤ 昏：黄昏。期：约定的时间。明星：启明星，天快亮时出现在东方。⑥ 肺肺：犹“牂牂”。

míng xīng zhé zhé
明星哲哲。

mù mén
墓门

mù mén yǒu jí fǔ yǐ sī zhī fū yě bù liáng
墓门有棘，斧以斯之①。夫也不良，
guó rén zhī zhī zhī ér bù yǐ chóu xī rán yǐ
国人知之。知而不已，谁昔然矣②。

mù mén yǒu méi yǒu xiāo cuì zhǐ fū yě bù liáng
墓门有梅，有鸮萃止③。夫也不良，
gē yǐ suì zhī suì yú bú gù diān dǎo sī yú
歌以讯之④。讯予不顾，颠倒思予⑤。

fáng yǒu què cháo
防有鹊巢

fáng yǒu què cháo qióng yǒu zhǐ tiáo shuí zhōu yú měi
防有鹊巢，邛有旨苕⑥。谁侜予美？
xīn yān dāo dāo
心焉忉忉⑦。

①墓门：陈国都城的城门。斯：劈砍。②已：止。谁昔：犹“畴昔”（chóu xī），往日，从前。③萃：聚集。止：语助词。④讯：通“谇”（suì），告，警告。⑤讯予：予讯。此句大意为：我警告他时他不听，等他跌倒了才想起我。⑥防：堤坝。邛：土丘。旨：美味，美好。苕：草名。⑦侜：欺骗。予美：我的良人。忉忉：忧愁的样子。

zhōng táng yǒu pì qióng yǒu zhǐ yì shuí zhōu yú měi
中唐有甓，邛有旨鷊①。谁侜予美？
xīn yān tì tì
心焉惕惕。

yuè chū
月出

yuè chū jiǎo xī jiǎo rén liǎo xī shū yǎo jiǎo xī
月出皎兮，佼人僚兮②。舒窈纠兮，
láo xīn qiǎo xī
劳心悄兮③。

yuè chū hào xī jiǎo rén liú xī shū yǒu shòu xī
月出皓兮，佼人懰兮④。舒忧受兮，
láo xīn cǎo xī
劳心慅兮⑤。

yuè chū zhào xī jiǎo rén liáo xī shū yāo shào xī
月出照兮，佼人燎兮⑥。舒夭绍兮，
láo xīn cǎn xī
劳心惨兮⑦。

① 中唐：中庭的甬道。甓：砖瓦。鷊：草名，绶草。② 僚：美好。③ 舒：从容。窈纠：窈窕，女子身材苗条的样子。劳心：忧心。悄：忧愁。④ 皓：明亮。懰：妩媚。⑤ 忧受：女子体态轻盈的样子。慅：忧愁。⑥ 照：光明。燎：美丽。⑦ 夭绍：体态优雅的样子。惨：忧愁。

zhū lín
株林

hú wéi hū zhū lín cóng xià nán fěi shì zhū lín
胡为乎株林？从夏南①。匪适株林，
cóng xià nán
从夏南。

jià wǒ shèng mǎ shuì yú zhū yě chéng wǒ shèng jū
驾我乘马，说于株野。乘我乘驹，
zhāo shí yú zhū
朝食于株。

zé bēi
泽陂

bǐ zé zhī bēi yǒu pú yǔ hé yǒu měi yì rén
彼泽之陂②，有蒲与荷。有美一人，
yáng rú zhī hé wù mèi wú wéi tì sì pāng tuó
伤如之何③？寤寐无为，涕泗滂沱④。

bǐ zé zhī bēi yǒu pú yǔ jiān yǒu měi yì rén shuò
彼泽之陂，有蒲与蕑。有美一人，硕
dà qiě quán wù mèi wú wéi zhōng xīn yuān yuān
大且卷⑤。寤寐无为，中心悁悁⑥。

① 株：地名。从：跟随。夏南：人名。② 泽：池塘。陂：水边。③ 伤：假借为“阳”（yáng），我。伤如之何：我能怎么办呢？④ 无为：无能为力。这两句形容我对美人的极度思念。⑤ 卷：美好的样子。⑥ 悁悁：忧愁的样子。

bǐ zé zhī bēi yǒu pú hàn dàn yǒu měi yì rén shuò
彼泽之陂，有蒲菡萏。有美一人，硕

dà qiě yǎn wù mèi wú wéi zhǎn zhuǎn fú zhěn
大且俨①。寤寐无为，辗转伏枕。

① 俨：端庄的样子。

guì fēng

桧风

“桧”，国名，妘姓诸侯，据说为高辛氏火正祝融后裔的封国，在今河南新郑、荥阳、密县一带。周平王初年，桧国为郑武公所灭，其土地全部纳入郑国的版图。《桧风》是产生于桧国灭亡之前的这一带的歌谣，格调低沉忧伤，现存诗歌4篇。

羔裘

羔裘逍遥，狐裘以朝①。岂不尔思？劳心忉忉。

羔裘翱翔，狐裘在堂②。岂不尔思？我心忧伤。

羔裘如膏③，日出有曜。岂不尔思？中心是悼。

素冠

庶见素冠兮，棘人栾栾兮，劳心慱慱兮④。

①朝：上朝。②翱翔：同“逍遥”，自由自在的样子。堂：公堂。③膏：脂。如膏：像膏脂一样柔软光滑。④庶：幸而，也许可以。素：白色。棘人：瘦骨嶙峋的人。栾栾：人瘦瘠的样子。慱慱：忧愁的样子。

shù jiàn sù yī xī wǒ xīn shāng bēi xī liáo yǔ zǐ tóng guī xī
庶见素衣兮，我心伤悲兮，聊与子同归兮。

shù jiàn sù bì xī wǒ xīn yùn jié xī liáo yǔ zǐ rú yī xī
庶见素韠兮，我心蕴结兮，聊与子如一兮①。

xí yǒu cháng chǔ
隰有苌楚

xí yǒu cháng chǔ ē nuó qí zhī yāo zhī wò wò lè zǐ zhī wú zhī
隰有苌楚，猗傩其枝②。夭之沃沃，乐子之无知③。

xí yǒu cháng chǔ ē nuó qí huā yāo zhī wò wò lè zǐ zhī wú jiā
隰有苌楚，猗傩其华。夭之沃沃，乐子之无家。

xí yǒu cháng chǔ ē nuó qí shí yāo zhī wò wò lè zǐ zhī wú shì
隰有苌楚，猗傩其实。夭之沃沃，乐子之无室。

①如一：同生共死。②苌楚：木名，羊桃。猗傩：通“婀娜”（ē nuó），轻盈柔美的样子。③夭：幼嫩的草木。沃沃：有光泽的样子。乐：喜欢，羡慕。无知：没有知觉、意识。

匪风

匪风发兮，匪车偈兮①。顾瞻周道，中心怛兮②。

匪风飘兮，匪车嘌兮。顾瞻周道，中心吊兮③。

谁能亨鱼？溉之釜鬵④。谁将西归？怀之好音⑤。

①匪：通“彼”（bǐ），那。发：刮风的声音。偈：快速奔驰的样子。②周道：大道。怛：忧伤。③吊：悲伤。④溉：洗涤。⑤怀：通“馈”（kuì），送给。好音：好消息。

cáo fēng

曹风

“曹”，国名，周文王第六子振铎的封国，都陶丘（今山东定陶西北）。曹国位于今山东菏泽、定陶一带，国力相对弱小，公元前 487 年为宋国所灭。《曹风》即采自曹国灭国前的歌谣，时间基本为春秋早期，现存诗歌 4 篇，内容多感慨之辞。

蜉蝣

fú yóu zhī yǔ, yī cháng chǔ chǔ. xīn zhī yōu yǐ, yǔ wǒ guī chǔ.

蜉蝣之羽，衣裳楚楚。心之忧矣，于我归处①。

fú yóu zhī yì, cǎi cǎi yī fú. xīn zhī yōu yǐ, yǔ wǒ guī xī.

蜉蝣之翼，采采衣服②。心之忧矣，于我归息。

fú yóu jué xué, má yī rú xuě. xīn zhī yōu yǐ, yǔ wǒ guī shuì.

蜉蝣掘阅③，麻衣如雪。心之忧矣，于我归说。

候人

bǐ hòu rén xī, hè gē yǔ duì. bǐ jì zhī zǐ, sān bǎi chì fú.

彼候人兮，何戈与祋④。彼其之子，三百赤芾。

wéi tí zài liáng, bù rú qí yì. bǐ jì zhī zǐ, bú

维鹈在梁，不濡其翼。彼其之子，不

① 于：通“与”(yǔ)，和，同。归处：指死亡。下“归息”“归说”同此义。② 采采：服饰华美的样子。③ 阅：通“穴”(xué)，窟穴。④ 候人：负责迎送宾客的小官。何：扛，举。戈、祋：兵器。

chèn qí fú
称其服①。

wéi tí zài liáng bù rú qí zhòu bǐ jì zhī zǐ
维鹈在梁，不濡其咮②。彼其之子，

bú suì qí gòu
不遂其媾③。

huì xī wèi xī nán shān zhāo jī wǎn xī luán xī
荟兮蔚兮④，南山朝济。婉兮娈兮，

jì nǚ sī jī
季女斯饥。

shī jiū
鸤鸠

shī jiū zài sāng qí zǐ qī xī shū rén jūn zǐ
鸤鸠在桑⑤，其子七兮。淑人君子，

qí yí yī xī qí yí yī xī xīn rú jié xī
其仪一兮。其仪一兮，心如结兮⑥。

shī jiū zài sāng qí zǐ zài méi shū rén jūn zǐ qí
鸤鸠在桑，其子在梅。淑人君子，其

dài yī sī qí dài yī sī qí biàn yī qí
带伊丝。其带伊丝，其弁伊骐⑦。

shī jiū zài sāng qí zǐ zài jí shū rén jūn zǐ qí
鸤鸠在桑，其子在棘。淑人君子，其

① 称：相称，配得上。② 濡：沾湿。咮：鸟嘴。③ 遂：相称。媾：恩宠，宠爱。④ 荟蔚：天色阴暗，云盛将雨的样子。⑤ 鸤鸠：布谷鸟。⑥ 仪：言行。结：固结。⑦ 带：腰带。伊：语助词，可译为“是”。弁：帽子。骐：有青黑色纹理的马，这里特指青黑色。

yí bú tè qí yí bú tè zhèng shì sì guó
仪不忒。其仪不忒，正是四国①。

shī jiū zài sāng qí zǐ zài zhēn shū rén jūn zǐ zhèng shì guó rén zhèng shì guó rén hú bú wàn nián
鸤鸠在桑，其子在榛。淑人君子，正是国人。正是国人，胡不万年。

xià quán

下泉

liè bǐ xià quán jìn bǐ bāo láng kài wǒ wù tàn niàn bǐ zhōu jīng
洌彼下泉，浸彼苞稂②。忾我寤叹③，念彼周京。

liè bǐ xià quán jìn bǐ bāo xiāo kài wǒ wù tàn niàn bǐ jīng zhōu
洌彼下泉，浸彼苞萧④。忾我寤叹，念彼京周。

liè bǐ xià quán jìn bǐ bāo shī kài wǒ wù tàn niàn bǐ jīng shī
洌彼下泉，浸彼苞蓍⑤。忾我寤叹，念彼京师。

péng péng shǔ miáo yīn yǔ gào zhī sì guó yǒu wáng xún bó lào zhī
芃芃黍苗，阴雨膏之。四国有王，郇伯劳之。

①忒：差错，过错。正：法则，成为……的法则。②下泉：泉水。苞：茂盛。稂：草名，一种杂草。③忾：感慨，叹息。寤：睡醒。④萧：草名，一种蒿。⑤蓍：可用于占卜的蓍草。

bīn fēng
豳风

“豳”，亦作邠，故城在陕西旬县西，此地原为周族先人的重要居住地。周族祖先公刘率族人由邰（今陕西武功县西南）迁居于此，朱熹《诗集传》中说：“（公刘）修后稷之业，民以富实。乃相土地之宜，而立国于豳之谷焉。”周迁岐山后，豳成为周族重要的发祥地。周平王东迁后，豳地为秦所有。《豳风》是采集自这一带的歌谣，现存诗7篇，皆为西周时期的作品，是《国风》中最早的诗篇。正如《汉书·地理志》中说：“其民有先王遗风，好稼穑，务本业，故《豳诗》言农桑衣食之甚备。”一说这7篇皆与周公有关，“豳风”就是“鲁风”，采风者将采自鲁地的歌谣用豳地的调子演唱，以赞颂周公。

qī yuè
七月

qī yuè liú huǒ jiǔ yuè shòu yī yī zhī rì bì bō
七月流火①，九月授衣。一之日觱发，
èr zhī rì lì liè wú yī wú hè hé yǐ zú suì sān
二之日栗烈②。无衣无褐，何以卒岁？三
zhī rì yú sì sì zhī rì jǔ zhǐ tóng wǒ fù zǐ yè
之日于耜，四之日举趾③。同我妇子，馌
bǐ nán mǔ tián jùn zhì xǐ
彼南亩，田畯至喜④。

qī yuè liú huǒ jiǔ yuè shòu yī chūn rì zài yáng yǒu
七月流火，九月授衣。春日载阳，有
míng cāng gēng nǚ zhí yì kuāng zūn bǐ wēi háng yuán qiú
鸣仓庚⑤。女执懿筐，遵彼微行⑥，爰求
róu sāng chūn rì chí chí cǎi fán qí qí nǚ xīn shāng bēi
柔桑。春日迟迟，采蘩祁祁。女心伤悲，
dài jí gōng zǐ tóng guī
殆及公子同归⑦。

qī yuè liú huǒ bā yuè huán wěi cán yuè tiáo sāng qǔ
七月流火，八月萑苇。蚕月条桑，取
bǐ fǔ qiāng yǐ fá yuǎn yáng yī bǐ nǚ sāng qī yuè míng
彼斧斨，以伐远扬，猗彼女桑⑧。七月鸣

①流：向下移动。火：星宿名，二十八星宿中的东方心星。流火：心星向下运行。②觱发：寒风呼啸的声音。栗烈：寒冷。③于：往。耜：一种翻地的农具，这里特指耕种前翻地。举趾：抬起脚趾下地干活。④馌：给田间的耕作者送饭吃。田畯：农官，田官。⑤载：则。阳：温暖，暖和。仓庚：黄莺鸟。⑥微行：小路。⑦殆：副词，大概，只怕。及：和。⑧条：采摘。远扬：长得高而长的桑枝。猗：牵枝摘取。

jú　bā yuè zài jì　zài xuán zài huáng　wǒ zhū kǒng yáng
䴗，八月载绩①。载玄载黄，我朱孔阳②，
wéi gōng zǐ cháng
为公子裳。

sì yuè xiù yāo　wǔ yuè míng tiáo　bā yuè qí huò
四月秀葽，五月鸣蜩③。八月其获，
shí yuè yǔn tuò　yī zhī rì yú hé　qǔ bǐ hú lí　wéi
十月陨萚④。一之日于貉，取彼狐狸，为
gōng zǐ qiú　èr zhī rì qí tóng　zài zuǎn wǔ gōng　yán sī
公子裘。二之日其同⑤，载缵武功。言私
qí zōng　xiàn jiān yú gōng
其豵，献豜于公。

wǔ yuè sī zhōng dòng gǔ　liù yuè suō jī zhèn yǔ　qī
五月斯螽动股，六月莎鸡振羽。七
yuè zài yě　bā yuè zài yǔ　jiǔ yuè zài hù　shí yuè xī
月在野，八月在宇，九月在户，十月蟋
shuài rù wǒ chuáng xià　qióng zhì xūn shǔ　sè xiàng jìn hù
蟀入我床下。穹窒熏鼠，塞向墐户⑥。
jiē wǒ fù zǐ　yuē wéi gǎi suì　rù cǐ shì chǔ
嗟我妇子，曰为改岁，入此室处。

liù yuè shí yù jí yù　qī yuè pēng kuí jí shū　bā yuè
六月食郁及薁，七月亨葵及菽。八月
pū zǎo　shí yuè huò dào　wéi cǐ chūn jiǔ　yǐ jiè méi shòu
剥枣，十月获稻。为此春酒，以介眉寿⑦。

①载：则。绩：纺麻。②玄、黄：纺织品的颜色有玄有黄。阳：鲜亮，鲜明。③秀：草类结籽。葽：草名。蜩：蝉。④获：收获庄稼。萚：落叶。⑤同：即冬田，冬天集合打猎。⑥穹：空隙，缝隙。窒：堵塞。向：朝北开的窗户。墐户：用泥涂抹房门。⑦介：助。眉寿：长寿。

七月食瓜，八月断壶，九月叔苴，采茶薪樗，食我农夫①。

九月筑场圃，十月纳禾稼。黍稷重穋，禾麻菽麦。嗟我农夫，我稼既同，上入执宫功②。昼尔于茅，宵尔索绹③。亟其乘屋，其始播百谷④。

二之日凿冰冲冲，三之日纳于凌阴⑤。四之日其蚤⑥，献羔祭韭。九月肃霜，十月涤场。朋酒斯飨，曰杀羔羊。跻彼公堂，称彼兕觥，万寿无疆！

① 断：砍。壶：瓠瓜，葫芦。叔：拾取。苴：大麻的种子。薪：用作动词，伐薪。② 同：聚集，集中。上：通“尚”（shàng），尚且。执：服役。宫功：修建宫室。③ 昼：白天。尔：语助词。于：往，取。宵：夜晚。索绹：搓绳子。④ 亟：赶快。乘：登上。其始：将要开始。⑤ 纳：收纳，收藏。凌阴：冰窖。⑥ 蚤：通“早”（zǎo），早朝，古代一种祭祀仪式。

chī xiāo
鸱鸮

chī xiāo chī xiāo jì qǔ wǒ zǐ wú huǐ wǒ shì ēn

鸱鸮鸱鸮，既取我子，无毁我室。恩

sī qín sī yù zǐ zhī mǐn sī

斯勤斯，鬻子之闵斯①。

dài tiān zhī wèi yīn yǔ chè bǐ sāng dù chóu móu yǒu

迨天之未阴雨，彻彼桑土②，绸缪牖

hù jīn rǔ xià mín huò gǎn wǔ yú

户。今女下民，或敢侮予③？

yú shǒu jié jū yú suǒ luō tú yú suǒ xù zū

予手拮据④，予所捋荼，予所蓄租，

yú kǒu cuì tú yuē yú wèi yǒu shì jiā

予口卒瘏⑤，曰予未有室家。

yú yǔ qiáo qiáo yú wěi xiāo xiāo yú shì qiáo qiáo fēng

予羽谯谯，予尾翛翛。予室翘翘，风

yǔ suǒ piāo yáo yú wéi yīn xiāo xiāo

雨所漂摇，予维音哓哓⑥。

① 鬻：通“育”（yù），养育。闵：怜悯。斯：语气词。② 彻：剥取。土：树根。③ 下民：树下的人。或：谁。④ 拮据：手病不能屈伸。⑤ 蓄：积聚，存储。租：通“苴”（zū），枯草。卒：通“瘁”（cuì），劳累致病。⑥ 翘翘：又高又险的样子。哓哓：恐惧的喊叫声。

dōng shān

东山

wǒ cú dōng shān tāo tāo bù guī wǒ lái zì dōng
我徂东山，慆慆不归①。我来自东，
líng yǔ qí méng wǒ dōng yuē guī wǒ xīn xī bēi zhì bǐ cháng
零雨其濛。我东曰归，我心西悲。制彼裳
yī wù shì háng méi yuān yuān zhě zhú zhēng zài sāng yě
衣，勿士行枚②。蜎蜎者蠋，烝在桑野③。
duì bǐ dú sù yì zài chē xià
敦彼独宿④，亦在车下。

wǒ cú dōng shān tāo tāo bù guī wǒ lái zì dōng líng
我徂东山，慆慆不归。我来自东，零
yǔ qí méng guǒ luǒ zhī shí yì yì yú yǔ yī wēi zài
雨其濛。果臝之实，亦施于宇。伊威在
shì xiāo shāo zài hù tǐng tuǎn lù cháng yì yào xiāo xíng
室，蟏蛸在户⑤。町畽鹿场，熠耀宵行⑥。
bù kě wèi yě yī kě huái yě
不可畏也，伊可怀也。

wǒ cú dōng shān tāo tāo bù guī wǒ lái zì dōng líng
我徂东山，慆慆不归。我来自东，零
yǔ qí méng guàn míng yú dié fù tàn yú shì sǎ sǎo qióng
雨其濛。鹳鸣于垤，妇叹于室。洒扫穹

① 慆慆：时间长久。② 行：行列。一说假借为“衔”（xián），含在嘴里。枚：含在嘴里以防喧哗的小木棍。③ 蜎蜎：虫类蜷曲蠕动的样子。烝：久，长久。④ 敦：身体蜷缩成一团的样子。⑤ 伊威：虫名，潮虫。蟏蛸：虫名，蜘蛛。⑥ 町畽：屋舍旁边的空地。宵行：萤火虫。

zhì wǒ zhēng yù zhì yǒu tuán guā kǔ zhēng zài lì xīn

室，我征聿至①。有敦瓜苦，烝在栗薪②。

zì wǒ bú jiàn yú jīn sān nián

自我不见，于今三年。

wǒ cú dōng shān tāo tāo bù guī wǒ lái zì dōng líng

我徂东山，慆慆不归。我来自东，零

yǔ qí méng cāng gēng yú fēi yì yào qí yǔ zhī zǐ yú

雨其濛。仓庚于飞，熠耀其羽。之子于

guī huáng bó qí mǎ qīn jié qí lí jiǔ shí qí yí

归，皇驳其马③。亲结其缡，九十其仪④。

qí xīn kǒng jiā qí jiù rú zhī hé

其新孔嘉，其旧如之何？

pò fǔ
破斧

jì pò wǒ fǔ yòu quē wǒ qiāng zhōu gōng dōng zhēng sì

既破我斧，又缺我斨。周公东征，四

guó shì huáng āi wǒ rén sī yì kǒng zhī jiāng

国是皇⑤。哀我人斯，亦孔之将⑥。

jì pò wǒ fǔ yòu quē wǒ qí zhōu gōng dōng zhēng

既破我斧，又缺我锜⑦。周公东征，

sì guó shì é āi wǒ rén sī yì kǒng zhī jiā

四国是吪⑧。哀我人斯，亦孔之嘉。

① 穹：空隙，缝隙。窒：堵塞。聿：乃。② 瓜苦：瓠瓜。栗薪：柴堆。③ 归：女子出嫁。皇：黄白色的马。驳：红白色的马。④ 亲：母亲，女子的母亲。结：系。缡：佩巾。九十：形容多而繁复。仪：仪式。⑤ 皇：通“惶”（huáng），恐慌，恐惧。⑥ 孔：很，甚。将：美，好，善。⑦ 缺：破坏。锜：凿子。⑧ 吪：震动，震惊。

jì pò wǒ fǔ, yòu quē wǒ qiú①. zhōu gōng dōng zhēng,

既破我斧，又缺我銶①。周公东征，

sì guó shì qiú②. āi wǒ rén sī, yì kǒng zhī xiū.

四国是遒②。哀我人斯，亦孔之休。

fá kē

伐柯

fá kē rú hé③? fěi fǔ bú kè. qǔ qī rú hé?

伐柯如何③？匪斧不克。取妻如何？

fěi méi bù dé.

匪媒不得。

fá kē fá kē, qí zé bù yuǎn④. wǒ gòu zhī zǐ,

伐柯伐柯，其则不远④。我觏之子，

biān dòu yǒu jiàn⑤.

笾豆有践⑤。

jiǔ yù

九罭

jiǔ yù zhī yú⑥, zūn fáng. wǒ gòu zhī zǐ, gǔn yī

九罭之鱼⑥，鳟鲂。我觏之子，衮衣

xiù cháng.

绣裳。

① 銶：凿子或斧子一类的工具。② 遒：稳固，安定。③ 柯：斧柄。④ 则：准则，标准。⑤ 觏：看见，遇见。笾：祭祀或宴会时盛果脯的竹器，形状类似高脚盘。豆：盛肉或熟菜的食器，形状类似高脚盘。践：排列整齐的样子。⑥ 九罭：捕小鱼的密眼网。

hóng fēi zūn zhǔ gōng guī wú suǒ wū rǔ xìn chǔ
鸿飞遵渚，公归无所，於女信处①。

hóng fēi zūn lù gōng guī bú fù wū rǔ xìn sù
鸿飞遵陆，公归不复，於女信宿。

shì yǐ yǒu gǔn yī xī wú yǐ wǒ gōng guī xī wú shǐ wǒ xīn bēi xī
是以有衮衣兮②，无以我公归兮，无使我心悲兮。

láng bá
狼跋

láng bá qí hú zài zhì qí wěi gōng sūn shuò fū chì xì jǐ jǐ
狼跋其胡，载疐其尾③。公孙硕肤，赤舄几几④。

láng zhì qí wěi zài bá qí hú gōng sūn shuò fū dé yīn bù xiá
狼疐其尾，载跋其胡。公孙硕肤，德音不瑕⑤。

① 鸿：大雁。遵：沿着。於：叹词。信处：住两夜，下文“信宿”同此义。② 有：藏。大意为：藏起你的衣服，不让你走。③ 跋：踩，踏。胡：兽类下巴下垂着的肉。疐：绊倒，跌倒。④ 公孙：男性贵族的统称。硕肤：肥胖。舄：鞋子。几几：鞋子装饰华丽的样子。⑤ 瑕：过失，差错。

“雅”是产生于姬周王畿内的一种乐调，“雅者，正也，正乐之歌也”。现存的“雅”分为《大雅》和《小雅》两部分，而关于“雅”之大小的区别，学界一直莫衷一是。朱熹《诗集传》中说：“其篇本有大小之殊，而先儒说又各有正变之别。以今考之，正‘小雅’，燕飨之乐也。正‘大雅’，会朝之乐，受釐陈戒之辞也。”根据朱熹的说法，“小雅”“大雅”之分源于乐调的不同，也可能与表演的场合、演唱的规模等有关。余冠英认为大、小之分可能与产生的时间有关，《诗经选》中说：“可能原来只有一种雅乐，无所谓大小，后来有新的雅乐产生，便叫旧的为《大雅》，新的为《小雅》。”孙作云则认为雅之分与诗歌内容有关，“追述西周初年祖先功德”“夸张西周初年开国盛世的诗”叫“大雅”，“表现西周衰世，特别是幽王之世的诗歌”叫“小雅”。“雅”现共存诗105篇。

xiǎo yǎ

小雅

《小雅》中的诗大多数产生于西周末年和东周初年，主要用于贵族的宴享，现存诗74篇。诗作者有的是上层贵族，有的是下层平民。诗歌内容丰富而广泛，从多角度描写了当时的社会生活，有的暴露政治生活的腐败，有的反映当时的农事、祭祀、宴饮和感情抒发等，如《鹿鸣》是周王宴会群臣宾客的乐歌；《四牡》是周朝一位臣子常年在外奔波不能回家而思念家乡的诗歌；《皇皇者华》是周朝使臣出访调查民情而自述其尽职尽责的诗歌；《棠棣》则是一首兄弟之间宴饮的诗歌，体现了兄弟之间的深厚感情。

lù míng

鹿鸣

yōu yōu lù míng shí yě zhī píng wǒ yǒu jiā bīn gǔ
呦呦鹿鸣，食野之苹。我有嘉宾，鼓
sè chuī shēng chuī shēng gǔ huáng chéng kuāng shì jiāng rén zhī
瑟吹笙。吹笙鼓簧，承筐是将①。人之
hào wǒ shì wǒ zhōu háng
好我，示我周行②。

yōu yōu lù míng shí yě zhī hāo wǒ yǒu jiā bīn dé
呦呦鹿鸣，食野之蒿。我有嘉宾，德
yīn kǒng zhāo shì mín bù tiāo jūn zǐ shì zé shì xiào
音孔昭③。视民不恌④，君子是则是效。
wǒ yǒu zhǐ jiǔ jiā bīn shì yàn yǐ áo
我有旨酒，嘉宾式燕以敖⑤。

yōu yōu lù míng shí yě zhī qín wǒ yǒu jiā bīn gǔ
呦呦鹿鸣，食野之芩。我有嘉宾，鼓
sè gǔ qín gǔ sè gǔ qín hé lè qiě dān wǒ yǒu zhǐ
瑟鼓琴。鼓瑟鼓琴，和乐且湛。我有旨
jiǔ yǐ yàn lè jiā bīn zhī xīn
酒，以燕乐嘉宾之心⑥。

①承：奉上。将：进献。②周行：大道，治国的道理。③昭：光明。④视：通“示”(shì)，指示，教导。恌：通“佻”(tiāo)，轻佻，轻浮。⑤式：语助词。燕：通“宴”(yàn)，饮酒。⑥燕：通“宴”(yàn)，快乐，娱乐。

sì mǔ

四牡

sì mǔ fēi fēi zhōu dào wēi yí qǐ bù huái guī
四牡骓骓，周道倭迟①。岂不怀归？
wáng shì mǐ gǔ wǒ xīn shāng bēi
王事靡盬②，我心伤悲。

sì mǔ fēi fēi tān tān luò mǎ qǐ bù huái guī
四牡骓骓，啴啴骆马③。岂不怀归？
wáng shì mǐ gǔ bù huáng qǐ chǔ
王事靡盬，不遑启处④。

piān piān zhě zhuī zài fēi zài xià jí yú bāo xǔ wáng
翩翩者鵻，载飞载下，集于苞栩。王
shì mǐ gǔ bù huáng jiāng fù
事靡盬，不遑将父⑤。

piān piān zhě zhuī zài fēi zài zhǐ jí yú bāo qǐ wáng
翩翩者鵻，载飞载止，集于苞杞。王
shì mǐ gǔ bù huáng jiāng mǔ
事靡盬，不遑将母。

jià bǐ sì luò zài zhòu qīn qīn qǐ bù huái guī
驾彼四骆，载骤骎骎⑥。岂不怀归？
shì yòng zuò gē jiāng mǔ lái shěn
是用作歌，将母来谂⑦。

①骓骓：马不停行走的样子。周道：大路。倭迟：道路迂回长远的样子。②靡盬：没有止息。③啴啴：喘息的样子。④不遑：没有闲暇，没有空闲。启处：安歇。⑤将：奉养，赡养。⑥载：语助词。骤：（马）奔驰，奔跑。骎骎：马奔驰的样子。⑦是用：因此。将：发语词。来：是。谂：思念，想念。

huáng huáng zhě huā

皇皇者华

huáng huáng zhě huā yú bǐ yuán xí shēn shēn zhēng fū měi huái mǐ jí

皇皇者华①，于彼原隰。駪駪征夫，每怀靡及②。

wǒ mǎ wéi jū liù pèi rú rú zài chí zài qū zhōu yuán zī zōu

我马维驹，六辔如濡。载驰载驱，周爰咨诹③。

wǒ mǎ wéi qí liù pèi rú sī zài chí zài qū zhōu yuán zī móu

我马维骐，六辔如丝。载驰载驱，周爰咨谋。

wǒ mǎ wéi luò liù pèi wò ruò zài chí zài qū zhōu yuán zī duó

我马维骆，六辔沃若。载驰载驱，周爰咨度。

wǒ mǎ wéi yīn liù pèi jì jūn zài chí zài qū zhōu yuán zī xún

我马维骃，六辔既均。载驰载驱，周爰咨询。

① 皇皇：颜色鲜明的样子。② 駪駪：征夫往来奔波的样子。每：虽然。怀：惦念。③ 辔：缰绳。濡：润泽。周：普遍。爰：咨诹：访问，询问，谋求意见。

常棣

chángdì

常棣之华，鄂不韡韡①。凡今之人，莫如兄弟。
chángdì zhī huā, è fū wěi wěi. fán jīn zhī rén, mò rú xiōng dì.

死丧之威②，兄弟孔怀。原隰裒矣，兄弟求矣③。
sǐ sāng zhī wēi, xiōng dì kǒng huái. yuán xí póu yǐ, xiōng dì qiú yǐ.

脊令在原④，兄弟急难。每有良朋，况也永叹⑤。
jǐ lìng zài yuán, xiōng dì jí nàn. měi yǒu liáng péng, kuàng yě yǒng tàn.

兄弟阋于墙，外御其务⑥。每有良朋，烝也无戎⑦。
xiōng dì xì yú qiáng, wài yù qí wǔ. měi yǒu liáng péng, zhēng yě wú róng.

丧乱既平，既安且宁。虽有兄弟，不如友生。
sāng luàn jì píng, jì ān qiě níng. suī yǒu xiōng dì, bù rú yǒu shēng.

①鄂：通“萼”(è)，花萼。不：假借为“柎”(fū)，花托。②威：通“畏”(wèi)，畏惧，害怕。③裒：聚集。求：寻求，求助。④脊令：鸟名，一种水鸟。⑤每：虽，虽然。况：增加。永叹：长叹。⑥阋：争斗。务：通“侮”(wǔ)，欺侮。⑦烝：久，长久。戎：帮助。

bìn ěr biān dòu yǐn jiǔ zhī yù xiōng dì jì jù
傧尔笾豆，饮酒之饫①。兄弟既具，
hé lè jù rú
和乐且孺②。

qī zǐ hào hé rú gǔ sè qín xiōng dì jì xī hé
妻子好合，如鼓瑟琴。兄弟既翕，和
lè qiě dān
乐且湛③。

yí ěr shì jiā lè ěr qī nú shì jiū shì tú
宜尔室家，乐尔妻帑④。是究是图，
dǎn qí rán hū
亶其然乎⑤？

fá mù
伐木

fá mù zhēng zhēng niǎo míng yīng yīng chū zì yōu gǔ
伐木丁丁⑥，鸟鸣嘤嘤。出自幽谷，
qiān yú qiáo mù yīng qí míng yǐ qiú qí yǒu shēng xiàng bǐ
迁于乔木。嘤其鸣矣，求其友声。相彼
niǎo yǐ yóu qiú yǒu shēng shěn yī rén yǐ bù qiú yǒu
鸟矣，犹求友声。矧伊人矣⑦，不求友
shēng shèn zhī tīng zhī zhōng hé qiě píng
生？神之听之⑧，终和且平。

①傧：陈列。饫：吃饱喝足的样子。②具：通“俱”(jù)，聚集。孺：亲爱。③翕：合，聚会。湛：欢乐。④帑：通“孥”(nú)，儿女。⑤究：探究。图：谋划。亶：确实，的确。然：如此，这样。⑥丁丁：伐木声。⑦矧：递进连词，况且，何况。⑧神：通“慎”(shèn)，慎重，谨慎。一说神为“神明”，神之听之，神明听到。

fá mù hǔ hǔ　shī jiǔ yǒu xù　jì yǒu féi zhù
伐木许许，酾酒有藇①。既有肥羜，
yǐ sù zhū fù　nìng shì bù lái　wēi wǒ fú gù　wū
以速诸父②。宁适不来，微我弗顾③。於
càn sǎ sǎo　chén kuì bā guǐ　jì yǒu féi mǔ　yǐ sù zhū
粲洒扫，陈馈八簋。既有肥牡，以速诸
jiù　nìng shì bù lái　wēi wǒ yǒu jiù
舅。宁适不来，微我有咎④。

fá mù yú bǎn　shī jiǔ yǒu yǎn　biān dòu yǒu jiàn　xiōng
伐木于阪，酾酒有衍。笾豆有践，兄
dì wú yuǎn　mín zhī shī dé　gān hóu yǐ qiān　yǒu jiǔ xǔ
弟无远。民之失德，干糇以愆⑤。有酒湑
wǒ　wú jiǔ gū wǒ　kǎn kǎn gǔ wǒ　cún cún wǔ wǒ
我，无酒酤我⑥。坎坎鼓我，蹲蹲舞我⑦。
dài wǒ xiá yǐ　yǐn cǐ xǔ yǐ
迨我暇矣，饮此湑矣⑧。

tiān bǎo
天保

tiān bǎo dìng ěr　yì kǒng zhī gù　bǐ ěr dān hòu
天保定尔⑨，亦孔之固。俾尔单厚，

① 许许：通“浒浒”(hǔ hǔ)，伐木的声音。酾酒：过滤酒。② 速：邀请。③ 宁：宁可。适：副词，恰好。微：非，不是。顾：思念。④ 咎：过失，罪过。⑤ 干糇：干粮，泛指普通食物。愆：过错。此句大意为：因为粗薄的食物招致过错。⑥ 湑：过滤酒中的糟。酤：买酒。⑦ 蹲蹲：起舞的样子。⑧ 湑：过滤后的清酒。⑨ 保定：保佑，安定。尔：指国君。

hé fú bù zhù bǐ ěr duō yì yǐ mò bú shù
何福不除①？俾尔多益，以莫不庶②。

tiān bǎo dìng ěr bǐ ěr jiǎn gǔ qìng wú bù yí
天保定尔，俾尔戬穀③。罄无不宜④，

shòu tiān bǎi lù jiàng ěr xiá fú wéi rì bù zú
受天百禄。降尔遐福，维日不足。

tiān bǎo dìng ěr yǐ mò bù xīng rú shān rú fù rú
天保定尔，以莫不兴。如山如阜，如

gāng rú líng rú chuān zhī fāng zhì yǐ mò bù zēng
冈如陵，如川之方至，以莫不增。

jí juān wéi chì shì yòng xiào xiǎng yuè cí zhēng cháng
吉蠲为饎⑤，是用孝享。禴祠烝尝⑥，

yú gōng xiān wáng jūn yuē bǔ ěr wàn shòu wú jiāng
于公先王。君曰卜尔，万寿无疆。

shén zhī dì yǐ yí ěr duō fú mín zhī zhì yǐ
神之吊矣⑦，诒尔多福。民之质矣⑧，

rì yòng yǐn shí qún lí bǎi xìng biàn wéi ěr dé
日用饮食。群黎百姓，遍为尔德⑨。

rú yuè zhī gèng rú rì zhī shēng rú nán shān zhī shòu
如月之恒⑩，如日之升。如南山之寿，

bù qiān bù bēng rú sōng bǎi zhī mào wú bù ěr huò chéng
不骞不崩⑪。如松柏之茂，无不尔或承⑫。

①俾：使。单厚：信厚，强大。除：给予，赐予。②以：连词，因而。莫：没有什么。庶：多，众多。③戬：福。穀：禄位，俸禄。④罄：尽，所有，一切。⑤吉：善，好。蠲：干净，清洁。饎：酒食，黍稷。⑥禴：夏祭。祠：春祭。烝：冬祭。尝：秋祭。⑦吊：至，到。⑧质：单纯，朴实。⑨为：感化。⑩恒：月到上弦。⑪骞：亏损。崩：崩塌。⑫承：继承。

cǎi wēi
采薇

cǎi wēi cǎi wēi wēi yì zuò zhǐ yuē guī yuē guī
采薇采薇，薇亦作止①。曰归曰归，
suì yì mù zhǐ mǐ shì mǐ jiā xiǎn yǔn zhī gù bù huáng
岁亦莫止。靡室靡家，猃狁之故。不遑
qǐ jū xiǎn yǔn zhī gù
启居②，猃狁之故。

cǎi wēi cǎi wēi wēi yì róu zhǐ yuē guī yuē guī
采薇采薇，薇亦柔止③。曰归曰归，
xīn yì yōu zhǐ yōu xīn liè liè zài jī zài kě wǒ shù
心亦忧止。忧心烈烈，载饥载渴④。我戍
wèi dìng mǐ shǐ guī pìn
未定，靡使归聘⑤。

cǎi wēi cǎi wēi wēi yì gāng zhǐ yuē guī yuē guī
采薇采薇，薇亦刚止⑥。曰归曰归，
suì yì yáng zhǐ wáng shì mǐ gǔ bù huáng qǐ chǔ yōu xīn
岁亦阳止⑦。王事靡盬，不遑启处。忧心
kǒng jiù wǒ xíng bù lái
孔疚，我行不来⑧。

bǐ ěr wéi hé wéi táng zhī huā bǐ lù sī hé
彼尔维何？维常之华⑨。彼路斯何⑩？

①作：生，萌发。止：句末语气词。②不遑：没有闲暇。启：跪坐。启居：安歇。③柔：始生而弱。④载：语助词。⑤归：返回。聘：访问，探问。⑥刚：坚硬，老硬。⑦阳：阴历十月，代指时间流逝。⑧行：行役。来：归来。⑨常：棠棣。华：花。⑩路：车子高大的样子，一说车子的一种。

jūn zǐ zhī chē róng chē jì jià sì mǔ yè yè qǐ gǎn dìng

君子之车。戎车既驾，四牡业业。岂敢定

jū yí yuè sān jié

居？一月三捷。

jià bǐ sì mǔ sì mǔ kuí kuí jūn zǐ suǒ yī xiǎo

驾彼四牡，四牡骙骙。君子所依，小

rén suǒ féi sì mǔ yì yì xiàng mǐ yú fú qǐ bú rì

人所腓①。四牡翼翼，象弭鱼服。岂不日

jiè xiǎn yǔn kǒng jí

戒？猃狁孔棘②。

xī wǒ wǎng yǐ yáng liǔ yī yī jīn wǒ lái sī

昔我往矣，杨柳依依。今我来思③，

yù xuě fēi fēi xíng dào chí chí zài kě zài jī wǒ xīn

雨雪霏霏。行道迟迟，载渴载饥。我心

shāng bēi mò zhī wǒ āi

伤悲，莫知我哀。

chū chē
出车

wǒ chū wǒ chē yú bǐ mù yǐ zì tiān zǐ suǒ

我出我车，于彼牧矣④。自天子所，

wèi wǒ lái yǐ zhào bǐ pú fū wèi zhī zài yǐ wáng

谓我来矣⑤。召彼仆夫，谓之载矣⑥。王

shì duō nàn wéi qí jí yǐ

事多难，维其棘矣。

①腓：隐蔽，回避。②棘：通“亟”（jí），紧急。③思：句末助词。④出：出动。牧：远郊。⑤谓：使，令。⑥载：装载，运载。

wǒ chū wǒ chē yú bǐ jiāo yǐ shè cǐ zhào yǐ jiàn
我出我车，于彼郊矣。设此旐矣，建
bǐ máo yǐ bǐ yú zhào sī hú bú pèi pèi yōu xīn qiǎo
彼旄矣。彼旟旐斯，胡不旆旆？忧心悄
qiǎo pú fū kuàng cuì
悄，仆夫况瘁①。

wáng mìng nán zhòng wǎng chéng yú fāng chū chē bāng bāng
王命南仲，往城于方②。出车彭彭，
qí zhào yīng yīng tiān zǐ mìng wǒ chéng bǐ shuò fāng hè hè
旂旐央央③。天子命我，城彼朔方。赫赫
nán zhòng xiǎn yǔn yú xiāng
南仲，猃狁于襄④。

xī wǒ wǎng yǐ shǔ jì fāng huā jīn wǒ lái sī yù
昔我往矣，黍稷方华。今我来思，雨
xuě zài tú wáng shì duō nàn bù huáng qǐ jū qǐ bù huái
雪载涂。王事多难，不遑启居。岂不怀
guī wèi cǐ jiǎn shū
归？畏此简书⑤。

yāo yāo cǎo chóng tì tì fù zhōng wèi jiàn jūn zǐ yōu
喓喓草虫，趯趯阜螽。未见君子，忧
xīn chōng chōng jì jiàn jūn zǐ wǒ xīn zé xiáng hè hè nán
心忡忡。既见君子，我心则降。赫赫南
zhòng bó fá xī róng
仲，薄伐西戎。

chūn rì chí chí huì mù qī qī cāng gēng jiē jiē cǎi
春日迟迟，卉木萋萋。仓庚喈喈，采

① 斯：语气词。旆旆：旗帜飘扬的样子。况：病，憔悴。② 城：筑城。方：朔方，泛指北方。③ 央央：旗帜鲜明的样子。④ 襄：除去。⑤ 简书：写在竹简上的文书，这里指周王的策命。

fán qí qí zhí xùn huò chǒu bó yán xuán guī hè hè nán
蘩祁祁。执讯获丑①，薄言还归。赫赫南
zhòng xiǎn yǔn yú yí
仲，玁狁于夷②。

dì dù
杕杜

yǒu dì zhī dù yǒu huǎn qí shí wáng shì mǐ gǔ
有杕之杜，有睆其实③。王事靡盬，
jì sì wǒ rì rì yuè yáng zhǐ nǚ xīn shāng zhǐ zhēng fū
继嗣我日④。日月阳止，女心伤止，征夫
huáng zhǐ
遑止⑤。

yǒu dì zhī dù qí yè qī qī wáng shì mǐ gǔ wǒ xīn
有杕之杜，其叶萋萋。王事靡盬，我心
shāng bēi huì mù qī zhǐ nǚ xīn bēi zhǐ zhēng fū guī zhǐ
伤悲。卉木萋止，女心悲止，征夫归止。

zhì bǐ běi shān yán cǎi qí qǐ wáng shì mǐ gǔ yōu wǒ
陟彼北山，言采其杞。王事靡盬，忧我
fù mǔ tán chē chǎn chǎn sì mǔ guǎn guǎn zhēng fū bù yuǎn
父母。檀车幝幝，四牡痯痯，征夫不远。

fěi zài fěi lái yōu xīn kǒng jiù qí shì bú zhì
匪载匪来，忧心孔疚⑥。期逝不至，

① 讯：审问。丑：丑类，对敌人的蔑称。② 夷：平，平定。③ 睆：果实浑圆的样子。④ 继嗣：延续，延长。我日：指行役之期。⑤ 止：句末助词。遑：闲暇。此句大意为：岁月流逝，行役日久，女子伤悲，也该结束王事，让征夫休息了吧。⑥ 匪：通“非”（fēi），不。载：装载，运载。疚：痛苦。

ér duō wéi xù bǔ shì xié zhǐ huì yán jìn zhǐ zhēng
而多为恤①。卜筮偕止，会言近止②，征

fū ěr zhǐ
夫迩止。

yú lí
鱼丽

yú lí yú liǔ cháng shā jūn zǐ yǒu jiǔ zhǐ qiě duō
鱼丽于罶③，鲿鲨。君子有酒，旨且多。

yú lí yú liǔ fáng lǐ jūn zǐ yǒu jiǔ duō qiě zhǐ
鱼丽于罶，鲂鳢。君子有酒，多且旨。

yú lí yú liǔ yǎn lǐ jūn zǐ yǒu jiǔ zhǐ qiě yǒu
鱼丽于罶，鰋鲤。君子有酒，旨且有。

wù qí duō yǐ wéi qí jiā yǐ
物其多矣，惟其嘉矣！

wù qí zhǐ yǐ wéi qí xié yǐ
物其旨矣，惟其偕矣！

wù qí yǒu yǐ wéi qí shí yǐ
物其有矣，惟其时矣④！

①期：期限。恤：忧虑，忧愁。②偕：吉利。会：占卜的一种形式，合，三人合占。③丽：通“罹”(lí)，遭遇，落入。罶：捕鱼篓。④时：得时，当季。

南有嘉鱼

南有嘉鱼，烝然罩罩①。君子有酒，嘉宾式燕以乐。

南有嘉鱼，烝然汕汕②。君子有酒，嘉宾式燕以衎③。

南有樛木，甘瓠累之。君子有酒，嘉宾式燕绥之。

翩翩者鵻④，烝然来思。君子有酒，嘉宾式燕又思⑤。

南山有台

南山有台，北山有莱⑥。乐只君子⑦，

① 烝：多，众多。罩罩：鱼游水的样子。② 汕汕：鱼游动的样子。③ 衎：快乐，愉悦。④ 鵻：鸟名，祝鸠，或是鸽子。⑤ 又：通“侑”（yòu），劝酒。思：句末助词。⑥ 台：通“薹”（tái），草名，莎草，其茎叶可以制作蓑衣和斗笠。莱：草名，叶可食。⑦ 只：语气词。

bāng jiā zhī jī lè zhǐ jūn zǐ wàn shòu wú qī
邦家之基。乐只君子，万寿无期。

nán shān yǒu sāng běi shān yǒu yáng lè zhǐ jūn zǐ bāng
南山有桑，北山有杨。乐只君子，邦
jiā zhī guāng lè zhǐ jūn zǐ wàn shòu wú jiāng
家之光。乐只君子，万寿无疆。

nán shān yǒu qǐ běi shān yǒu lǐ lè zhǐ jūn zǐ mín
南山有杞，北山有李。乐只君子，民
zhī fù mǔ lè zhǐ jūn zǐ dé yīn bù yǐ
之父母。乐只君子，德音不已。

nán shān yǒu kǎo běi shān yǒu niǔ lè zhǐ jūn zǐ hú
南山有栲，北山有杻。乐只君子，遐
bù méi shòu lè zhǐ jūn zǐ dé yīn shì mào
不眉寿①。乐只君子，德音是茂②。

nán shān yǒu jǔ běi shān yǒu yǔ lè zhǐ jūn zǐ hú
南山有枸，北山有楰。乐只君子，遐
bù huáng gǒu lè zhǐ jūn zǐ bǎo ài ěr hòu
不黄耇。乐只君子，保艾尔后③。

lù xiāo
蓼萧

lù bǐ xiāo sī líng lù xǔ xī jì jiàn jūn zǐ
蓼彼萧斯，零露湑兮④。既见君子，

①遐：通“胡”(hú)，为什么。眉寿：长寿，下“黄耇”同此义。②茂：通“懋”(mào)，勉力。③保：保护。艾：养，养育。④蓼：植物长大的样子。萧：植物名，艾蒿。湑：清。

wǒ xīn xiè xī yàn xiào yǔ xī shì yǐ yǒu yù chǔ xī
我心写兮①。燕笑语兮，是以有誉处兮②。

lù bǐ xiāo sī líng lù ráng ráng jì jiàn jūn zǐ
蓼彼萧斯，零露瀼瀼③。既见君子，

wéi chǒng wéi guāng qí dé bù shuǎng shòu kǎo bú wáng
为龙为光④。其德不爽，寿考不忘⑤。

lù bǐ xiāo sī líng lù nǐ nǐ jì jiàn jūn zǐ kǒng
蓼彼萧斯，零露泥泥。既见君子，孔

yàn kǎi tì yí xiōng yí dì lìng dé shòu kǎi
燕岂弟⑥。宜兄宜弟，令德寿岂⑦。

lù bǐ xiāo sī líng lù nóng nóng jì jiàn jūn zǐ tiáo
蓼彼萧斯，零露浓浓。既见君子，鞗

gé chōng chōng hé luán yōng yōng wàn fú yōu tóng
革冲冲⑧。和鸾雍雍，万福攸同⑨。

zhàn lù
湛露

zhàn zhàn lù sī fēi yáng bù xī yān yān yè yǐn
湛湛露斯⑩，匪阳不晞。厌厌夜饮⑪，

bú zuì wú guī
不醉无归。

①写：舒畅，喜悦。②誉：通“豫”（yù），安乐，娱乐。③瀼瀼：露水很多的样子，下“泥泥”“浓浓”同此义。④龙：通“宠”（chǒng），荣耀，光荣。⑤爽：差错。忘：通“亡”（wáng），停止。⑥岂弟：即“恺悌”（kǎi tì），快乐和悦的样子。⑦岂：快乐，和乐。⑧鞗：马缰绳。革：带嚼口的马笼头。冲冲：下垂的样子。⑨攸：所。同：聚集。⑩湛湛：露水浓重的样子。斯：句末语气词。⑪厌厌：安闲和悦的样子。

zhàn zhàn lù sī zài bǐ fēng cǎo yān yān yè yǐn zài
湛湛露斯，在彼丰草。厌厌夜饮，在
zōng zài kǎo
宗载考①。

zhàn zhàn lù sī zài bǐ qǐ jí xiǎn yǔn jūn zǐ
湛湛露斯，在彼杞棘。显允君子②，
mò bú lìng dé
莫不令德。

qí tóng qí yī qí shí lí lí kǎi tì jūn zǐ mò
其桐其椅，其实离离。岂弟君子，莫
bú lìng yí
不令仪。

tóng gōng

彤弓

tóng gōng chāo xī shòu yán cáng zhī wǒ yǒu jiā bīn
彤弓弨兮，受言藏之③。我有嘉宾，
zhōng xīn kuàng zhī zhōng gǔ jì shè yì zhāo xiǎng zhī
中心贶之④。钟鼓既设，一朝飨之⑤。

tóng gōng chāo xī shòu yán zài zhī wǒ yǒu jiā bīn zhōng
彤弓弨兮，受言载之。我有嘉宾，中
xīn xǐ zhī zhōng gǔ jì shè yì zhāo yòu zhī
心喜之。钟鼓既设，一朝右之⑥。

①宗：宗庙。考：敲击，这里指敲钟。②显：光明。允：诚信。③弨：放松弓弦。受：接受。受言藏之：大意为天子赐予诸侯彤弓，诸侯接受赏赐并收藏起来。④贶：赞美，嘉美。⑤一朝：终朝。飨：款待，宴享。⑥右：劝酒。

tóng gōng chāo xī shòu yán gāo zhī wǒ yǒu jiā bīn
彤弓弨兮，受言櫜之①。我有嘉宾，
zhōng xīn hào zhī zhōng gǔ jì shè yì zhāo chóu zhī
中心好之。钟鼓既设，一朝醻之②。

jīng jīng zhě é
菁菁者莪

jīng jīng zhě é zài bǐ zhōng ē jì jiàn jūn zǐ
菁菁者莪，在彼中阿③。既见君子，
lè qiě yǒu yí
乐且有仪。

jīng jīng zhě é zài bǐ zhōng zhǐ jì jiàn jūn zǐ
菁菁者莪，在彼中沚④。既见君子，
wǒ xīn zé xǐ
我心则喜。

jīng jīng zhě é zài bǐ zhōng líng jì jiàn jūn zǐ cì
菁菁者莪，在彼中陵。既见君子，锡
wǒ bǎi péng
我百朋⑤。

fàn fàn yáng zhōu zài chén zài fú jì jiàn jūn zǐ wǒ
泛泛杨舟，载沉载浮。既见君子，我
xīn zé xiū
心则休⑥。

①櫜：用作动词，把弓装进弓袋里。②醻：敬酒。③菁菁：草木茂盛的样子。莪：植物名，莪蒿，萝蒿。阿：丘陵。中阿：阿中。④沚：水中小洲。⑤朋：货币。⑥休：安定。

liù yuè
六月

liù yuè xī xī róng chē jì chì sì mǔ kuí kuí
六月栖栖，戎车既饬①。四牡骙骙，
zài shì cháng fú xiǎn yǔn kǒng chì wǒ shì yòng jí wáng
载是常服②。猃狁孔炽，我是用急③。王
yú chū zhēng yǐ kuāng wáng guó
于出征，以匡王国。

bǐ wù sì lí xián zhī wéi zé wéi cǐ liù yuè
比物四骊，闲之维则④。维此六月，
jì chéng wǒ fú wǒ fú jì chéng yú sān shí lǐ wáng yú
既成我服。我服既成，于三十里⑤。王于
chū zhēng yǐ zuǒ tiān zǐ
出征，以佐天子。

sì mǔ xiū guǎng qí dà yǒu yóng bó fá xiǎn yǔn yǐ
四牡修广，其大有颙⑥。薄伐猃狁，以
zòu fū gōng yǒu yán yǒu yì gōng wǔ zhī fú gōng wǔ
奏肤公⑦。有严有翼，共武之服⑧。共武
zhī fú yǐ dìng wáng guó
之服，以定王国。

xiǎn yǔn fěi rú zhěng jū jiāo huò qīn hào jí fāng zhì
猃狁匪茹，整居焦获⑨。侵镐及方，至

① 栖栖：忙碌的样子。饬：整治，整顿。② 常服：士兵的战服。③ 炽：强盛，猖狂。我是用急：我军因此紧急行动。④ 比：配合一致。物：指马。闲：熟练，熟习。则：准则。⑤ 于：及，至。⑥ 颙：大的样子。⑦ 薄：助词。奏：成，成就。公：通“功”（gōng），功业，功绩。⑧ 共：通“恭”（gōng），恭敬。服：事，职务。⑨ 茹：柔弱，软弱。整：通“征”（zhēng），往，前往。居：占据。焦获：地名。

于泾阳。织文鸟章①，白旆央央。元戎十乘②，以先启行。

戎车既安，如轾如轩③。四牡既佶④，既佶且闲。薄伐猃狁，至于大原。文武吉甫，万邦为宪⑤。

吉甫燕喜，既多受祉⑥。来归自镐，我行永久。饮御诸友，炰鳖脍鲤。侯谁在矣⑦？张仲孝友。

采芑

薄言采芑，于彼新田，于此菑亩⑧。方叔莅止，其车三千，师干之试⑨。方叔

①文：花纹。②元戎：大型战车。③轾：车向下俯。轩：车向上仰。④佶：整齐。⑤文：有文德的。武：有武才的。宪：法则，榜样。⑥祉：福。⑦侯：语气词。⑧菑：耕过一年的田。⑨止：句末语气词。师：士兵。干：盾牌。试：演习。

shuài zhǐ chéng qí sì qí sì qí yì yì lù chē yǒu shì
率止，乘其四骐，四骐翼翼。路车有奭，
diàn fú yú fú gōu yīng tiáo gé
簟茀鱼服，钩膺鞗革①。

bó yán cǎi qǐ yú bǐ xīn tián yú cǐ zhōng xiāng fāng
薄言采芑，于彼新田，于此中乡。方
shū lì zhǐ qí chē sān qiān qí zhào yīng yīng fāng shū shuài
叔莅止，其车三千，旂旐央央。方叔率
zhǐ yuē qí cuò héng bā luán qiāng qiāng fú qí mìng fú zhū
止，约軝错衡，八鸾玱玱。服其命服，朱
fú sī huáng yǒu qiāng cōng héng
芾斯皇，有玱葱珩②。

yù bǐ fēi sǔn qí fēi lì tiān yì jí yuán zhǐ
鴥彼飞隼，其飞戾天，亦集爰止③。
fāng shū lì zhǐ qí chē sān qiān shī gān zhī shì fāng shū
方叔莅止，其车三千，师干之试。方叔
shuài zhǐ zhēng rén fá gǔ chén shī jū lǚ xiǎn yǔn fāng shū
率止，钲人伐鼓，陈师鞠旅。显允方叔，
fá gǔ yuān yuān zhèn lǚ tián tián
伐鼓渊渊，振旅阗阗。

chǔn ěr mán jīng dà bāng wéi chóu fāng shū yuán lǎo kè zhuàng
蠢尔蛮荆，大邦为雠。方叔元老，克壮
qí yóu fāng shū shuài zhǐ zhí xùn huò chǒu róng chē tān
其犹④。方叔率止，执讯获丑。戎车啴
tān tān tān tūn tūn rú tíng rú léi xiǎn yǔn fāng shū zhēng
啴，啴啴焞焞，如霆如雷。显允方叔，征

① 鱼服：用鱼皮制作的箭袋。此段是对军队车马盛况的描述。② 朱芾：红色蔽膝。皇：华丽的样子。葱珩：首饰品，一种佩玉。此段是对方叔的车驾和官服的描述。③ 戾：至，到。集：鸟停在树上。爰：于，在。止：停止，停留。④ 克：能。犹：谋略。此句大意为：方叔虽然年老，但他的谋略却更宏大。

fá xiǎn yǔn mán jīng lái wèi
伐猃狁，蛮荆来威①。

chē gōng
车攻

wǒ chē jì gōng wǒ mǎ jì tóng sì mǔ lóng lóng
我车既攻，我马既同②。四牡庞庞，
jià yán cú dōng
驾言徂东③。

tián chē jì hǎo sì mǔ kǒng fù dōng yǒu pǔ cǎo
田车既好，四牡孔阜④。东有甫草，
jià yán xíng shòu
驾言行狩。

zhī zǐ yú miáo xuàn tú xiāo xiāo jiàn zhào shè máo
之子于苗，选徒嚣嚣⑤。建旐设旄，
bó shòu yú áo
搏兽于敖。

jià bǐ sì mǔ sì mǔ yì yì chì fú jīn xì huì
驾彼四牡，四牡奕奕。赤芾金舄，会
tóng yǒu yì
同有绎⑥。

jué shí jì cì gōng shǐ jì tiáo shè fū jì tóng
决拾既佽，弓矢既调⑦。射夫既同，

①威：通“畏”（wèi），畏惧。②攻：坚固。同：整齐。③驾：驾车。言：语助词。④田：打猎。田车：打猎用的车。阜：大，肥大。⑤苗：原意为夏天打猎，这里泛指打猎。选：通“算”（suàn），计算，清点。⑥会同：古代诸侯朝觐天下的专称。绎：盛大的样子。⑦决：射箭拉弓时套在手上的扳指。拾：射箭拉弓时戴在左臂上的护具。佽：通“次”（cì），齐备，完备。调：调整妥当。

助我举柴①。

四黄既驾，两骖不猗。不失其驰，舍矢如破。

萧萧马鸣，悠悠旆旌。徒御不惊，大庖不盈②。

之子于征，有闻无声。允矣君子，展也大成。

吉日

吉日维戊，既伯既祷③。田车既好，四牡孔阜。升彼大阜，从其群丑④。

吉日庚午，既差我马⑤。兽之所同⑥，

①柴：通“胔”(zì)，堆积狩猎到的禽兽。②不：通“丕”(pī)，大。惊：通“警”(jǐng)，警戒。大庖：天子的庖厨。盈：丰富。③戊：单日，古人逢单日做征战、田猎等事。伯：马祖，这里用作动词，祭祀马祖。④阜：土山。从：追赶。丑：众，这里指野兽。⑤庚午：庚午日。差：选择。⑥同：聚集。

yōu lù yǔ yǔ qī jū zhī cóng tiān zǐ zhī suǒ
麀鹿麌麌。漆沮之从，天子之所。

zhān bǐ zhōng yuán qí qí kǒng yǒu biāo biāo sì sì
瞻彼中原，其祁孔有①。儦儦俟俟，
huò qún huò yǒu xī shuài zuǒ yòu yǐ yàn tiān zǐ
或群或友②。悉率左右，以燕天子③。

jì zhāng wǒ gōng jì xié wǒ shǐ fā bǐ xiǎo bā yì
既张我弓，既挟我矢。发彼小豝，殪
cǐ dà sì yǐ yù bīn kè qiě yǐ zhuó lǐ
此大兕④。以御宾客，且以酌醴⑤。

hóng yàn
鸿雁

hóng yàn yú fēi sù sù qí yǔ zhī zǐ yú zhēng qú
鸿雁于飞，肃肃其羽。之子于征，劬
láo yú yě yuán jí jīn rén āi cǐ guān guǎ
劳于野。爰及矜人⑥，哀此鳏寡。

hóng yàn yú fēi jí yú zhōng zé zhī zǐ yú yuán
鸿雁于飞，集于中泽。之子于垣⑦，
bǎi dǔ jiē zuò suī zé qú láo qí jiū ān zhái
百堵皆作。虽则劬劳，其究安宅⑧。

hóng yàn yú fēi āi míng áo áo wéi cǐ zhé rén wèi
鸿雁于飞，哀鸣嗷嗷。维此哲人，谓

①祁：大，广大。②儦儦：野兽奔跑的样子。或群或友：指三二成群。③率：驱赶。燕：娱乐，使快乐。④殪：死，射死。⑤御：进献。且：连词。酌：舀。醴：甜酒。⑥爰：语气词。及：介词，表示有关的人物，跟，和。矜人：可怜人。⑦垣：建筑垣墙。⑧究：终究，毕竟。安：安宁，安定。宅：用作动词，居住。

wǒ qú láo wéi bǐ yú rén wèi wǒ xuān jiāo
我劬劳。维彼愚人，谓我宣骄。

tíng liáo
庭燎

yè rú hé jī yè wèi yāng tíng liáo zhī guāng jūn
夜如何其？夜未央，庭燎之光①。君

zǐ zhì zhǐ luán shēng qiāng qiāng
子至止，鸾声将将。

yè rú hé jī yè wèi ài tíng liáo zhé zhé jūn
夜如何其？夜未艾，庭燎晣晣②。君

zǐ zhì zhǐ luán shēng huì huì
子至止，鸾声哕哕。

yè rú hé jī yè xiàng chén tíng liáo yǒu huī jūn
夜如何其？夜乡晨③，庭燎有辉。君

zǐ zhì zhǐ yán guān qí qí
子至止，言观其旂。

miǎn shuǐ
沔水

miǎn bǐ liú shuǐ cháo zōng yú hǎi yù bǐ fēi sǔn
沔彼流水，朝宗于海④。鴥彼飞隼，

zài fēi zài zhǐ jiē wǒ xiōng dì bāng rén zhū yǒu mò kěn
载飞载止。嗟我兄弟，邦人诸友。莫肯

① 其：语气词，表疑问。央：尽，已。夜未央：夜晚还没结束。庭燎：庭院中照明用的火炬。② 艾：尽，止。晣晣：明亮。③ 乡：接近。④ 沔：水流充盈的样子。朝宗：诸侯朝见天子，这里指百川入海。

niàn luàn shuí wú fù mǔ
念乱①，谁无父母？

miǎn bǐ liú shuǐ qí liú shāng shāng yù bǐ fēi sǔn
沔彼流水，其流汤汤。鴥彼飞隼，
zài fēi zài yáng niàn bǐ bú jì zài qǐ zài xíng xīn zhī
载飞载扬。念彼不迹②，载起载行。心之
yōu yǐ bù kě mǐ wàng
忧矣，不可弭忘。

yù bǐ fēi sǔn shuài bǐ zhōng líng mín zhī é yán
鴥彼飞隼，率彼中陵③。民之讹言，
nìng mò zhī chéng wǒ yǒu jǐng yǐ chán yán qí xīng
宁莫之惩④。我友敬矣⑤，谗言其兴。

hè míng
鹤鸣

hè míng yú jiǔ gāo shēng wén yú yě yú qián zài yuān
鹤鸣于九皋，声闻于野。鱼潜在渊，
huò zài yú zhǔ lè bǐ zhī yuán yuán yǒu shù tán qí xià wéi
或在于渚。乐彼之园，爰有树檀，其下维
tuò tā shān zhī shí kě yǐ wéi cuò
萚。他山之石，可以为错⑥。

hè míng yú jiǔ gāo shēng wén yú tiān yú zài yú zhǔ
鹤鸣于九皋，声闻于天⑦。鱼在于渚，
huò qián zài yuān lè bǐ zhī yuán yuán yǒu shù tán qí xià wéi
或潜在渊。乐彼之园，爰有树檀，其下维

①念：想，考虑。②迹：遵循法度。③率：循，沿着。④惩：制止，禁止。⑤敬：通“警”（jǐng），警戒。⑥错：同“厝”（cuò），可以磨制玉器的石头。⑦皋：沼泽。九：比喻沼泽之深远。

gǔ tā shān zhī shí kě yǐ gōng yù
榖①。他山之石，可以攻玉②。

qí fǔ
祈父

qí fǔ yú wáng zhī zhǎo yá hú zhuǎn yú yú xù
祈父③！予王之爪牙。胡转予于恤④？
mǐ suǒ zhǐ jū
靡所止居。

qí fǔ yú wáng zhī zhǎo shì hú zhuǎn yú yú xù mǐ
祈父！予王之爪士。胡转予于恤？靡
suǒ zhǐ zhǐ
所底止⑤。

qí fǔ dǎn bù cōng hú zhuǎn yú yú xù yǒu mǔ zhī
祈父！亶不聪。胡转予于恤？有母之
shī yōng
尸饔⑥？

bái jū
白驹

jiǎo jiǎo bái jū shí wǒ cháng miáo zhí zhī wéi zhī yǐ
皎皎白驹，食我场苗。絷之维之，以

①榖：即楮树，树皮可以造纸。②攻：加工，琢磨。③祈父：官名，即司马，掌管兵马。④恤：忧患。⑤底：至，止。⑥尸：陈设，陈列。饔：熟食。此句大意为：我被派赴战场远离家乡，谁来赡养我的母亲呢？

yǒng jīn zhāo suǒ wèi yī rén yú yān xiāo yáo
永今朝①。所谓伊人，于焉逍遥。

jiǎo jiǎo bái jū shí wǒ cháng huò zhí zhī wéi zhī yǐ
皎皎白驹，食我场藿。絷之维之，以
yǒng jīn xī suǒ wèi yī rén yú yān jiā kè
永今夕。所谓伊人，于焉嘉客②。

jiǎo jiǎo bái jū bēn rán lái sī ěr gōng ěr hóu
皎皎白驹，贲然来思③。尔公尔侯，
yì yù wú qī shèn ěr yōu yóu miǎn ěr dùn sī
逸豫无期④。慎尔优游，勉尔遁思⑤。

jiǎo jiǎo bái jū zài bǐ kōng gǔ shēng chú yí shù
皎皎白驹，在彼空谷。生刍一束⑥，
qí rén rú yù wú jīn yù ěr yīn ér yǒu xiá xīn
其人如玉。毋金玉尔音，而有遐心⑦。

huáng niǎo
黄鸟

huáng niǎo huáng niǎo wú jí yú gǔ wú zhuó wǒ sù
黄鸟黄鸟，无集于榖，无啄我粟。
cǐ bāng zhī rén bù wǒ kěn gǔ yán xuán yán guī fù wǒ
此邦之人，不我肯榖⑧。言旋言归，复我
bāng zú
邦族⑨。

①絷：拴住马。维：系，栓。永：延长。②于焉：于何处。嘉客：犹“逍遥”。③贲然：服饰光鲜华美的样子。④豫：娱乐，游乐。期：期限。⑤勉：通“免”(miǎn)，免去。遁：离去。此句大意为：(我要挽留你)打消你离去的想法。⑥生刍：新鲜的草料。⑦毋金玉尔音：不要以尔音为金玉，不要把你的话当作金玉一般珍贵(因此不肯多说)。遐：远，疏远。⑧榖：善待。⑨复：返回。

huáng niǎo huáng niǎo，wú jí yú sāng，wú zhuó wǒ liáng。
黄鸟黄鸟，无集于桑，无啄我梁。
cǐ bāng zhī rén，bù kě yǔ méng。yán xuán yán guī，fù wǒ zhū xiōng。
此邦之人，不可与明①。言旋言归，复我诸兄。

huáng niǎo huáng niǎo，wú jí yú xǔ，wú zhuó wǒ shǔ。
黄鸟黄鸟，无集于栩，无啄我黍。
cǐ bāng zhī rén，bù kě yǔ chǔ。yán xuán yán guī，fù wǒ zhū fù。
此邦之人，不可与处。言旋言归，复我诸父。

wǒ xíng qí yě
我行其野

wǒ xíng qí yě，bì fèi qí chū。hūn yīn zhī gù，yán jiù ěr jū。ěr bù wǒ xù，fù wǒ bāng jiā。
我行其野，蔽芾其樗②。昏姻之故，言就尔居。尔不我畜③，复我邦家。

wǒ xíng qí yě，yán cǎi qí zhú。hūn yīn zhī gù，yán jiù ěr sù。ěr bù wǒ xù，yán guī sī fù。
我行其野，言采其蓫④。昏姻之故，言就尔宿。尔不我畜，言归斯复。

wǒ xíng qí yě，yán cǎi qí fú。bù sī jiù yīn，qiú
我行其野，言采其葍⑤。不思旧姻，求

① 明：通“盟”（méng），信任。② 蔽芾：枝叶茂盛的样子。樗：臭椿树。③ 畜：喜爱。尔不我畜：你不好好善待我。④ 蓫：野菜。⑤ 葍：一种蔓草。

ěr xīn tè chéng bù yǐ fù yì zhī yǐ yì
尔新特。成不以富，亦祇以异①。

sī jiàn
斯干

zhì zhì sī jiàn yōu yōu nán shān rú zhú bāo yǐ
秩秩斯干②，幽幽南山。如竹苞矣③，
rú sōng mào yǐ xiōng jí dì yǐ shì xiāng hǎo yǐ wú xiāng
如松茂矣。兄及弟矣，式相好矣，无相
yóu yǐ
犹矣④。

sì xù bǐ zǔ zhù shì bǎi dǔ xī nán qí hù
似续妣祖，筑室百堵，西南其户⑤。
yuán jū yuán chǔ yuán xiào yuán yǔ
爰居爰处，爰笑爰语⑥。

yuē zhī gé gé zhuó zhī tuó tuó fēng yǔ yōu chú
约之阁阁，椓之橐橐⑦。风雨攸除，
niǎo shǔ yōu qù jūn zǐ yōu yǔ
鸟鼠攸去，君子攸芋⑧。

rú qǐ sī yì rú shǐ sī jí rú niǎo sī gé rú
如跂斯翼，如矢斯棘，如鸟斯革，如

① 成：通“诚”（chéng），诚然，确实。富：财富。祇：只，仅仅。异：异心。此句大意为：你抛弃我另结新欢，诚然不为财物，只是你不专一，见异思迁而已。② 秩秩：水流清澈的样子。斯：助词。干：通“涧”（jiàn），山沟的水流。③ 苞：根基深固。④ 式：助词，表示期待，应，当。犹：通“猷”（yóu），欺诈，欺骗。⑤ 似：通“嗣”（sì），继承，继续。户：门。⑥ 爰：在，于是。⑦ 约：捆束，捆扎。椓：筑，夯土。⑧ 攸：乃，于是。芋：通“宇”（yǔ），居住。

huī sī fēi jūn zǐ yōu jī
翚斯飞，君子攸跻①。

zhí zhí qí tíng yǒu jué qí yíng kuài kuài qí zhèng
殖殖其庭，有觉其楹②。哙哙其正，
huì huì qí míng jūn zǐ yōu níng
哕哕其冥，君子攸宁③。

xià guān shàng diàn nǎi ān sī qǐn nǎi qǐn nǎi xīng
下莞上簟④，乃安斯寝。乃寝乃兴，
nǎi zhān wǒ mèng jí mèng wéi hé wéi xióng wéi pí wéi
乃占我梦⑤。吉梦维何？维熊维罴，维
huǐ wéi shé
虺维蛇。

tài rén zhān zhī wéi xióng wéi pí nán zǐ zhī xiáng wéi
大人占之：维熊维罴，男子之祥；维
huǐ wéi shé nǚ zǐ zhī xiáng
虺维蛇，女子之祥⑥。

nǎi shēng nán zǐ zài qǐn zhī chuáng zài yì zhī cháng
乃生男子，载寝之床，载衣之裳，
zài nòng zhī zhāng qí qì huáng huáng zhū fú sī huáng shì
载弄之璋⑦。其泣喤喤，朱芾斯皇，室
jiā jūn wáng
家君王。

nǎi shēng nǚ zǐ zài qǐn zhī dì zài yì zhī tì
乃生女子，载寝之地，载衣之裼⑧，

① 跂：踮起脚后跟。斯：助词。翼：端正恭敬的样子。棘：棱角分明的样子。革：鸟张开翅膀的样子。翚：锦鸡。跻：登。② 殖殖：平坦而方正的样子。觉：高大笔直的样子。楹：堂前门柱。③ 哙哙：宽敞明亮的样子。正：向阳的正屋。哕哕：幽深的样子。冥：昏暗的房间。④ 莞：蒲草编的席子。簟：竹席。⑤ 兴：起身。占：解梦。⑥ 祥：吉兆。⑦ 载：则，乃。寝：使动用法，使躺，使睡。弄：把玩。⑧ 裼：褓衣，包被。

zài nòng zhī wǎ　wú fēi wú yí　wéi jiǔ shí shì yì　wú
载弄之瓦。无非无仪①，唯酒食是议，无
fù mǔ yí lí
父母诒罹②。

wú yáng
无羊

shuí wèi ěr wú yáng　sān bǎi wéi qún　shuí wèi ěr wú
谁谓尔无羊？三百维群。谁谓尔无
niú　jiǔ shí qí rún　ěr yáng lái sī　qí jiǎo jí jí
牛？九十其犉③。尔羊来思，其角濈濈。
ěr niú lái sī　qí ěr shī shī
尔牛来思，其耳湿湿④。

huò jiàng yú ē　huò yǐn yú chí　huò qǐn huò é
或降于阿，或饮于池，或寝或讹⑤。
ěr mù lái sī　hè suō hè lì　huò fù qí hóu　sān shí wéi
尔牧来思，何蓑何笠，或负其糇。三十维
wù　ěr shēng zé jù
物，尔牲则具。

ěr mù lái sī　yǐ xīn yǐ zhēng　yǐ cí yǐ xióng
尔牧来思，以薪以蒸⑥，以雌以雄。
ěr yáng lái sī　jīn jīn jīng jīng　bù qiān bù bēng　huī zhī
尔羊来思，矜矜兢兢，不骞不崩⑦。麾之

①非：违背，违抗。仪：专断，独断。②诒：通“贻”(yí)，给予。罹：忧患。③犉：黑嘴的黄牛。④湿湿：牛耳摇动的样子。⑤讹：通“吪”(é)，动，行动。⑥薪：粗牧草。蒸：细牧草。⑦矜矜：众多的样子。兢兢：强健的样子。骞：走失。崩：散失。

yǐ gōng bì lái jì shēng
以肱，毕来既升①。

mù rén nǎi mèng zhòng wéi yú yǐ zhào wéi yú yǐ tài rén zhān zhī zhòng wéi yú yǐ shí wéi fēng nián zhào wéi yú yǐ shì jiā zhēn zhēn
牧人乃梦，众维鱼矣，旐维旟矣。大人占之：众维鱼矣，实维丰年；旐维旟矣，室家溱溱。

jié nán shān
节南山

jié bǐ nán shān wéi shí yán yán hè hè shī yǐn mín jù ěr zhān yōu xīn rú yán bù gǎn xì tán guó jì zú zhǎn hé yòng bù jiān
节彼南山②，维石岩岩。赫赫师尹，民具尔瞻③。忧心如惔④，不敢戏谈。国既卒斩，何用不监⑤！

jié bǐ nán shān yǒu shí qí ē hè hè shī yǐn bù píng wèi hé tiān fāng jiàn cuó sāng luàn hóng duō mín yán wú jiā cǎn mò chéng jiē
节彼南山，有实其猗⑥。赫赫师尹，不平谓何⑦！天方荐瘥⑧，丧乱弘多。民言无嘉，憯莫惩嗟⑨。

①麾：指挥，挥动。肱：手臂。毕：尽，都。②节：山势高拔陡峭的样子。南山：即钟南山。③民具尔瞻：民具瞻尔，民众都在把你看。④惔：通“炎”（yán），焚烧。⑤斩：断绝，这里指国家将要灭绝。何用：何以。监：察，看。⑥实：长满草木的样子。猗：阿，山阿。⑦不平：不公。谓何：奈何。⑧荐：屡次。瘥：疫病，灾荒。⑨憯：副词，竟然。惩：警惕，鉴诫。

yǐn shì tài shī wéi zhōu zhī dǐ bǐng guó zhī jūn
尹氏大师，维周之氐①。秉国之均，
sì fāng shì wéi tiān zǐ shì pí bǐ mín bù mí bú
四方是维②。天子是毗，俾民不迷③。不
diào hào tiān bù yí kòng wǒ shī
吊昊天，不宜空我师④。

fú gōng fú qīn shù mín fú xìn fú wèn fú shì wù
弗躬弗亲，庶民弗信。弗问弗仕，勿
wǎng jūn zǐ shì yí shì yǐ wú xiǎo rén dài suǒ suǒ
罔君子⑤。式夷式已，无小人殆⑥。琐琐
yīn yà zé wú wǔ shì
姻亚，则无膴仕⑦。

hào tiān bù chōng jiàng cǐ jū xiōng hào tiān bú huì
昊天不佣⑧，降此鞠讻。昊天不惠，
jiàng cǐ dà lì jūn zǐ rú jiè bǐ mín xīn què jūn zǐ
降此大戾。君子如届，俾民心阕⑨。君子
rú yí wù nù shì wéi
如夷，恶怒是违⑩。

bú diào hào tiān luàn mǐ yǒu dìng shì yuè sī shēng
不吊昊天，乱靡有定。式月斯生⑪，
bǐ mín bù níng yōu xīn rú chéng shuí bǐng guó chéng bú zì
俾民不宁。忧心如酲，谁秉国成？不自
wéi zhèng zú láo bǎi xìng
为政，卒劳百姓。

①氐：本，根本。②秉：掌握。均：通“钧”（jūn），本义为制陶模具的转盘，这里指权柄。维：维系。③毗：辅助。俾：使。④吊：善，好。空：使穷困。师：民众。⑤罔：欺骗。⑥式：语助词。夷：平息，除去。已：制止，罢免。殆：亲近。⑦膴仕：高官厚禄。此句大意为：渺小无能的亲戚，不要给予他们高官厚禄。⑧佣：公平，公正。⑨届：至，极。阕：停止，平息。⑩夷：公平。违：去掉，消除。⑪月：假借为“抈”（yuè），折断。生：人民。此句指上天残害人民。

jià bǐ sì mǔ sì mǔ xiàng lǐng wǒ zhān sì fāng
驾彼四牡，四牡项领①。我瞻四方，
cù cù mǐ suǒ chěng
蹙蹙靡所骋。

fāng mào ěr è xiàng ěr máo yǐ jì yí jì yì
方茂尔恶，相尔矛矣②。既夷既怿，
rú xiāng chóu yǐ
如相酬矣③。

hào tiān bù píng wǒ wáng bù níng bù chéng qí xīn fù
昊天不平，我王不宁。不惩其心，覆
yuàn qí zhèng
怨其正④。

jiā fǔ zuò sòng yǐ jiū wáng xiōng shì é ěr xīn
家父作诵，以究王讻。式讹尔心⑤，
yǐ xù wàn bāng
以畜万邦。

zhèng yuè
正月

zhèng yuè fán shuāng wǒ xīn yōu shāng mín zhī é yán yì
正月繁霜，我心忧伤。民之讹言，亦
kǒng zhī jiāng niàn wǒ dú xī yōu xīn jīng jīng āi wǒ
孔之将⑥。念我独兮，忧心京京⑦。哀我

①项：大。领：颈，脖子。②茂：盛。恶：憎恶。③夷：平静，喜悦。怿：喜悦。酬：劝酒。④惩：警惕，鉴戒。正：纠正，谏正。此句大意为：尹氏不自我鉴戒，却反过来怨恨进谏的人。⑤讹：改变，变化。⑥讹：虚假，虚伪。将：长，大。⑦京京：忧愁无法排解的样子。

小心，瘋忧以痒①。

父母生我，胡俾我瘉②？不自我先，不自我后。好言自口，莠言自口。忧心愈愈，是以有侮。

忧心惸惸，念我无禄。民之无辜，并其臣仆③。哀我人斯，于何从禄？瞻乌爰止，于谁之屋？

瞻彼中林，侯薪侯蒸④。民今方殆，视天梦梦⑤。既克有定⑥，靡人弗胜。有皇上帝，伊谁云憎？

谓山盖卑⑦，为冈为陵。民之讹言，宁莫之惩。召彼故老，讯之占梦。具曰予圣，谁知乌之雌雄！

①瘋：忧愁。痒：忧思成病。②瘉：病，痛苦。③辜：罪。并：皆，同。④侯：副词，维。薪：粗柴。蒸：细草。⑤殆：危险。梦梦：昏乱不明。⑥定：决定。⑦盖：盍，何其。

wèi tiān hé gāo bù gǎn bù jú wèi dì hé hòu
谓天盖高，不敢不局①。谓地盖厚，
bù gǎn bù jí wéi háo sī yán yǒu lún yǒu jǐ āi
不敢不蹐②。维号斯言，有伦有脊③。哀
jīn zhī rén hú wéi huǐ yì
今之人，胡为虺蜴？

zhān bǐ bǎn tián yǒu yù qí tè tiān zhī wù wǒ
瞻彼阪田，有菀其特④。天之抓我，
rú bù wǒ kè bǐ qiú wǒ zé rú bù wǒ dé zhí
如不我克⑤。彼求我则⑥，如不我得。执
wǒ qiú qiú yì bù wǒ lì
我仇仇，亦不我力⑦。

xīn zhī yōu yǐ rú huò jié zhī jīn zī zhī zhèng
心之忧矣，如或结之⑧。今兹之正，
hú rán lì yǐ liáo zhī fāng yáng nìng huò miè zhī hè
胡然厉矣⑨？燎之方扬，宁或灭之⑩？赫
hè zōng zhōu bāo sì miè zhī
赫宗周，褒姒灭之！

zhōng qí yǒng huái yòu jiǒng yīn yǔ qí chē jì zài nǎi
终其永怀，又窘阴雨。其车既载，乃
qì ěr fǔ zài shū ěr zài qiāng bó zhù yú
弃尔辅⑪。载输尔载，将伯助予⑫！

wú qì ěr fǔ yún yú ěr fú lǚ gù ěr pú
无弃尔辅，员于尔辐⑬。屡顾尔仆，

①局：弯曲，曲身。②蹐：小步走路。③伦、脊：道理。④菀：茂盛的样子。特：指突出的禾苗。⑤抓：折磨。克：胜，战胜。⑥则：语助词。⑦力：重用，任用。不我力：不力我，不让我为国效劳。⑧结：心结，疙瘩。⑨正：通"政"（zhèng），政治。厉：凶恶，暴恶。⑩燎：山野大火。扬：旺盛。宁：岂，难道。⑪辅：车箱。⑫输：坠落，掉落。尔载：装载的货物。将：请，愿。⑬员：加固，加粗。

bù shū ěr zài zhōng yú jué xiǎn zēng shì bú yì
不输尔载。终逾绝险，曾是不意。

yú zài yú zhǎo yì fēi kè lè qián suī fú yǐ yì
鱼在于沼，亦匪克乐。潜虽伏矣，亦
kǒng zhī zhāo yōu xīn cāo cāo niàn guó zhī wéi nüè
孔之炤①。忧心惨惨，念国之为虐②。

bǐ yǒu zhǐ jiǔ yòu yǒu jiā yáo qià bǐ qí lín hūn
彼有旨酒，又有嘉肴。洽比其邻，昏
yīn kǒng yún niàn wǒ dú xī yōu xīn yīn yīn
姻孔云③。念我独兮，忧心慇慇。

cǐ cǐ bǐ yǒu wū sù sù fāng yǒu gǔ mín jīn zhī wú
佌佌彼有屋，蔌蔌方有谷④。民今之无
lù tiān yāo shì zhuó gě yǐ fù rén āi cǐ qióng dú
禄，天夭是椓⑤。哿矣富人⑥，哀此惸独。

shí yuè zhī jiāo
十月之交

shí yuè zhī jiāo shuò yuè xīn mǎo rì yǒu shí zhī
十月之交⑦，朔月辛卯。日有食之，
yì kǒng zhī chǒu bǐ yuè ér wēi cǐ rì ér wēi jīn
亦孔之丑⑧。彼月而微，此日而微⑨。今
cǐ xià mín yì kǒng zhī āi
此下民，亦孔之哀。

① 炤：明，明显。② 惨惨：通“懆懆”（cāo cāo），忧虑不安的样子。虐：残暴。③ 云：环绕，聚集。④ 佌佌：卑微。蔌蔌：鄙陋。谷：俸禄。这两句大意为：鄙陋小官都有屋住有俸禄吃。⑤ 夭：灾祸。椓：打击，残害。⑥ 哿：欢乐的样子。⑦ 交：日月交会，指日食或月食。⑧ 丑：恶。⑨ 微：昏暗不明。

rì yuè gào xiōng bú yòng qí háng sì guó wú zhèng
日月告凶，不用其行①。四国无政，
bú yòng qí liáng bǐ yuè ér shí zé wéi qí cháng cǐ rì
不用其良。彼月而食，则维其常②。此日
ér shí yú hé bù zāng
而食，于何不臧③。

yè yè zhèn diàn bù níng bú lìng bǎi chuān fèi téng shān
烨烨震电，不宁不令。百川沸腾，山
zhǒng cuì bēng gāo àn wéi gǔ shēn gǔ wéi líng āi jīn zhī
冢崒崩④。高岸为谷，深谷为陵。哀今之
rén hú cǎn mò chéng
人，胡憯莫惩⑤！

huáng fǔ qīng shì fān wéi sī tú jiā bó wéi zǎi zhòng
皇父卿士，番维司徒，家伯维宰，仲
yǔn shàn fū zōu zǐ nèi shǐ guì wéi cù mǎ jǔ wéi shī
允膳夫，棸子内史，蹶维趣马，楀维师
shì yàn qī shān fāng chǔ
氏，艳妻煽方处⑥。

yī cǐ huáng fǔ qǐ yuē bù shì hú wéi wǒ zuò
抑此皇父，岂曰不时⑦？胡为我作，
bù jí wǒ móu chè wǒ qiáng wū tián zú wū lái yuē yú
不即我谋。彻我墙屋，田卒污莱⑧。曰“予

① 告凶：日月食。用：由。行：轨道。② 维：是。常：正常。③ 于何：奈何。臧：善。古人认为月食是正常的事，但日食是不吉利的事。④ 崒：崩坏。⑤ 胡：何。惩：止，停止。⑥ 番、棸、蹶、楀：姓氏。趣马：官名，管理周王的马匹。艳妻：指褒姒。煽：气焰炽盛。方处：并处，指褒姒与上述诸官并处周王左右。⑦ 抑：通“噫”(yī)，叹词。岂：难道。曰：助词。时：通“是”(shì)，善，好。⑧ 污：积水。莱：野草，长野草。

bù qiāng lǐ zé rán yǐ
不戕，礼则然矣”。

huáng fǔ kǒng shèng zuò dū yú xiàng zé sān yǒu shì
皇父孔圣，作都于向①。择三有事，

dǎn hóu duō zāng bú yìn yí yì lǎo bǐ shǒu wǒ wáng
亶侯多藏②。不慭遗一老③，俾守我王。

zé yǒu chē mǎ yǐ jū cú xiàng
择有车马，以居徂向④。

mǐn miǎn cóng shì bù gǎn gào láo wú zuì wú gū chán
黾勉从事，不敢告劳。无罪无辜，谗

kǒu áo áo xià mín zhī niè fēi jiàng zì tiān zǔn tà bèi
口嚣嚣。下民之孽，匪降自天。噂沓背

zēng zhí jìng yóu rén
憎，职竞由人⑤。

yōu yōu wǒ lǐ yì kǒng zhī mèi sì fāng yǒu xiàn
悠悠我里，亦孔之痗⑥。四方有羡，

wǒ dú jū yōu mín mò bú yì wǒ dú bù gǎn xiū tiān
我独居忧⑦。民莫不逸，我独不敢休。天

mìng bú chè wǒ bù gǎn xiào wǒ yǒu zì yì
命不彻⑧，我不敢效我友自逸。

① 都：公卿的采地。向：地名。② 三有事：三有司，即司徒、司马、司空。藏：积蓄财物。③ 慭：愿，愿意。④ 居：居住。⑤ 噂沓：聚合，议论纷纷的样子。职：专门。竞：争着．着力。由：由于，因为。这两句大意为：人民遭遇的祸患，不是上天降下的，是因为有那种谗口小人专门去做聚众议论纷纷又背后憎骂的事。⑥ 里：通“悝”(lǐ)，忧愁。痗：痛苦。⑦ 羡：欣喜。居：处。⑧ 不彻：不道，无常。

yǔ wú zhèng

雨无正

hào hào hào tiān, bú jùn qí dé. jiàng sàng jī jǐn,
浩浩昊天，不骏其德①。降丧饥馑，
zhǎn fá sì guó. mín tiān jí wēi, fú lǜ fú tú. shě bǐ
斩伐四国。旻天疾威，弗虑弗图②。舍彼
yǒu zuì, jì fú qí gū. ruò cǐ wú zuì, lún xū yǐ pū.
有罪，既伏其辜。若此无罪，沦胥以铺③。

zhōu zōng jì miè, mǐ suǒ zhǐ lì. zhèng dà fū lí
周宗既灭，靡所止戾④。正大夫离
jū, mò zhī wǒ yì. sān shì dà fū, mò kěn sù yè.
居，莫知我勚⑤。三事大夫，莫肯夙夜。
bāng jūn zhū hóu, mò kěn zhāo xī. shù yuē shì zāng, fù chū
邦君诸侯，莫肯朝夕。庶曰式臧，覆出
wéi è.
为恶⑥。

rú hé hào tiān, bì yán bú xìn? rú bǐ xíng mài,
如何昊天，辟言不信⑦？如彼行迈，
zé mǐ suǒ zhēn. fán bǎi jūn zǐ, gè jìng ěr shēn. hú bù
则靡所臻⑧。凡百君子，各敬尔身。胡不
xiāng wèi, bú wèi yú tiān?
相畏，不畏于天？

① 骏：常，长久。② 疾威：暴虐。虑、图：考虑。③ 沦胥：牵率连累，一个接着一个。铺：通“痡”（pū），危害，迫害。④ 戾：定，安定。⑤ 勚：劳苦，辛苦。⑥ 庶：庶几，表示希望。曰：语助词。式：用。覆：反。⑦ 辟：法度。不信：不被信用。⑧ 臻：至，到。

róng chéng bú tuì jī chéng bú suì zēng wǒ xiè yù

戎成不退，饥成不遂①。曾我暬御②，

cǎn cǎn rì cuì fán bǎi jūn zǐ mò kěn yòng xùn tīng yán

憯憯日瘁。凡百君子，莫肯用讯。听言

zé dá zèn yán zé tuì

则答，谮言则退③。

āi zāi bù néng yán fěi shé shì chū wéi gōng shì cuì

哀哉不能言！匪舌是出，维躬是瘁④。

gě yǐ néng yán qiǎo yán rú liú bǐ gōng chǔ xiū

哿矣能言，巧言如流，俾躬处休！

wéi yuē yú shì kǒng jí qiě dài yún bù kě shǐ dé

维曰予仕，孔棘且殆。云不可使，得

zuì yú tiān zǐ yì yún kě shǐ yuàn jí péng yǒu

罪于天子。亦云可使，怨及朋友。

wèi ěr qiān yú wáng dū yuē yú wèi yǒu shì jiā shǔ

谓尔迁于王都，曰予未有室家。鼠

sī qì xuè wú yán bù jí xī ěr chū jū shuí cóng zuò

思泣血，无言不疾⑤。昔尔出居，谁从作

ěr shì

尔室？

① 戎：战争。退：减退，消除。遂：终止。② 曾：则，只有。暬御：侍御，左右亲近的臣子。③ 答：搭理，进用。退：斥退。这两句大意为：好听顺耳的话就搭理，谏正的话就斥退。④ 出：通“绌”（chù），病，拙劣。躬：自身。瘁：憔悴，疲惫。⑤ 鼠：通“癙”（shǔ），忧愁。疾：通“嫉”（jí），忌恨。

xiǎo mín

小旻

mín tiān jí wēi　fū yú xià tǔ　móu yóu huí yù　hé rì sī jǔ　móu zāng bù cóng　bù zāng fù yòng　wǒ shì móu yóu　yì kǒng zhī qióng

旻天疾威，敷于下土。谋犹回遹，何日斯沮①？谋臧不从，不臧覆用。我视谋犹，亦孔之邛②。

xì xì zǐ zǐ　yì kǒng zhī āi　móu zhī qí zāng　zé jù shì wéi　móu zhī bù zāng　zé jù shì yī　wǒ shì móu yóu　yī yú hú zhǐ

潝潝訿訿③，亦孔之哀。谋之其臧，则具是违。谋之不臧，则具是依。我视谋犹，伊于胡厎④。

wǒ guī jì yàn　bù wǒ gào yóu　móu fū kǒng duō　shì yòng bù jí　fā yán yíng tíng　shuí gǎn zhí qí jiù　rú fěi xíng mài móu　shì yòng bù dé yú dào

我龟既厌，不我告犹。谋夫孔多，是用不集。发言盈庭，谁敢执其咎⑤？如匪行迈谋，是用不得于道。

āi zāi wéi yóu　fēi xiān mín shì chéng　fēi dà yóu shì

哀哉为犹，匪先民是程，匪大犹是

①谋犹：谋划，谋略。回遹：邪僻。沮：停止，阻止。②邛：病。③潝潝：附和，吹捧。訿訿：诋毁，毁谤。④厎：止。此段与上段意思相似，大意为：有好的谋划不被采用反被质疑，有不好的建议反而所有人都听从，这种混乱的政策令人忧虑，我看到底会到什么地步（才能结束）。⑤咎：责任。

jīng　wéi ěr yán shì tīng　wéi ěr yán shì zhēng　rú bǐ zhù
经①。维迩言是听，维迩言是争！如彼筑
shì yú dào móu　shì yòng bú suì yú chéng
室于道谋，是用不溃于成②。

guó suī mǐ zhǐ　huò shèng huò pǐ　mín suī mǐ wǔ　huò
国虽靡止，或圣或否。民虽靡膴，或
zhé huò móu　huò sù huò yì　rú bǐ quán liú　wú lún xū
哲或谋，或肃或艾③。如彼泉流，无沦胥
yǐ bài
以败④。

bù gǎn bào hǔ　bù gǎn píng hé　rén zhī qí yī
不敢暴虎，不敢冯河⑤。人知其一，
mò zhī qí tā　zhàn zhàn jīng jīng　rú lín shēn yuān　rú lǚ
莫知其他。战战兢兢，如临深渊，如履
bó bīng
薄冰。

xiǎo wǎn
小宛

wǎn bǐ míng jiū　hàn fēi lì tiān　wǒ xīn yōu shāng
宛彼鸣鸠，翰飞戾天⑥。我心忧伤，
niàn xī xiān rén　míng fā bú mèi　yǒu huái èr rén
念昔先人。明发不寐⑦，有怀二人。

①程：法，效法。犹：道理。经：行，遵循。②溃：假借为“遂”（suì），达到。③止：大。膴：多。肃：恭敬。艾：通“乂”（yì），治理。④无：发语词。沦胥：一个接着一个。败：衰败，败坏。⑤冯河：徒步蹚水过河。⑥宛：小的样子。翰：高飞。戾：至，到。⑦明发：天亮。

rén zhī qí shèng yǐn jiǔ yùn kè bǐ hūn bù zhī
人之齐圣，饮酒温克①。彼昏不知，
yī zuì rì fù gè jìng ěr yí tiān mìng bú yòu
壹醉日富②。各敬尔仪，天命不又③。

zhōng yuán yǒu shū shù mín cǎi zhī míng líng yǒu zǐ guǒ
中原有菽，庶民采之。螟蛉有子，蜾
luǒ fù zhī jiào huì ěr zǐ shì gǔ sì zhī
蠃负之。教诲尔子，式穀似之④。

dì bǐ jǐ lìng zài fēi zài míng wǒ rì sī mài
题彼脊令⑤，载飞载鸣。我日斯迈，
ér yuè sī zhēng sù xīng yè mèi wú tiǎn ěr suǒ shēng
而月斯征⑥。夙兴夜寐，毋忝尔所生⑦。

jiāo jiāo sāng hù shuài cháng zhuó sù āi wǒ tiǎn guǎ
交交桑扈，率场啄粟⑧。哀我填寡，
yí àn yí yù wò sù chū bǔ zì hé néng gǔ
宜岸宜狱⑨。握粟出卜，自何能穀？

wēn wēn gōng rén rú jí yú mù zhuì zhuì xiǎo xīn
温温恭人，如集于木⑩。惴惴小心，
rú lín yú gǔ zhàn zhàn jīng jīng rú lǚ bó bīng
如临于谷。战战兢兢，如履薄冰。

①齐：敏捷。圣：明智。温：通“蕴”（yùn），宽和有涵养。克：克制。②壹：聚集。壹醉：聚众饮酒。③敬：警戒，警惕。又：复，再。④式：语助词。穀：善，好。似：继承。⑤题：通“睇”（dì），看。脊令：鸟名。⑥迈、征：远行，这里指行役。而：你。⑦忝：辱没，有愧于。⑧桑扈：鸟名。率：沿着，循。⑨填：通“殄”（tiǎn），穷苦。宜：且，又。岸、狱：诉讼。⑩温温：温顺柔和的样子。如集：像鸟一样停在树上。

xiǎo pán
小弁

pán bǐ yù sī guī fēi shí shí mín mò bù gǔ
弁彼鸒斯，归飞提提①。民莫不穀，
wǒ dú yú lí hé gū yú tiān wǒ zuì yī hé xīn zhī
我独于罹。何辜于天，我罪伊何②？心之
yōu yǐ yún rú zhī hé
忧矣，云如之何？

dí dí zhōu dào jú wéi mào cǎo wǒ xīn yōu shāng
踧踧周道，鞫为茂草③。我心忧伤，
nì yān rú dǎo jiǎ mèi yǒng tàn wéi yōu yòng lǎo xīn
惄焉如捣④。假寐永叹，维忧用老⑤。心
zhī yōu yǐ chèn rú jí shǒu
之忧矣，疢如疾首⑥。

wéi sāng yǔ zǐ bì gōng jìng zhǐ mǐ zhān fěi fù
维桑与梓⑦，必恭敬止。靡瞻匪父，
mǐ yī fěi mǔ bù zhǔ yú máo bù lí yú lǐ tiān
靡依匪母⑧。不属于毛，不罹于里⑨。天
zhī shēng wǒ wǒ chén ān zài
之生我，我辰安在？

yù bǐ liǔ sī míng tiáo huì huì yǒu cuǐ zhě yuān
菀彼柳斯⑩，鸣蜩嘒嘒。有漼者渊，

① 弁：快乐的样子。鸒：寒鸦。提提：鸟群飞的样子。② 辜：罪。伊：是。③ 踧踧：平坦的样子。鞫：充塞，阻塞。④ 惄：忧愁，忧思。⑤ 假寐：不脱衣服坐着打瞌睡。用：以，而。⑥ 疢：病。疾首：头痛。⑦ 桑、梓：桑树、梓树，父母所种。⑧ 瞻：瞻仰，恭敬地看。此句大意为：没有人不瞻仰父亲，没有人不依恋母亲。⑨ 属：附着，附属。罹：通“离”(lí)，附着。⑩ 菀：茂盛的样子。斯：语气词。

huán wěi pèi pèi pì bǐ zhōu liú bù zhī suǒ jiè xīn
萑苇淠淠①。譬彼舟流，不知所届②。心
zhī yōu yǐ bù huáng jiǎ mèi
之忧矣，不遑假寐。

lù sī zhī bēn wéi zú qí qí zhì zhī zhāo gòu
鹿斯之奔，维足伎伎。雉之朝雊③，
shàng qiú qí cí pì bǐ huài mù jí yòng wú zhī xīn zhī
尚求其雌。譬彼坏木，疾用无枝④。心之
yōu yǐ nìng mò zhī zhī
忧矣，宁莫之知？

xiàng bǐ tóu tù shàng huò xiān zhī háng yǒu sǐ rén
相彼投兔，尚或先之⑤。行有死人，
shàng huò jìn zhī jūn zǐ bǐng xīn wéi qí rěn zhī xīn
尚或墐之⑥。君子秉心，维其忍之⑦。心
zhī yōu yǐ tì jì yǔn zhī
之忧矣，涕既陨之！

jūn zǐ xìn chán rú huò chóu zhī jūn zǐ bú huì bù
君子信谗，如或酬之。君子不惠，不
shū jiū zhī fá mù jǐ yǐ xī xīn chǐ yǐ shě bǐ yǒu
舒究之。伐木掎矣，析薪扡矣⑧。舍彼有
zuì yú zhī tuó yǐ
罪，予之佗矣⑨！

mò gāo fěi shān mò jùn fěi quán jūn zǐ wú yì yóu
莫高匪山，莫浚匪泉。君子无易由

① 灌：水深的样子。渊：深潭。淠淠：茂盛的样子。② 届：至，到。③ 雊：雄鸡打鸣。④ 疾：病。用：而。⑤ 尚：尚且。或：有人。先：放开，释放。⑥ 墐：通“殣”（jìn），掩埋死人。⑦ 其：那样。忍：残忍，狠毒。之：语气词。⑧ 掎：向一旁拉。扡：顺着木材的纹理劈开。⑨ 佗：加，加诸。

yán ěr zhǔ yú yuán wú shì wǒ liáng wú fā wǒ gǒu
言，耳属于垣①。无逝我梁，无发我笱。
wǒ gōng bú yuè huáng xù wǒ hòu
我躬不阅，遑恤我后②！

qiǎo yán
巧言

yōu yōu hào tiān yuē fù mǔ jū wú zuì wú gū
悠悠昊天，曰父母且③。无罪无辜，
luàn rú cǐ hū hào tiān yǐ wēi yú shèn wú zuì hào
乱如此怃④。昊天已威，予慎无罪⑤。昊
tiān tài hū yú shèn wú gū
天泰怃⑥，予慎无辜。

luàn zhī chū shēng jiàn shǐ jì hán luàn zhī yòu shēng
乱之初生，僭始既涵⑦。乱之又生，
jūn zǐ xìn chán jūn zǐ rú nù luàn shù chuán jǔ jūn zǐ
君子信谗。君子如怒，乱庶遄沮⑧。君子
rú zhǐ luàn shù chuán yǐ
如祉，乱庶遄已⑨。

jūn zǐ lǚ méng luàn shì yòng zhǎng jūn zǐ xìn dào luàn
君子屡盟，乱是用长。君子信盗，乱

①易：轻易。由：于。属：附着，附属。此句大意为：君子不轻易发言，因为谗人的耳朵时刻贴着墙壁偷听。②阅：容纳。恤：忧虑。③曰：发语词。且：句末语气词。④怃：大，多。⑤慎：诚然，确实。⑥怃：傲慢。⑦僭：谗言。涵：容受，容纳。⑧如：如果。怒：发怒，这里指怒斥谗言。庶：庶几，差不多。遄：快，快速。沮：阻止，停止。⑨祉：喜，这里指喜好善言。已：停止。

shì yòng bào dào yán kǒng gān luàn shì yòng tán fěi qí zhí
是用暴。盗言孔甘，乱是用餤①。匪其止
gōng wéi wáng zhī qióng
共，维王之邛②。

yì yì qǐn miào jūn zǐ zuò zhī zhì zhì dà yóu shèng
奕奕寝庙，君子作之。秩秩大猷，圣
rén mó zhī tā rén yǒu xīn yú cǔn duó zhī tì tì chán
人莫之③。他人有心，予忖度之。跃跃毚
tù yù quǎn huò zhī
兔，遇犬获之。

rěn rǎn róu mù jūn zǐ shù zhī wǎng lái xíng yán xīn
荏染柔木，君子树之。往来行言，心
yān shǔ zhī yí yí shuò yán chū zì kǒu yǐ qiǎo yán rú
焉数之④。蛇蛇硕言，出自口矣。巧言如
huáng yán zhī hòu yǐ
簧，颜之厚矣。

bǐ hé rén sī jū hé zhī méi wú quán wú yǒng
彼何人斯？居河之麋⑤。无拳无勇，
zhí wéi luàn jiē jì wēi qiě zhǒng ěr yǒng yī hé wéi
职为乱阶⑥。既微且尰⑦，尔勇伊何？为
yóu jiāng duō ěr jū tú jǐ hé
犹将多，尔居徒几何⑧？

① 盗：谗佞小人。餤：进食，引申为增加，加剧。② 止：通“职”（zhí），职位，职守。共：供职。邛：病。此句大意为：馋人不能供其职事，徒为王之病而已。③ 猷：道，法则。莫：通“谟”（mó），计谋，谋划。④ 行言：流言，谣言。数：分辨。⑤ 麋：通“湄”（méi），水边。⑥ 职：只。阶：来由，根源。⑦ 微：小腿生疮。尰：脚肿。⑧ 将：且。居：语助词。徒：同党。几何：多少。

何人斯

彼何人斯？其心孔艰①。胡逝我梁，不入我门？伊谁云从？维暴之云②。

二人从行，谁为此祸？胡逝我梁，不入唁我？始者不如今，云不我可③。

彼何人斯？胡逝我陈④？我闻其声，不见其身。不愧于人？不畏于天？

彼何人斯？其为飘风。胡不自北？胡不自南？胡逝我梁？祇搅我心⑤。

尔之安行，亦不遑舍。尔之亟行，遑脂尔车。壹者之来，云何其盱⑥！

①彼：那个。斯：句末语气词。艰：险恶。②伊：发语词。云：语助词。暴：人名，指暴国国君暴辛公。③始者：往日。不我可：不可我，不认同我。④陈：由堂到院门的通道。⑤祇：只，仅仅。⑥壹者：上次，前次。盱：忧愁。

ěr huán ér rù wǒ xīn yì yě huán ér bú rù
尔还而入，我心易也①。还而不入，
pǐ nán zhī yě yī zhě zhī lái bǐ wǒ qí yě
否难知也②。壹者之来，俾我祇也③。

bó shì chuī xūn zhòng shì chuī chí jí ěr rú guàn liàng
伯氏吹埙，仲氏吹篪。及尔如贯，谅
bù wǒ zhī chū cǐ sān wù yǐ zǔ ěr sī
不我知④。出此三物，以诅尔斯⑤。

wéi guǐ wéi yù zé bù kě dé yǒu tiǎn miàn mù shì
为鬼为蜮，则不可得。有靦面目，视
rén wǎng jí zuò cǐ hǎo gē yǐ jí fǎn cè
人罔极⑥。作此好歌，以极反侧。

xiàng bó
巷伯

qī xī fěi xī chéng shì bèi jǐn bǐ zèn rén zhě
萋兮斐兮⑦，成是贝锦。彼谮人者，
yì yǐ tài shèn
亦已大甚⑧！

chǐ xī chǐ xī chéng shì nán jī bǐ zèn rén zhě
哆兮侈兮，成是南箕⑨。彼谮人者，

①易：平静，喜悦。②否：语助词。③祇：通“疧”(qí)，病。④及：和。如贯：像钱币穿在绳上。谅：诚然，实在。⑤三物：供祭祀用的猪、犬、鸡。诅：盟，盟誓。⑥靦：面目可见的样子。罔极：没有准则。⑦萋斐：花纹错杂的样子。⑧已、大、甚：太，这里叠加使用，以加重语气。⑨哆、侈：口张大的样子。箕：星宿名，箕星，古人认为箕星主口舌是非。

shuí shì yǔ móu
谁适与谋？

qì qì piān piān móu yù zèn rén shèn ěr yán yě wèi
缉缉翩翩，谋欲谮人。慎尔言也，谓

ěr bú xìn
尔不信①。

qiè qiè fān fān móu yù zèn yán qǐ bù ěr shòu jì
捷捷幡幡，谋欲谮言。岂不尔受，既

qí rǔ qiān
其女迁②。

jiāo rén hǎo hǎo láo rén cǎo cǎo cāng tiān cāng tiān
骄人好好，劳人草草③。苍天苍天，

shì bǐ jiāo rén jīn cǐ láo rén
视彼骄人，矜此劳人。

bǐ zèn rén zhě shuí shì yǔ móu qǔ bǐ zèn rén tóu
彼谮人者，谁适与谋？取彼谮人，投

bì chái hǔ chái hǔ bù shí tóu bì yǒu běi yǒu běi bú
畀豺虎④。豺虎不食，投畀有北。有北不

shòu tóu bì yǒu hào
受，投畀有昊！

yáng yuán zhī dào yǐ yú mǔ qiū sì rén mèng zǐ
杨园之道，猗于亩丘⑤。寺人孟子，

zuò wéi cǐ shī fán bǎi jūn zǐ jìng ér tīng zhī
作为此诗。凡百君子，敬而听之。

①谓：说。此句大意为：谮人你还是说话当心吧，否则说多了，别人会看穿你不可信任的真相。②迁：舍弃。此句大意为：已知谮人你的话不可信，那么就要舍弃你。③骄人：宠臣，被宠爱的人。好好：骄傲自大的样子。草草：忧愁的样子。④畀：给予。⑤道：道路。猗：靠，连接。

gǔ fēng

谷风

xí xí gǔ fēng wéi fēng jí yǔ jiāng kǒng jiāng jù
习习谷风①，维风及雨。将恐将惧，
wéi yú yú rǔ jiāng ān jiāng lè rǔ zhuǎn qì yú
维予与女②。将安将乐，女转弃予。

xí xí gǔ fēng wéi fēng jí tuí jiāng kǒng jiāng jù
习习谷风，维风及颓③。将恐将惧，
zhì yú yú huái jiāng ān jiāng lè qì yú rú yí
寘予于怀。将安将乐，弃予如遗④。

xí xí gǔ fēng wéi shān cuī wéi wú cǎo bù sǐ wú
习习谷风，维山崔嵬。无草不死，无
mù bù wěi wàng wǒ dà dé sī wǒ xiǎo yuàn
木不萎。忘我大德，思我小怨。

lù é

蓼莪

lù lù zhě é fēi é yī hāo āi āi fù mǔ
蓼蓼者莪，匪莪伊蒿⑤。哀哀父母，
shēng wǒ qú láo
生我劬劳。

① 习习：连续不断的样子。谷风：山谷的风。② 将：当，正。与：爱，喜爱，与“弃”相对。③ 颓：龙卷风。④ 遗：遗忘。⑤ 蓼蓼：长大的样子。莪：莪蒿。伊：是。蒿：青蒿。

蓼蓼者莪，匪莪伊蔚①。哀哀父母，生我劳瘁。

瓶之罄矣，维罍之耻②。鲜民之生，不如死之久矣！无父何怙，无母何恃！出则衔恤，入则靡至③。

父兮生我，母兮鞠我④。拊我畜我⑤，长我育我。顾我复我，出入腹我⑥。欲报之德，昊天罔极！

南山烈烈，飘风发发。民莫不穀，我独何害⑦！

南山律律，飘风弗弗。民莫不穀，我独不卒⑧！

① 蔚：杜蒿。② 瓶：汲水器。罍：盛水器。瓶小罍大，用瓶汲水注入罍中。这里用瓶来指代子，用罍指代父母。罄：尽。此句大意为：瓶内的水尽了，是罍的耻辱，如同孩子不能赡养父母，是父母的耻辱。③ 恤：忧愁。衔恤：含忧。至：亲人。④ 鞠：养育，抚养。⑤ 拊：爱抚，抚摸。畜：养育。⑥ 复：庇护。腹：抱在怀里。⑦ 穀：好，善。何：承担，承受。害：灾祸。⑧ 卒：终。不卒：不能终养父母。

dà dōng

大东

yǒu méng guǐ sūn yǒu qiú jí bǐ zhōu dào rú dǐ
有饛簋飧，有捄棘匕①。周道如砥②，
qí zhí rú shǐ jūn zǐ suǒ lǚ xiǎo rén suǒ shì juàn yán
其直如矢。君子所履，小人所视③。睠言
gù zhī shān yān chū tì
顾之，潸焉出涕④。

xiǎo dōng dà dōng zhù zhú qí kōng jiū jiū gé jù
小东大东，杼柚其空⑤。纠纠葛屦，
hé yǐ lǚ shuāng tiáo tiáo gōng zǐ xíng bǐ zhōu háng jì
可以履霜⑥。佻佻公子，行彼周行。既
wǎng jì lái shǐ wǒ xīn jiù
往既来，使我心疚。

yǒu liè guǐ quán wú jìn huò xīn qì qì wù tàn
有冽氿泉，无浸获薪⑦。契契寤叹，
āi wǒ dàn rén xīn shì huò xīn shàng kě zài yě āi wǒ
哀我惮人。薪是获薪，尚可载也⑧。哀我
dàn rén yì kě xī yě
惮人，亦可息也。

①饛：食物盛满的样子。飧：熟食。捄：弯曲的样子。棘匕：酸枣木制成的勺子。②周道：通往西周的大道。砥：磨刀石。③履：行走。视：看。此句大意为：周道上只许上等人行走，小人只能看。④睠：回头的样子。顾：看。潸：流泪的样子。⑤东：东方诸侯国家。小东大东，言诸侯国离宗周之远近。杼柚：织布机。此句大意为东方诸侯国的财富都被西人搜刮走了。⑥可：通“何”（hé），怎么。⑦浸：沾湿。获：收割。获薪：已经砍好的柴。⑧薪：用作动词，砍伐。是：这。载：装运，装载。

dōng rén zhī zǐ zhí láo bú lài xī rén zhī zǐ
东人之子，职劳不来①。西人之子，
càn càn yī fú zhōu rén zhī zǐ xióng pí shì qiú sī rén
粲粲衣服。舟人之子，熊罴是裘②。私人
zhī zǐ bǎi liáo shì shì
之子，百僚是试③。

huò yǐ qí jiǔ bù yǐ qí jiāng juān juān pèi suì
或以其酒，不以其浆④。鞙鞙佩璲，
bù yǐ qí cháng wéi tiān yǒu hàn jiàn yì yǒu guāng qí bǐ
不以其长。维天有汉，监亦有光⑤。跂彼
zhī nǚ zhōng rì qī xiāng
织女，终日七襄⑥。

suī zé qī xiāng bù chéng bào zhāng huǎn bǐ qiān niú
虽则七襄，不成报章⑦。睆彼牵牛，
bù yǐ fú xiāng dōng yǒu qǐ míng xī yǒu cháng gēng yǒu qiú
不以服箱。东有启明，西有长庚。有捄
tiān bì zài shī zhī háng
天毕，载施之行。

wéi nán yǒu jī bù kě yǐ bǒ yáng wéi běi yǒu dǒu
维南有箕，不可以簸扬。维北有斗，
bù kě yǐ yì jiǔ jiāng wéi nán yǒu jī zài xī qí shé
不可以挹酒浆。维南有箕，载翕其舌⑧。
wéi běi yǒu dǒu xī bǐng zhī jiē
维北有斗，西柄之揭⑨。

①来：慰劳。②舟人：周人，指宗周贵族。裘：通“求”（qiú），求取，猎取。③私人：私家奴仆。僚：官署。试：用，任用。④或：有人。浆：带酸味的米浆。此句大意为：有人能喝美酒，有人连米浆也喝不到。⑤监：通“鉴”（jiàn），镜子。⑥织女：星宿名。襄：移动。⑦报：反复。报章：指梭子引线反复往来织成花纹。⑧翕：缩，收缩。⑨揭：高举。

sì yuè 四月

sì yuè wéi xià liù yuè cú shǔ xiān zǔ fěi rén hú nìng rěn yú
四月维夏，六月徂暑。先祖匪人①，胡宁忍予？

qiū rì qī qī bǎi huì jù féi luàn lí mò yǐ yuán qí shì guī
秋日凄凄，百卉具腓②。乱离瘼矣，爰其适归③？

dōng rì liè liè piāo fēng fā fā mín mò bù gǔ wǒ dú hé hài
冬日烈烈，飘风发发。民莫不穀，我独何害？

shān yǒu jiā huì hóu lì hóu méi fèi wéi cán zéi mò zhī qí yóu
山有嘉卉，侯栗侯梅。废为残贼，莫知其尤④！

xiàng bǐ quán shuǐ zài qīng zài zhuó wǒ rì gòu huò hé yún néng gǔ
相彼泉水，载清载浊。我日构祸，曷云能穀⑤？

tāo tāo jiāng hàn nán guó zhī jì jìn cuì yǐ shì
滔滔江汉，南国之纪⑥。尽瘁以仕，

①人：通“仁”(rén)，仁爱。②腓：通“痱”(fèi)，枯萎。③瘼：病，痛苦。其：助词。适：往。④废：大。尤：过失，错误。⑤构祸：遭遇灾祸。曷：何，何时。⑥纪：纲纪，统领。

nìng mò wǒ yǒu
宁莫我有①！

fěi tuán fěi yuān hàn fēi lì tiān fěi zhān fěi wěi
匪鹑匪鸢②，翰飞戾天。匪鳣匪鲔，
qián táo yú yuān
潜逃于渊。

shān yǒu jué wēi xí yǒu qǐ yí jūn zǐ zuò gē wéi
山有蕨薇，隰有杞桋。君子作歌，维
yǐ gào āi
以告哀。

běi shān
北山

zhì bǐ běi shān yán cǎi qí qǐ xié xié shì zǐ zhāo
陟彼北山，言采其杞。偕偕士子，朝
xī cóng shì wáng shì mǐ gǔ yōu wǒ fù mǔ
夕从事。王事靡盬，忧我父母。

pǔ tiān zhī xià mò fēi wáng tǔ shuài tǔ zhī bīn mò
溥天之下，莫非王土。率土之滨，莫
fēi wáng chén dà fū bù jūn wǒ cóng shì dú xián
非王臣。大夫不均，我从事独贤③。

sì mǔ bāng bāng wáng shì bēng bēng jiā wǒ wèi lǎo
四牡彭彭，王事傍傍④。嘉我未老，
xiǎn wǒ fāng jiāng lǚ lì fāng gāng jīng yíng sì fāng
鲜我方将⑤。旅力方刚，经营四方。

① 有：通“友”（yǒu），友爱。② 匪：非，不是。一说彼，那个。③ 均：公平。贤：多，劳苦。④ 傍傍：忙碌的样子。⑤ 嘉、鲜：赞美，称美。将：强壮。

huò yàn yàn jū xī huò jìn cuì shì guó huò xī yǎn zài chuáng huò bù yǐ yú xíng
或燕燕居息，或尽瘁事国，或息偃在床，或不已于行①。

huò bù zhī jiào háo huò cǎn cǎn qú láo huò qī chí yǎn yǎng huò wáng shì yāng zhǎng
或不知叫号，或惨惨劬劳，或栖迟偃仰，或王事鞅掌②。

huò dān lè yǐn jiǔ huò cǎn cǎn wèi jiù huò chū rù fěng yì huò mǐ shì bù wéi
或湛乐饮酒，或惨惨畏咎，或出入风议，或靡事不为③。

wú jiāng dà chē
无将大车

wú jiāng dà chē zhī zì chén xī wú sī bǎi yōu zhī zì qí xī
无将大车，祇自尘兮④。无思百忧，祇自疧兮。

wú jiāng dà chē wéi chén míng míng wú sī bǎi yōu bù chū yú jiǒng
无将大车，维尘冥冥。无思百忧，不出于颎⑤。

①或：有人。偃：卧，躺。不已于行：在路途上奔泊不停。②鞅掌：忙碌的样子。③畏咎：害怕犯错误。风：放。风议：发议论。④将：用手扶车。祇：只，仅仅。尘：用作动词，沾染尘土。⑤颎：忧愁。

wú jiāng dà chē wéi chén yōng xī wú sī bǎi yōu
无将大车，维尘雍兮①。无思百忧，
zhī zì zhòng xī
祇自重兮②。

xiǎo míng
小明

míng míng shàng tiān zhào lín xià tǔ wǒ zhēng cú xī
明明上天，照临下土。我征徂西，
zhì yú qiú yě èr yuè chū jí zài lí hán shǔ xīn
至于艽野③。二月初吉，载离寒暑④。心
zhī yōu yǐ qí dú tài kǔ niàn bǐ gōng rén tì líng rú
之忧矣，其毒大苦。念彼共人⑤，涕零如
yǔ qǐ bù huái guī wèi cǐ zuì gǔ
雨。岂不怀归？畏此罪罟⑥。

xī wǒ wǎng yǐ rì yuè fāng chú hé yún qí huán
昔我往矣，日月方除⑦。曷云其还？
suì yù yún mù niàn wǒ dú xī wǒ shì kǒng shù xīn
岁聿云莫⑧。念我独兮，我事孔庶⑨。心
zhī yōu yǐ dàn wǒ bù xiá niàn bǐ gōng rén juàn juàn huái
之忧矣，惮我不暇⑩。念彼共人，睠睠怀
gù qǐ bù huái guī wèi cǐ qiǎn nù
顾。岂不怀归？畏此谴怒。

①雍：遮蔽。②重：劳累。③艽野：远荒之地。④离：遭受，经历。⑤共人：恭谨的人，这里指诗人的妻子。⑥罟：网。罪罟：法网。⑦除：除去。⑧聿、云：助词。莫：通“暮”（mù），晚。⑨庶：多。孔庶：很多。⑩惮：劳，劳苦。

xī wǒ wǎng yǐ rì yuè fāng yù hé yún qí huán
昔我往矣，日月方奥①。曷云其还？
zhèng shì yù cù suì yù yún mù cǎi xiāo huò shū xīn zhī
政事愈蹙。岁聿云莫，采萧获菽。心之
yōu yǐ zì yí yī qī niàn bǐ gōng rén xīng yán chū sù
忧矣，自诒伊戚②。念彼共人，兴言出宿③。
qǐ bù huái guī wèi cǐ fǎn fù
岂不怀归？畏此反覆④。

jiē ěr jūn zǐ wú héng ān chǔ jìng gōng ěr wèi zhèng
嗟尔君子，无恒安处。靖共尔位，正
zhí shì yǔ shèn zhī tīng zhī shì gǔ yǐ rǔ
直是与⑤。神之听之，式穀以女⑥。

jiē ěr jūn zǐ wú héng ān xī jìng gōng ěr wèi hào
嗟尔君子，无恒安息。靖共尔位，好
shì zhèng zhí shén zhī tīng zhī jiè ěr jǐng fú
是正直。神之听之，介尔景福⑦。

gǔ zhōng
鼓钟

gǔ zhōng qiāng qiāng huái shuǐ shāng shāng yōu xīn qiě shāng
鼓钟将将⑧，淮水汤汤，忧心且伤。
shū rén jūn zǐ huái yǔn bú wàng
淑人君子，怀允不忘。

①奥：通“燠”(yù)，暖和。②诒：遗留，留下。戚：忧愁。③兴言出宿：大意为想念妻子睡不着觉，只好起身到外面去过夜。④反覆：变动无常的政令。⑤靖：通“静”(jìng)，安静，专心。共：通“恭”(gōng)，忠于。与：接近，亲近。⑥神：通“慎”(shèn)，谨慎。听：听从。一说“神”为“神明”，“听”为“听到”，神明听到。穀：善。以：给予。⑦介：赐予。景：大。⑧鼓：动词，敲，弹奏乐器。将将：击鼓声。

gǔ zhōng jiē jiē huái shuǐ jiē jiē yōu xīn qiě bēi shū
鼓钟喈喈，淮水湝湝，忧心且悲。淑
rén jūn zǐ qí dé bù huí
人君子，其德不回①。

gǔ zhōng fá gāo huái yǒu sān zhōu yōu xīn qiě chōu
鼓钟伐鼛，淮有三洲，忧心且妯②。
shū rén jūn zǐ qí dé bù yóu
淑人君子，其德不犹③。

gǔ zhōng qīn qīn gǔ sè gǔ qín shēng qìng tóng yīn yǐ
鼓钟钦钦，鼓瑟鼓琴，笙磬同音。以
yǎ yǐ nán yǐ yuè bú jiàn
雅以南，以籥不僭④。

chǔ cí
楚茨

chǔ chǔ zhě cí yán chōu qí jí zì xī hé wéi
楚楚者茨，言抽其棘⑤。自昔何为？
wǒ yì shǔ jì wǒ shǔ yú yú wǒ jì yì yì wǒ cāng
我蓺黍稷。我黍与与，我稷翼翼。我仓
jì yíng wǒ yǔ wéi yì yǐ wéi jiǔ shí yǐ xiǎng yǐ
既盈，我庾维亿⑥。以为酒食，以享以
sì yǐ tuǒ yǐ yòu yǐ jiè jǐng fú
祀。以妥以侑⑦，以介景福。

①回：邪僻。②鼛：大鼓。洲：水中小岛。妯：悲伤。③不犹：没有缺点。④以：动词，为，这旦指演奏。雅、南、籥：乐器名。僭：乱，越礼。⑤楚楚：繁盛茂密的样子。抽：铲除，去除。⑥庾：稻堆。⑦妥：安坐。侑：劝酒。

jǐ jǐ qiāng qiāng jié ěr niú yáng yǐ wǎng zhēng cháng
济济跄跄，絜尔牛羊①，以往烝尝。
huò bō huò pēng huò sì huò jiāng zhù jì yú bēng sì
或剥或亨，或肆或将②。祝祭于祊③，祀
shì kǒng míng xiān zǔ shì wǎng shén bǎo shì xiǎng xiào sūn yǒu
事孔明。先祖是皇，神保是飨④。孝孙有
qìng bào yǐ jiè fú wàn shòu wú jiāng
庆，报以介福，万寿无疆⑤！

zhí cuàn jí jí wéi zǔ kǒng shuò huò fán huò zhì
执爨踖踖，为俎孔硕，或燔或炙⑥。
jūn fù mò mò wéi dòu kǒng shù wéi bīn wéi kè xiàn chóu
君妇莫莫，为豆孔庶，为宾为客⑦。献酬
jiāo cuò lǐ yí zú dù xiào yǔ zú huò shén bǎo shì gé
交错，礼仪卒度，笑语卒获。神保是格⑧，
bào yǐ jiè fú wàn shòu yōu zuò
报以介福，万寿攸酢！

wǒ kǒng nǎn yǐ shì lǐ mò qiān gōng zhù zhì gào
我孔熯矣，式礼莫愆⑨。工祝致告，
cú lài xiào sūn bì fēn xiào sì shén shì yǐn shí bǔ
徂赉孝孙⑩。苾芬孝祀⑪，神嗜饮食，卜
ěr bǎi fú rú qī rú shì jì zhāi jì jí jì kuāng jì
尔百福。如几如式，既齐既稷，既匡既

①絜：清洁，洁净。②肆：陈列，陈设。将：进献。③祊：宗庙门内设祭的地方。④皇：通“往”（wǎng），前往。神保：神灵。⑤庆：福。报：报祭，祭祀的一种类型，《国语·鲁语》：“凡禘、郊、祖、宗、报，此五者国之典祀也。”⑥爨：灶。执爨：厨师。踖踖：敏捷的样子。俎：盛祭品的礼器。硕：大。⑦莫莫：恭敬的样子。豆：盛肉或熟菜的食器，形状类似高脚盘。这里指摆上食物。⑧格：来，到。⑨熯：恭敬，谨慎。愆：差错。⑩赉：赏赐，赐予。⑪苾芬：香。

chì yǒng cì ěr jí shí wàn shí yì
敕①。永锡尔极，时万时亿！

lǐ yí jì bèi zhōng gǔ jì jiè xiào sūn cú wèi
礼仪既备，钟鼓既戒②。孝孙徂位，
gōng zhù zhì gào shén jù zuì zhǐ huáng shī zài qǐ gǔ zhōng
工祝致告。神具醉止，皇尸载起③。鼓钟
sòng shī shén bǎo yù guī zhū zǎi jūn fù fèi chè bù chí
送尸，神保聿归。诸宰君妇，废彻不迟。
zhū fù xiōng dì bèi yán yàn sī
诸父兄弟，备言燕私④。

yuè jù rù zòu yǐ suí hòu lù ěr yáo jì jiāng mò
乐具入奏，以绥后禄。尔殽既将，莫
yuàn jù qìng jì zuì jì bǎo xiǎo dà qǐ shǒu shén shì yǐn
怨具庆⑤。既醉既饱，小大稽首。神嗜饮
shí shǐ jūn shòu kǎo kǒng huì kǒng shí wéi qí jìn zhī
食，使君寿考。孔惠孔时，维其尽之⑥。
zǐ zǐ sūn sūn wù tì yǐn zhī
子子孙孙，勿替引之⑦。

shēn nán shān
信南山

shēn bǐ nán shān wéi yǔ diàn zhī yún yún yuán xí
信彼南山，维禹甸之⑧。畇畇原隰，

① 几：通“期”(qī)，日期。式：法度。齐：通“斋”(zhāi)，恭敬。稷：通“亟”(jí)，敏捷。匡、敕：恭敬严谨。② 戒：备，齐备。③ 尸：祭祀时代替祖先受祭的活人。④ 燕：通“宴”(yàn)，宴会。燕私：私宴，家族宴会。⑤ 将：善，好。庆：庆贺。⑥ 惠：顺。时：善。其：代词，指祭祀之人。尽：尽力。⑦ 替：废除，废弃。引：长久，延长。勿替引之：引之勿替。⑧ 信：通“伸”(shēn)，长。禹：大禹。甸：治理。

zēng sūn tián zhī　wǒ jiāng wǒ lǐ　nán dōng qí mǔ
曾孙田之①。我疆我理②，南东其亩。

shàng tiān tóng yún　yù xuě fēn fēn　yì zhī yǐ mài mù
上天同云，雨雪雰雰，益之以霢霂③。

jì yōu jì wò　jì zhān jì zú　shēng wǒ bǎi gǔ
既优既渥，既沾既足④，生我百谷。

jiāng yì yì yì　shǔ jì yù yù　zēng sūn zhī sè　yǐ
疆埸翼翼，黍稷彧彧。曾孙之穑，以

wéi jiǔ shí　bì wǒ shī bīn　shòu kǎo wàn nián
为酒食。畀我尸宾⑤，寿考万年。

zhōng tián yǒu lú　jiāng yì yǒu guā　shì bō shì zū　xiàn
中田有庐，疆埸有瓜。是剥是菹，献

zhī huáng zǔ　zēng sūn shòu kǎo　shòu tiān zhī hù
之皇祖。曾孙寿考，受天之祜。

jì yǐ qīng jiǔ　cóng yǐ xīng mǔ　xiǎng yú zǔ kǎo　zhí
祭以清酒，从以骍牡，享于祖考。执

qí luán dāo　yǐ qǐ qí máo　qǔ qí xuè liáo
其鸾刀，以启其毛，取其血膋⑥。

shì zhēng shì xiǎng　bì bì fēn fēn　sì shì kǒng míng
是烝是享，苾苾芬芬⑦。祀事孔明，

xiān zǔ shì huáng　bào yǐ jiè fú　wàn shòu wú jiāng
先祖是皇。报以介福，万寿无疆。

① 曾孙：周人对祖先神自称曾孙，这里特指周王。田：治理。② 疆：划定疆界。理：整治田土。③ 上天：天空，一说冬天。霢霂：小雨。④ 沾：湿润，浸湿。足：充沛，充足。⑤ 畀：给予，这里指给尸和宾客酒食。⑥ 启：割开。膋：脂肪，脂膏。⑦ 烝：冬祭。享：进献。苾苾芬芬：香气浓郁的样子。

fǔ tián
甫田

zhuō bǐ fǔ tián suì qǔ shí qiān wǒ qǔ qí chén
倬彼甫田[①]，岁取十千。我取其陈，
sì wǒ nóng rén zì gǔ yǒu nián jīn shì nán mǔ huò yún
食我农人。自古有年[②]，今适南亩，或耘
huò zǐ shǔ jì nǐ nǐ yōu jiè yōu zhǐ zhēng wǒ máo shì
或耔。黍稷薿薿，攸介攸止，烝我髦士[③]。

yǐ wǒ zī míng yǔ wǒ xī yáng yǐ shè yǐ fāng wǒ
以我齐明，与我牺羊，以社以方[④]。我
tián jì zāng nóng fū zhī qìng qín sè jī gǔ yǐ yà tián zǔ
田既臧，农夫之庆。琴瑟击鼓，以御田祖[⑤]。
yǐ qí gān yǔ yǐ jiè wǒ jì shǔ yǐ gǔ wǒ shì nǚ
以祈甘雨，以介我稷黍，以谷我士女。

zēng sūn lái zhǐ yǐ qí fù zǐ yè bǐ nán mǔ tián
曾孙来止，以其妇子[⑥]，馌彼南亩，田
jùn zhì xǐ rǎng qí zuǒ yòu cháng qí zhǐ fǒu hé yì cháng
畯至喜。攘其左右，尝其旨否。禾易长
mǔ zhōng shàn qiě yǒu zēng sūn bú nù nóng fū kè mǐn
亩，终善且有[⑦]。曾孙不怒，农夫克敏。

zēng sūn zhī jià rú cí rú liáng zēng sūn zhī yǔ rú
曾孙之稼，如茨如梁。曾孙之庾，如

①倬：广大的样子。甫：大。②年：收成。③介、止：止息，休息。烝：召见。④以：用。齐明：粢盛，祭祀时供奉的黍稷。社：祭祀土地神。方：祭祀四方神。⑤御：迎祭。田祖：农神。⑥以：使。⑦易：禾苗茂盛的样子。长亩：满田。终：既。有：丰收。

chí rú jīng nǎi qiú qiān sī cāng nǎi qiú wàn sī xiāng shǔ jì
坻如京。乃求千斯仓，乃求万斯箱。黍稷
dào liáng nóng fū zhī qìng bào yǐ jiè fú wàn shòu wú jiāng
稻粱，农夫之庆。报以介福，万寿无疆！

dà tián
大田

dà tián duō jià jì zhǒng jì xiè jì bèi nǎi shì
大田多稼，既种既戒①。既备乃事，
yǐ wǒ yǎn sì chù zài nán mǔ bō jué bǎi gǔ jì tíng qiě
以我覃耜。俶载南亩，播厥百谷。既庭且
shuò zēng sūn shì ruò
硕，曾孙是若②。

jì fāng jì zào jì jiān jì hǎo bù láng bù yǒu
既方既皂，既坚既好，不稂不莠③。
qù qí míng tè jí qí máo zéi wú hài wǒ tián zhì tián
去其螟螣，及其蟊贼，无害我田稚④。田
zǔ yǒu shén bǐng bì yán huǒ
祖有神，秉畀炎火⑤。

yǒu yǎn qī qī xīng yǔ qí qí yù wǒ gōng tián
有渰萋萋⑥，兴雨祈祈。雨我公田，
suì jí wǒ sī bǐ yǒu bú huò zhì cǐ yǒu bù liǎn jì bǐ
遂及我私。彼有不获稚，此有不敛穧。彼

①戒：通“械”（xiè），器械，修理器械。②庭：挺直。硕：大。曾孙：指周王。若：顺。此句大意为：种植得庄稼很好，顺了周王的意愿。③方：谷生未坚实。皂：谷生未成熟。稂、莠：杂草。④螟螣、蟊贼：吃庄稼的害虫。稚：嫩苗。⑤畀：给予，这里指捉到害虫扔进火里烧掉。⑥渰：阴云。

yǒu yí bǐng cǐ yǒu zhì suì yī guǎ fù zhī lì
有遗秉①，此有滞穗，伊寡妇之利。

zēng sūn lái zhǐ yǐ qí fù zǐ yè bǐ nán mǔ tián jùn zhì xǐ lái fāng yīn sì yǐ qí xīng hēi yǔ qí shǔ jì yǐ xiǎng yǐ sì yǐ jiè jǐng fú
曾孙来止，以其妇子，馌彼南亩，田畯至喜。来方禋祀②，以其骍黑，与其黍稷。以享以祀，以介景福。

zhān bǐ luò yǐ
瞻彼洛矣

zhān bǐ luò yǐ wéi shuǐ yāng yāng jūn zǐ zhì zhǐ fú lù rú cí mèi gé yǒu shì yǐ zuò liù shī
瞻彼洛矣③，维水泱泱。君子至止，福禄如茨④。韎韐有奭⑤，以作六师。

zhān bǐ luò yǐ wéi shuǐ yāng yāng jūn zǐ zhì zhǐ bǐng běng yǒu bì jūn zǐ wàn nián bǎo qí jiā shì
瞻彼洛矣，维水泱泱。君子至止，鞞琫有珌⑥。君子万年，保其家室。

zhān bǐ luò yǐ wéi shuǐ yāng yāng jūn zǐ zhì zhǐ fú lù jì tóng jūn zǐ wàn nián bǎo qí jiā bāng
瞻彼洛矣，维水泱泱。君子至止，福禄既同⑦。君子万年，保其家邦。

①秉：捆绑成束的禾把。②来方：祭祀四方之神。禋祀：祭祀天。③洛：水名。④茨：严密的草屋顶，这里指福禄之多。⑤韎韐：祭服或军服上的赤黄色蔽膝。奭：赤色。⑥鞞：刀鞘。琫、珌：刀鞘上的装饰。⑦同：聚集。

táng táng zhě huā

裳裳者华

táng táng zhě huā qí yè xǔ xī wǒ gòu zhī zǐ
裳裳者华，其叶湑兮①。我覯之子，
wǒ xīn xiè xī wǒ xīn xiè xī shì yǐ yǒu yù chǔ xī
我心写兮②。我心写兮，是以有誉处兮③。

táng táng zhě huā yún qí huáng yǐ wǒ gòu zhī zǐ
裳裳者华，芸其黄矣④。我覯之子，
wéi qí yǒu zhāng yǐ wéi qí yǒu zhāng yǐ shì yǐ yǒu
维其有章矣⑤。维其有章矣，是以有
qìng yǐ
庆矣。

táng táng zhě huā huò huáng huò bái wǒ gòu zhī zǐ chéng
裳裳者华，或黄或白。我覯之子，乘
qí sì luò chéng qí sì luò liù pèi wò ruò
其四骆。乘其四骆，六辔沃若。

zuǒ zhī zuǒ zhī jūn zǐ yí zhī yòu zhī yòu zhī
左之左之，君子宜之⑥。右之右之，
jūn zǐ yǒu zhī wéi qí yǒu zhī shì yǐ sì zhī
君子有之。维其有之，是以似之⑦。

① 裳：假借为“堂”（táng）。裳裳：鲜明美盛的样子。湑：茂盛的样子。②覯：遇见。写：舒畅，喜悦。③誉：通“豫”（yù），安乐。④芸：鲜黄的样子。⑤章：文才。⑥左：辅佐，辅弼。下文“右”同此义。宜：安定。⑦有：取，任用。似：通“嗣”（sì），继承。

sāng hù
桑扈

jiāo jiāo sāng hù, yǒu yīng qí yǔ. jūn zǐ lè xū, shòu tiān zhī hù.
交交桑扈，有莺其羽①。君子乐胥，受天之祜②。

jiāo jiāo sāng hù, yǒu yīng qí lǐng. jūn zǐ lè xū, wàn bāng zhī píng.
交交桑扈，有莺其领。君子乐胥，万邦之屏。

zhī píng zhī hàn, bǎi bì wéi xiàn. bù jí bù nǎn, shòu fú bù nuó.
之屏之翰，百辟为宪③。不戢不难，受福不那④。

sì gōng qí qiú, zhǐ jiǔ sī róu. fěi jiāo fěi ào, wàn fú lái qiú.
兕觥其觩，旨酒思柔。彼交匪敖，万福来求⑤。

①桑扈：鸟名。莺：鸟羽有文采的样子。②胥：语气词。祜：福。③屏：屏障。翰：骨干，栋梁。辟：君，诸侯。宪：法则，榜样。④不：语气词。戢：收敛，克制。难：通“戁”(nǎn)，恭敬。那：多。⑤彼：假借为“匪”(fēi)，非。交：通“姣”(jiāo)，侮，傲慢。求：聚集。

yuān yāng

鸳鸯

yuān yāng yú fēi, bì zhī luó zhī. jūn zǐ wàn nián,
鸳鸯于飞，毕之罗之①。君子万年，
fú lù yí zhī.
福禄宜之。

yuān yāng zài liáng, jí qí zuǒ yì. jūn zǐ wàn nián,
鸳鸯在梁，戢其左翼②。君子万年，
yí qí xiá fú.
宜其遐福③。

shèng mǎ zài jiù, cuò zhī mò zhī. jūn zǐ wàn nián,
乘马在厩，摧之秣之④。君子万年，
fú lù ài zhī.
福禄艾之⑤。

shèng mǎ zài jiù, mò zhī cuò zhī. jūn zǐ wàn nián, fú
乘马在厩，秣之摧之。君子万年，福
lù suí zhī.
禄绥之。

① 毕：长柄的小网。罗：大网。毕、罗：用作动词，捕罗。② 戢：收敛起翅膀。一说通“捷”，插，鸟嘴插入翅膀。③ 宜：安享。遐：长。④ 摧：通“莝”（cuò），铡草。秣：用作动词，喂马。⑤ 艾：辅助。

頍弁

有頍者弁，实维伊何①？尔酒既旨，尔殽既嘉。岂伊异人②？兄弟匪他。茑与女萝，施于松柏。未见君子，忧心奕奕。既见君子，庶几说怿③。

有頍者弁，实维何期④？尔酒既旨，尔殽既时。岂伊异人？兄弟具来。茑与女萝，施于松上。未见君子，忧心怲怲⑤。既见君子，庶几有臧。

有頍者弁，实维在首⑥。尔酒既旨，尔殽既阜⑦。岂伊异人？兄弟甥舅。如彼

① 頍：帽顶尖尖的样子。弁：贵族男子穿礼服时戴的帽子。实：通"寔"（shí），这。维：是。伊：助词。② 异人：他人，外人。③ 庶几：差不多。④ 期：句尾语气词。⑤ 怲怲：满怀忧愁的样子。⑥ 在首：戴在头上。⑦ 阜：盛，多。

yù xuě xiān jí wéi xiàn sǐ sāng wú rì wú jǐ xiāng jiàn
雨雪，先集维霰。死丧无日，无几相见。
lè jiǔ jīn xī jūn zǐ wéi yàn
乐酒今夕，君子维宴。

chē xiá
车舝

jiān guān chē zhī xiá xī sī luán jì nǚ shì xī fěi jī
间关车之舝兮，思娈季女逝兮①。匪饥
fěi kě dé yīn lái kuò suī wú hǎo yǒu shì yàn qiě xǐ
匪渴，德音来括②。虽无好友，式燕且喜。

yī bǐ píng lín yǒu jí wéi jiāo chén bǐ shuò nǚ
依彼平林，有集维鷮。辰彼硕女③，
lìng dé lái jiào shì yàn qiě yù hào ěr wú yì
令德来教。式燕且誉，好尔无射④。

suī wú zhǐ jiǔ shì yǐn shù jī suī wú jiā yáo
虽无旨酒，式饮庶几⑤。虽无嘉殽，
shì shí shù jī suī wú dé yǔ rǔ shì gē qiě wǔ
式食庶几。虽无德与女⑥，式歌且舞。

zhì bǐ gāo gāng xī qí zuò xīn xī qí zuò xīn qí
陟彼高冈，析其柞薪。析其柞薪，其
yè xǔ xī xiǎn wǒ gòu ěr wǒ xīn xiè xī
叶湑兮。鲜我觏尔⑦，我心写兮。

① 间关：车轮转动时车辖摩擦的声音。舝：同“辖”(xiá)，插在车轴两端的金属棍，使车轮不脱落。思：发语词。逝：往，去，这里指少女乘车出嫁。② 括：至。③ 辰：美善的样子。④ 射：通“斁”(yì)，厌倦，厌弃。⑤ 式：语助词。庶几：差不多，表示希望。⑥ 德：德行，指美德。⑦ 鲜：好，善。

gāo shān yǎng zhǐ jǐng háng xíng zhǐ sì mǔ fēi fēi
高山仰止，景行行止①。四牡骓骓，
liù pèi rú qín gòu ěr xīn hūn yǐ wèi wǒ xīn
六辔如琴。觏尔新昏，以慰我心。

qīng yíng
青蝇

yíng yíng qīng yíng zhǐ yú fán kǎi tì jūn zǐ wú
营营青蝇，止于樊②。岂弟君子，无
xìn chán yán
信谗言！

yíng yíng qīng yíng zhǐ yú jí chán rén wǎng jí jiāo luàn
营营青蝇，止于棘。谗人罔极，交乱
sì guó
四国！

yíng yíng qīng yíng zhǐ yú zhēn chán rén wǎng jí gòu wǒ
营营青蝇，止于榛。谗人罔极，构我
èr rén
二人③！

①景行：大道。②营营：蝇飞的嗡嗡声。樊：篱笆。③罔极：不止，没有极限。构：谗害。

bīn zhī chū yán
宾之初筵

bīn zhī chū yán zuǒ yòu zhì zhì biān dòu yǒu chǔ
宾之初筵①，左右秩秩。笾豆有楚，
yáo hé wéi lǚ jiǔ jì hé zhǐ yǐn jiǔ kǒng xié zhōng gǔ
殽核维旅②。酒既和旨，饮酒孔偕。钟鼓
jì shè jǔ chóu yì yì dà hóu jì kàng gōng shǐ sī zhāng
既设，举酬逸逸。大侯既抗③，弓矢斯张。
shè fū jì tóng xiàn ěr fā gōng fā bǐ yǒu dì yǐ qí
射夫既同，献尔发功④。发彼有的，以祈
ěr jué
尔爵⑤。

yuè wǔ shēng gǔ yuè jì hé zòu zhēng kàn liè zǔ
籥舞笙鼓，乐既和奏⑥。烝衎烈祖⑦，
yǐ qià bǎi lǐ bǎi lǐ jì zhì yǒu rén yǒu lín cì ěr
以洽百礼。百礼既至，有壬有林⑧。锡尔
chún gǔ zǐ sūn qí dān qí dān yuē lè gè zòu ěr néng
纯嘏，子孙其湛。其湛曰乐，各奏尔能⑨。
bīn zài shǒu qiú shì rén rù yòu zhuó bǐ kāng jué yǐ zòu
宾载手仇，室人入又⑩。酌彼康爵，以奏

①筵：动词，入席。②笾：祭祀或宴会时盛果脯的竹器，形状类似高脚盘。豆：盛肉或熟菜的食器，形状类似高脚盘。楚：摆列整齐的样子。殽：菜肴。核：干果。旅：陈列，陈放。③侯：箭靶。抗：竖起。④献：呈奏。发：射箭。功：本领。⑤有：助词。的：箭靶上的布块。爵：酒器，代指酒。⑥奏：演奏。⑦烝：进献。衎：娱乐。烈祖：有功业的先祖。⑧有：助词。壬、林：盛大。⑨奏：进献，奉献。⑩手：执，取。仇：对手。又：通“侑”(yòu)，劝酒。

ěr shí
尔时[1]。

bīn zhī chū yán wēn wēn qí gōng qí wèi zuì zhǐ wēi
宾之初筵，温温其恭。其未醉止，威
yí bǎn bǎn yuē jì zuì zhǐ wēi yí fān fān shě qí
仪反反[2]。曰既醉止，威仪幡幡[3]。舍其
zuò qiān lǚ wǔ xiān xiān qí wèi zuì zhǐ wēi yí yì yì yuē
坐迁，屡舞仙仙。其未醉止，威仪抑抑。曰
jì zuì zhǐ wēi yí bì bì shì yuē jì zuì bù zhī qí zhì
既醉止，威仪怭怭。是曰既醉，不知其秩。

bīn jì zuì zhǐ zài háo zài náo luàn wǒ biān dòu lǚ
宾既醉止，载号载呶。乱我笾豆，屡
wǔ qī qī shì yuē jì zuì bù zhī qí yóu cè biàn zhī
舞僛僛。是曰既醉，不知其邮[4]。侧弁之
é lǚ wǔ suō suō jì zuì ér chū bìng shòu qí fú
俄，屡舞傞傞[5]。既醉而出，并受其福。
zuì ér bù chū shì wèi fá dé yǐn jiǔ kǒng jiā wéi qí
醉而不出，是谓伐德。饮酒孔嘉，维其
lìng yí
令仪。

fán cǐ yǐn jiǔ huò zuì huò fǒu jì lì zhī jiān huò zuǒ
凡此饮酒，或醉或否。既立之监，或佐
zhī shǐ bǐ zuì bù zāng bú zuì fǎn chǐ shì wù cóng wèi
之史。彼醉不臧，不醉反耻。式勿从谓[6]，
wú bǐ tài dài fěi yán wù yán fěi yóu wù yǔ yóu zuì
无俾大怠。匪言勿言，匪由勿语[7]。由醉

①康：大。时：善。②反：假借为“昄”（bǎn）。反反：谨慎持重的样子。③幡幡：轻浮不庄重的样子。④邮：通“尤”（yóu），过失，错误。⑤侧弁：歪戴着帽子。俄：倾斜。屡舞：不停地跳舞。傞傞：醉酒乱舞的样子。⑥谓：劝，劝酒。⑦匪由：不合理的话。

zhī yán bǐ chū tóng gǔ sān jué bù shí shěn gǎn duō yòu
之言，俾出童羖[①]。三爵不识，矧敢多又[②]。

yú zǎo
鱼藻

yú zài zài zǎo yǒu fén qí shǒu wáng zài zài hào kǎi lè yǐn jiǔ
鱼在在藻，有颁其首[③]。王在在镐，岂乐饮酒。

yú zài zài zǎo yǒu shēn qí wěi wáng zài zài hào yǐn jiǔ lè kǎi
鱼在在藻，有莘其尾。王在在镐，饮酒乐岂。

yú zài zài zǎo yī yú qí pú wáng zài zài hào yǒu nuó qí jū
鱼在在藻，依于其蒲。王在在镐，有那其居[④]。

cǎi shū
采菽

cǎi shū cǎi shū kuāng zhī jǔ zhī jūn zǐ lái cháo hé
采菽采菽，筐之筥之。君子来朝，何

①童羖：山羊无角，指荒唐话。②三爵：指宴饮的礼节。矧：怎么。又：劝酒。③有：语助词。颁：头大的样子。④那：悠闲，安闲。

cì yǔ zhī suī wú yǔ zhī lù chē shèng mǎ yòu hé yǔ
锡予之？虽无予之，路车乘马。又何予
zhī xuán gǔn jí fǔ
之？玄衮及黼。

bì fèi làn quán yán cǎi qí qín jūn zǐ lái cháo
觱沸槛泉①，言采其芹。君子来朝，
yán guān qí qí qí qí pèi pèi luán shēng huì huì zài cān
言观其旂。其旂淠淠，鸾声嘒嘒。载骖
zài sì jūn zǐ suǒ jiè
载驷，君子所届②。

chì fú zài gǔ xié fú zài xià fēi jiāo fēi shū tiān
赤芾在股，邪幅在下。彼交匪纾，天
zǐ suǒ yǔ lè zhǐ jūn zǐ tiān zǐ mìng zhī lè zhǐ jūn
子所予③。乐只君子，天子命之。乐只君
zǐ fú lù shēn zhī
子，福禄申之④。

wéi zuò zhī zhī qí yè péng péng lè zhǐ jūn zǐ diàn
维柞之枝，其叶蓬蓬。乐只君子，殿
tiān zǐ zhī bāng lè zhǐ jūn zǐ wàn fú yōu tóng pián pián
天子之邦⑤。乐只君子，万福攸同。平平
zuǒ yòu yì shì shuài cóng
左右⑥，亦是率从。

fàn fàn yáng zhōu fú lí wéi zhī lè zhǐ jūn zǐ tiān
泛泛杨舟，绋纚维之⑦。乐只君子，天

① 觱沸：泉水涌出的样子。槛泉：通“滥（làn）泉”，喷泉。② 届：至，来到。③ 彼：非，不。交：傲慢。纾：怠慢。予：赐予。④ 申：重复。⑤ 殿：镇守。⑥ 平平：干练，有才干。左右：臣子。⑦ 绋：绳索。纚：缆绳。维：系，拴住。

zǐ kuí zhī lè zhǐ jūn zǐ fú lù pí zhī yōu zāi
子葵之①。乐只君子，福禄膍之②。优哉
yóu zāi yì shì lì yǐ
游哉，亦是戾矣③。

jiǎo gōng
角弓

xīng xīng jiǎo gōng piān qí fǎn yǐ xiōng dì hūn yīn wú
骍骍角弓，翩其反矣。兄弟昏姻，无
xū yuǎn yǐ ěr zhī yuǎn yǐ mín xū rán yǐ ěr zhī
胥远矣④。尔之远矣，民胥然矣⑤。尔之
jiào yǐ mín xū xiào yǐ
教矣，民胥效矣。

cǐ lìng xiōng dì chuò chuò yǒu yù bú lìng xiōng dì
此令兄弟，绰绰有裕⑥。不令兄弟，
jiāo xiāng wéi yù
交相为瘉⑦。

mín zhī wú liáng xiāng yuàn yì fāng shòu jué bú ràng zhì
民之无良，相怨一方。受爵不让，至
yú jǐ sī wàng
于已斯亡⑧。

①葵：通“揆”（kuí），度量。②膍：优待，厚赐。③戾：安定。④胥：相互。远：疏远。⑤胥：皆，都。然：如此，这样。⑥令：善，好。绰绰：宽裕的样子。裕：宽容。⑦瘉：诟病，嫉恨。⑧爵：爵位。让：谦让，礼让。亡：通“忘”（wàng），忘记。

lǎo mǎ fǎn wéi jū bú gù qí hòu rú shí yí yù
老马反为驹，不顾其后。如食宜饫①，
rú zhuó kǒng qǔ wú jiāo náo shēng mù rú tú tú fù jūn
如酌孔取。毋教猱升木，如涂涂附②。君
zǐ yǒu huī yóu xiǎo rén yǔ zhǔ
子有徽猷，小人与属。

yù xuě biāo biāo jiàn xiàn yuē xiāo mò kěn xià yí
雨雪瀌瀌，见晛曰消③。莫肯下遗，
shì jù lǚ jiāo
式居娄骄④。

yù xuě fú fú jiàn xiàn yuē liú rú mán rú máo wǒ
雨雪浮浮，见晛曰流。如蛮如髦，我
shì yòng yōu
是用忧。

yù liǔ
菀柳

yǒu yù zhě liǔ bú shàng xī yān shàng dì shèn dǎo
有菀者柳，不尚息焉⑤。上帝甚蹈，
wú zì nì yān bǐ yú jìng zhī hòu yú jí yān
无自昵焉⑥。俾予靖之，后予极焉⑦。

yǒu yù zhě liǔ bú shàng qì yān shàng dì shèn dǎo
有菀者柳，不尚愒焉⑧。上帝甚蹈，

①饫：吃饱喝足。②涂涂附：往泥上涂抹泥土。③晛：日光。④遗：顺从，随从。居：通“倨”(jù)，傲慢。⑤菀：茂盛的样子，一说枯萎的样子。尚：庶几，表示希望。⑥蹈：变动无常，喜怒无常。昵：亲近，接近。⑦靖：治理，谋划。极：通“殛”(jí)，放逐。⑧愒：休息。

wú zì zhài yān bǐ yú jìng zhī hòu yú mài yān
无自瘵焉①。俾予靖之，后予迈焉②。

yǒu niǎo gāo fēi yì fù yú tiān bǐ rén zhī xīn yú
有鸟高飞，亦傅于天。彼人之心，于
hé jī zhēn hé yú jìng zhī jū yǐ xiōng jīn
何其臻。曷予靖之，居以凶矜③。

dū rén shì
都人士

bǐ dū rén shì hú qiú huáng huáng qí róng bù gǎi
彼都人士④，狐裘黄黄。其容不改，
chū yán yǒu zhāng xíng guī yú zhōu wàn mín suǒ wàng
出言有章。行归于周，万民所望。

bǐ dū rén shì tái lì zī cuō bǐ jūn zǐ nǚ
彼都人士，台笠缁撮⑤。彼君子女，
chóu zhí rú fà wǒ bú jiàn xī wǒ xīn bú yuè
绸直如发⑥。我不见兮，我心不说。

bǐ dū rén shì chōng ěr xiù shí bǐ jūn zǐ nǚ wèi
彼都人士，充耳琇实。彼君子女，谓
zhī yǐn jí wǒ bú jiàn xī wǒ xīn yùn jié
之尹吉⑦。我不见兮，我心苑结。

bǐ dū rén shì chuí dài ér lì bǐ jūn zǐ nǚ quán
彼都人士，垂带而厉。彼君子女，卷

①瘵：接近。②靖：治理，安定。迈：流放，放逐。③以：介词，表处所，于。④都：美，优美。都人士：指贵族士大夫。⑤台：蓑衣。撮：一种束发的小帽。⑥君子女：与“都人士”相对，指贵族女子。绸直如发：发如绸直，头发像绸缎一样顺直。⑦尹、吉：姓。

fà rú chài　wǒ bú jiàn xī　yán cóng zhī mài
发如虿[1]。我不见兮，言从之迈。

fěi yī chuí zhī　dài zé yǒu yú　fěi yī quán zhī　fà
匪伊垂之，带则有余。匪伊卷之，发

zé yǒu yú　wǒ bú jiàn xī　yún hé xū yǐ
则有旟。我不见兮，云何盱矣[2]。

cǎi lù
采绿

zhōng zhāo cǎi lù　bù yíng yì jū　yú fà qū jú
终朝采绿[3]，不盈一匊。予发曲局[4]，

bó yán guī mù
薄言归沐。

zhōng zhāo cǎi lán　bù yíng yì chān　wǔ rì wéi qī　liù
终朝采蓝，不盈一襜。五日为期，六

rì bù zhān
日不詹[5]。

zhī zǐ yú shòu　yán chàng qí gōng　zhī zǐ yú diào
之子于狩，言韔其弓[6]。之子于钓，

yán lún zhī shéng
言纶之绳[7]。

qí diào wéi hé　wéi fáng jí xù　wéi fáng jí xù　bó
其钓维何？维鲂及鲊。维鲂及鲊，薄

yán guān zhě
言观者。

①虿：蝎子，这里指女子的头发像蝎子的尾巴一样卷曲。②盱：忧愁。③绿：通“菉”(lù)，一种野菜。④发：头发。曲局：弯曲。⑤詹：至，到。⑥言：语助词。下文“薄言”同此义。韔：把弓装入弓袋。⑦纶：整理。

shǔ miáo

黍苗

péng péng shǔ miáo　yīn yǔ gào zhī　yōu yōu nán xíng　shào bó láo zhī

芃芃黍苗，阴雨膏之。悠悠南行，召伯劳之。

wǒ rèn wǒ niǎn　wǒ chē wǒ niú　wǒ xíng jì jí　hé yún guī zāi

我任我辇①，我车我牛。我行既集②，盖云归哉？

wǒ tú wǒ yù　wǒ shī wǒ lǚ　wǒ xíng jì jí　hé yún guī chǔ

我徒我御，我师我旅③。我行既集，盖云归处？

sù sù xiè gōng　shào bó yíng zhī　liè liè zhēng shī　shào bó chéng zhī

肃肃谢功，召伯营之④。烈烈征师，召伯成之。

yuán xí jì píng　quán liú jì qīng　shào bó yǒu chéng　wáng xīn zé níng

原隰既平，泉流既清。召伯有成，王心则宁。

①任：肩挑。辇：用作动词，用辇推。②行：行役，这里指营建谢邑。集：成，完成。③徒：步行。御：驾车。师、旅：五百人为旅，五旅为师。④肃肃：急速，迅速的样子。谢：地名。功：指营建谢邑的功绩。营：治理。

隰桑

隰桑有阿，其叶有难①。既见君子，其乐如何！

隰桑有阿，其叶有沃。既见君子，云何不乐！

隰桑有阿，其叶有幽②。既见君子，德音孔胶③！

心乎爱矣，遐不谓矣④？中心藏之⑤，何日忘之？

① 隰桑：长在洼地的桑树。阿：通“婀”（ē），柔美的样子。难：茂盛的样子。② 幽：即“黝”（yǒu），黑色。③ 胶：坚固，牢固。④ 谓：告诉。⑤ 藏：通“臧”（zāng），善，爱好。

bái huā
白华

bái huā jiān xī bái máo shù xī zhī zǐ zhī yuǎn
白华菅兮①，白茅束兮。之子之远，
bǐ wǒ dú xī
俾我独兮。

yīng yīng bái yún lù bǐ jiān máo tiān bù jiān nán
英英白云，露彼菅茅②。天步艰难，
zhī zǐ bù yóu
之子不犹③。

biāo chí běi liú jìn bǐ dào tián xiào gē shāng huái niàn
滮池北流，浸彼稻田。啸歌伤怀，念
bǐ shuò rén
彼硕人。

qiáo bǐ sāng xīn áng hōng yú chén wéi bǐ shuò rén
樵彼桑薪，卬烘于煁④。维彼硕人，
shí láo wǒ xīn
实劳我心。

gǔ zhōng yú gōng shēng wén yú wài niàn zǐ cǎo cǎo shì
鼓钟于宫，声闻于外。念子懆懆，视
wǒ mài mài
我迈迈⑤。

① 白华：白色的花。菅：草名，茅的一种。② 英英：洁白的样子。露：覆露，滋润。③ 天步：命运。犹：赞成，认可。④ 卬：我。烘：烧，焚烧。煁：灶。⑤ 视：对待。迈迈：怒恨的样子。

有鹙在梁，有鹤在林。维彼硕人，实劳我心。

鸳鸯在梁，戢其左翼。之子无良，二三其德。

有扁斯石，履之卑兮。之子之远，俾我疷兮①。

绵蛮

绵蛮黄鸟②，止于丘阿。道之云远，我劳如何！饮之食之，教之诲之。命彼后车，谓之载之③。

绵蛮黄鸟，止于丘隅。岂敢惮行，畏不能趋。饮之食之，教之诲之。命彼后

① 疷：忧思成病。② 绵蛮：鸟叫声。③ 后车：随从坐的车。谓：命令。载：装载。之：代指行役的劳人。

车，谓之载之。

绵蛮黄鸟，止于丘侧。岂敢惮行，畏不能极①。饮之食之，教之诲之。命彼后车，谓之载之。

瓠叶

幡幡瓠叶，采之亨之。君子有酒，酌言尝之。

有兔斯首，炮之燔之②。君子有酒，酌言献之。

有兔斯首，燔之炙之。君子有酒，酌言酢之③。

有兔斯首，燔之炮之。君子有酒，酌

①极：到达。②斯：语助词。首：量词，只。一说头，指兔头。炮、燔：烤肉。③酌：斟酒。酢：敬酒。

yán chóu zhī
言酬之。

chán chán zhī shí
渐渐之石

chán chán zhī shí ①, wéi qí gāo yǐ. shān chuān yōu yuǎn,
渐渐之石①，维其高矣。山川悠远，
wéi qí liáo yǐ ② . wǔ rén dōng zhēng, bù huáng zhāo yǐ ③ .
维其劳矣②。武人东征，不皇朝矣③。

chán chán zhī shí, wéi qí zú yǐ ④ . shān chuān yōu yuǎn,
渐渐之石，维其卒矣④。山川悠远，
hé qí mò yǐ ⑤ . wǔ rén dōng zhēng, bù huáng chū yǐ ⑥ .
曷其没矣⑤。武人东征，不皇出矣⑥。

yǒu shǐ bái dí, zhēng shè bō yǐ ⑦ . yuè lì yú bì ⑧,
有豕白蹢，烝涉波矣⑦。月离于毕⑧，
bǐ pāng tuó yǐ. wǔ rén dōng zhēng, bù huáng tā yǐ ⑨ .
俾滂沱矣。武人东征，不皇他矣⑨。

tiáo zhī huā
苕之华

tiáo zhī huā, yún qí huáng yǐ ⑩ . xīn zhī yōu yǐ, wéi
苕之华，芸其黄矣⑩。心之忧矣，维

① 渐渐：通“巉巉”（chán chán），山石高耸险峻的样子。② 劳：通“辽”（liáo），辽远。③ 皇：通“遑”（huáng），闲暇。朝：早晨。④ 卒：通“崒”（zú），高峻。⑤ 没：尽，尽头。⑥ 出：离开，脱离。⑦ 蹢：蹄子。烝：众。涉波：渡水。⑧ 离：通“丽”（lì），依附，靠近。毕：星宿名。⑨ 他：他事，别的事。⑩ 芸：深黄色的样子。

qí shāng yǐ
其伤矣！

tiáo zhī huā qí yè jīng jīng zhī wǒ rú cǐ bù rú
苕之华，其叶青青。知我如此，不如

wú shēng
无生！

zāng yáng fén shǒu sān xīng zài liǔ rén kě yǐ shí
牂羊坟首，三星在罶①。人可以食，

xiǎn kě yǐ bǎo
鲜可以饱！

hé cǎo bù huáng
何草不黄

hé cǎo bù huáng hé rì bù xíng hé rén bù jiāng
何草不黄②？何日不行？何人不将③？

jīng yíng sì fāng
经营四方。

hé cǎo bù xuán hé rén bù guān āi wǒ zhēng fū
何草不玄？何人不矜④？哀我征夫，

dú wéi fēi mín
独为匪民⑤。

fēi sì fēi hǔ shuài bǐ kuàng yě āi wǒ zhēng fū
匪兕匪虎，率彼旷野。哀我征夫，

① 牂羊：母羊。坟：大。坟首：大头，这里指母羊因为饥饿身体瘦弱而显得头很大。罶：渔篓。这里指渔篓中没有鱼只有星星的倒影。② 黄：枯黄。③ 将：行，服役。④ 玄：黑色，指草枯萎腐烂后的黑色。矜：通“鳏”（guān），老而无妻。⑤ 匪：不是。

zhāo xī bù xiá
朝夕不暇。

yǒu péng zhě hú shuài bǐ yōu cǎo yǒu zhàn zhī chē
有芃者狐，率彼幽草①。有栈之车，
xíng bǐ zhōu dào
行彼周道②。

① 芃：毛发蓬松的样子。率：沿着。幽草：草丛深处。② 栈：车子高大的样子。周道：大路。

dà yǎ

大雅

《大雅》是用于庙堂祭祀的乐歌，皆产生于西周时期，反映的是文、武、成、康时期的社会生活状况，以歌颂周族先公先王的功绩为主，记述的是周朝的历史，特别是政治、军事以及祭祀活动，作者多为周王室上层人物，现存诗31篇。与《小雅》的灵秀清丽相比，《大雅》的格调多庄严肃穆，布局严整，述事高妙，具有非常高的神韵，是了解周族先公先王事迹及西周初期历史的极其宝贵的第一手资料。

wén wáng

文王

wén wáng zài shàng wū zhāo yú tiān zhōu suī jiù bāng

文王在上，於昭于天[1]。周虽旧邦，

qí mìng wéi xīn yǒu zhōu pī xiǎn dì mìng bù shí wén

其命维新。有周不显[2]，帝命不时[3]。文

wáng zhì jiàng zài dì zuǒ yòu

王陟降，在帝左右。

wěi wěi wén wáng lìng wèn bù yǐ shēn cì zāi zhōu

亹亹文王[4]，令闻不已。陈锡哉周，

hóu wén wáng sūn zǐ wén wáng sūn zǐ běn zhī bǎi shì fán

侯文王孙子[5]。文王孙子，本支百世。凡

zhōu zhī shì pī xiǎn yì shì

周之士，不显亦世[6]。

shì zhī pī xiǎn jué yóu yì yì sī huáng duō shì

世之不显，厥犹翼翼[7]。思皇多士，

shēng cǐ wáng guó wáng guó kè shēng wéi zhōu zhī zhēn jǐ

生此王国。王国克生，维周之桢[8]。济

jǐ duō shì wén wáng yǐ níng

济多士，文王以宁[9]。

mù mù wén wáng wū jī xī jìng zhǐ jiǎ zāi tiān mìng

穆穆文王，於缉熙敬止[10]。假哉天命[11]，

①於：叹词，表示赞美。昭：明，显明。②有：助词。不：通“丕”(pī)，大。显：光明。③不：助词，无实义。时：好。《毛传》：“不时，时也。时，是也。”④亹亹：勤勉不倦的样子。⑤陈：通“申”(shēn)，重复。侯：使动用法，使为侯。⑥亦：通“奕”(yì)，长，累。⑦犹：谋划，谋略。翼翼：勤勉的样子。⑧桢：骨干，栋梁。⑨以：因此，因而。⑩缉熙：光明。敬：严肃。⑪假：大，伟大。

yǒu shāng sūn zǐ shāng zhī sūn zǐ qí lì bú yì shàng
有商孙子。商之孙子，其丽不亿①。上
dì jì mìng hóu yú zhōu fú
帝既命，侯于周服②。

hóu fú yú zhōu tiān mìng mǐ cháng yīn shì fū mǐn guàn
侯服于周，天命靡常。殷士肤敏，祼
jiāng yú jīng jué zuò guàn jiāng shàng fú fǔ xǔ wáng zhī
将于京③。厥作祼将，常服黼冔④。王之
jìn chén wú niàn ěr zǔ
荩臣，无念尔祖⑤。

wú niàn ěr zǔ yù xiū jué dé yǒng yán pèi mìng zì
无念尔祖，聿修厥德。永言配命，自
qiú duō fú yīn zhī wèi sàng shī kè pèi shàng dì yí jiàn
求多福。殷之未丧师，克配上帝。宜鉴
yú yīn jùn mìng bú yì
于殷，骏命不易。

mìng zhī bú yì wú è ěr gōng xuān zhāo yì wèn yòu
命之不易，无遏尔躬。宣昭义问，有
yú yīn zì tiān shàng tiān zhī zài wú shēng wú xiù yí
虞殷自天⑥。上天之载，无声无臭。仪
xíng wén wáng wàn bāng zuò fú
刑文王，万邦作孚⑦。

①丽：数，数目。不：助词。②侯：副词，乃，于是。侯于周服：乃服于周。③肤敏：犹“黾勉”，勤勉，努力。祼：一种祭祀仪式，在神主前铺上白茅，神主将酒撒在白茅上。将：献上祭品。④常：通“尚”（shàng），仍然。黼：礼服。冔：礼冠。⑤荩：通“进”（jìn），进用。无：语助词，无实义。⑥问：通“闻”（wèn），名声。有：通“又”（yòu），再。虞：度量，考虑。⑦仪刑：效法。孚：信服。

dà míng

大明

míng míng zài xia hè hè zài shàng tiān nán chén sī
明明在下，赫赫在上。天难忱斯，
bú yì wéi wáng tiān wèi yīn dí shǐ bù xié sì fāng
不易维王①。天位殷适，使不挟四方②。

zhì zhòng shì rén zì bǐ yīn shāng lái jià yú zhōu
挚仲氏任③，自彼殷商。来嫁于周，
yuē pín yú jīng nǎi jí wáng jì wéi dé zhī xíng
曰嫔于京④。乃及王季，维德之行。

tài rén yǒu shēn shēng cǐ wén wáng wéi cǐ wén wáng xiǎo
大任有身，生此文王。维此文王，小
xīn yì yì zhāo sh` shàng dì yù huái duō fú jué dé bù
心翼翼。昭事上帝，聿怀多福。厥德不
huí yǐ shòu fāng guó
回，以受方国。

tiān jiān zài xià yǒu mìng jì jí wén wáng chū zǎi tiān
天监在下，有命既集。文王初载，天
zuò zhī hé zài hé zhī yáng zài wèi zhī sì
作之合⑤。在洽之阳，在渭之涘。

wén wáng jiā zhǐ dà bāng yǒu zǐ dà bāng yǒu zǐ qiàn
文王嘉止，大邦有子。大邦有子，伣

① 忱：信任。斯：语气词。不易：难，艰难。维：是。② 位：设立。适：通“嫡”(dí)，正妻生的儿子，这里特指纣王。挟：拥有。③ 挚：国名。任：姓。④ 嫔：嫁。京：周京。⑤ 载：年。初载：即位初年。合：配偶。

tiān zhī mèi wén dìng jué xiáng qīn yìng yú wèi zào zhōu
天之妹①。文定厥祥②，亲迎于渭。造舟
wéi liáng pī xiǎn qí guāng
为梁，不显其光。

yǒu mìng zì tiān mìng cǐ wén wáng yú zhōu yú jīng zuǎn
有命自天，命此文王。于周于京，缵
nǚ wéi shēn zhǎng zǐ wéi xíng dǔ shēng wǔ wáng bǎo yòu
女维莘③。长子维行，笃生武王④。保右
mìng ěr xiè fá dà shāng
命尔，燮伐大商⑤。

yīn shāng zhī lǚ qí kuài rú lín shǐ yú mù yě
殷商之旅，其会如林⑥。矢于牧野，
wéi yú hóu xīng shàng dì lín rǔ wú èr ěr xīn
维予侯兴⑦。上帝临女⑧，无贰尔心。

mù yě yáng yáng tán chē huáng huáng sì yuán bāng bāng wéi
牧野洋洋，檀车煌煌，驷騵彭彭。维
shī shàng fù shí wéi yīng yáng liàng bǐ wǔ wáng sì fá dà
师尚父，时维鹰扬。凉彼武王，肆伐大
shāng huì zhāo qīng míng
商，会朝清明⑨。

① 大邦：大国，指莘国。子：女儿，指文王的妻子太姒。俔：譬如，好像。妹：少女。② 文：指卜筮的文辞。祥：吉。此句大意为：卜辞认定这桩婚姻是吉祥的。③ 缵：美好。④ 长子：即太姒。行：出嫁。笃：厚，重。⑤ 燮：袭伐，攻伐。⑥ 会：通“旝”（kuài），旌旗。⑦ 维：发语词。予：我，指武王。侯：语助词。兴：兴起。⑧ 临：监视。⑨ 凉：辅助，辅佐。会：一，终。此句大意为：牧野大战，只一个早上就天下平定清明。

绵

mián

mián mián guā dié mín zhī chū shēng zì dù jū qī

绵绵瓜瓞，民之初生，自土沮漆①。

gǔ gōng dǎn fǔ táo fù táo xué wèi yǒu jiā shì

古公亶父，陶复陶穴，未有家室②。

gǔ gōng dǎn fǔ lái zhāo zǒu mǎ shuài xī shuǐ hǔ zhì yú qí xià yuán jí jiāng nǚ yù lái xū yǔ

古公亶父，来朝走马。率西水浒，至于岐下。爰及姜女，聿来胥宇③。

zhōu yuán wǔ wǔ jǐn tú rú yí yuán shǐ yuán móu yuán qì wǒ guī yuē zhǐ yuē shí zhù shì yú zī

周原膴膴，堇荼如饴。爰始爰谋，爰契我龟：曰止曰时，筑室于兹④。

nǎi wèi nǎi zhǐ nǎi zuǒ nǎi yòu nǎi jiāng nǎi lǐ nǎi xuān nǎi mǔ zì xī cú dōng zhōu yuán zhí shì

乃慰乃止，乃左乃右⑤。乃疆乃理，乃宣乃亩⑥。自西徂东，周爰执事。

nǎi zhào sī kōng nǎi zhào sī tú bǐ lì shì jiā qí shéng zé zhí suō bǎn yǐ zài zuò miào yì yì

乃召司空，乃召司徒，俾立室家。其绳则直，缩版以载，作庙翼翼⑦。

① 绵绵：连绵不断。瓜：大瓜。瓞：小瓜。土：通“杜”（dù），水名。沮：往。漆：水名。② 古公亶父：王季的父亲，文王的祖父。陶：掏，挖。复：筑成的土室。③ 胥：视察，察看。宇：居所，住处。④ 爰：助词。契：用刀刻。⑤ 慰：定居，安定。左、右：指规划东西区域。⑥ 疆：划定边界。理：划分田地。宣：疏通沟渠。亩：整治田垄。⑦ 绳：绳墨，准绳，建筑用品。缩版：筑墙时用以固定的直板。载：树立。作：营建。庙：宗庙。翼翼：整齐的样子。

jū zhī réng réng duó zhī hōng hōng zhù zhī dēng dēng xuē
捄之陾陾，度之薨薨，筑之登登，削
lǚ píng píng bǎi dǔ jiē xīng gāo gǔ fú shèng
屡冯冯①。百堵皆兴，鼛鼓弗胜②。

nǎi lì gāo mén gāo mén yǒu kàng nǎi lì yìng mén
乃立皋门，皋门有伉③。乃立应门，
yìng mén qiāng qiāng nǎi lì zhǒng tǔ róng chǒu yōu xíng
应门将将。乃立冢土，戎丑攸行④。

sì bù tiǎn jué yùn yì bù yǔn jué wèn zuò yù bá
肆不殄厥愠，亦不陨厥问⑤。柞棫拔
yǐ háng dào duì yǐ kūn yí tuì yǐ wéi qí huì yǐ
矣，行道兑矣⑥。混夷駾矣，维其喙矣⑦。

yú ruì zhì jué chéng wén wáng guì jué xìng yú yuē yǒu
虞芮质厥成，文王蹶厥生⑧。予曰有
shū fù yú yuē yǒu xiān hòu yú yuē yǒu bēn zòu yú yuē yǒu
疏附，予曰有先后，予曰有奔奏，予曰有
yù wǔ
御侮⑨。

①捄：把土装进筐里。陾陾：装土声。度：填土。屡：土墙上隆起的部分。削屡：削平土墙。②鼛：大鼓。此句大意为：营建宫室的声势之大，连击鼓声也不能胜过。③伉：通“亢”(kàng)，高。④冢：大。冢土：祭神的祭坛。戎丑：大众。⑤肆：连词，因此，所以。殄：灭绝，消除。愠：怨恨。陨：废止，丧失。问：聘问，古代国与国之间派使者访问。⑥兑：通畅，顺直。⑦混夷：少数名族名，下文“串夷”同。駾：奔突，奔窜。喙：困，疲困。⑧虞、芮：国名。质：评判，这里指虞芮息讼一事。蹶：感动。生：通“性”(xìng)，天性。⑨疏附：能团结上下，使疏远者亲附之臣。先后：前后辅佐相导之臣。奔奏：奔走四方，宣扬国君德誉之臣。御侮：能抵抗外敌捍卫国家的武臣。

棫朴

yù pú

péng péng yù pú xīn zhī yǒu zhī jǐ jǐ bì wáng zuǒ yòu qū zhī

芃芃棫朴，薪之槱之①。济济辟王，左右趣之②。

jǐ jǐ bì wáng zuǒ yòu fèng zhāng fèng zhāng é é máo shì yōu yí

济济辟王，左右奉璋。奉璋峨峨，髦士攸宜。

pì bǐ jīng zhōu zhēng tú jí zhī zhōu wáng yú mài liù shī jí zhī

淠彼泾舟，烝徒楫之③。周王于迈，六师及之④。

zhuō bǐ yún hàn wéi zhāng yú tiān zhōu wáng shòu kǎo xiá bú zuò rén

倬彼云汉，为章于天⑤。周王寿考，遐不作人⑥？

duī zhuó qí zhāng jīn yù qí xiàng miǎn miǎn wǒ wáng gāng jì sì fāng

追琢其章，金玉其相⑦。勉勉我王，纲纪四方。

① 棫、朴：木名。薪：砍柴。槱：堆柴燃烧。② 济济：有威仪的样子。辟王：君王，指文王。趣：快步走，奔走。③ 淠：船行的样子。泾：水名。楫：划船。④ 及：跟随。⑤ 倬：广大。云汉：银河。章：花纹，错综华美的色彩。⑥ 作人：培养人才。⑦ 追琢：雕琢。章：仪表，气度。相：本质。

hàn lù

旱麓

zhān bǐ hàn lù zhēn hù jǐ jǐ kǎi tì jūn zǐ

瞻彼旱麓，榛楛济济①。岂弟君子，

gān lù kǎi tì

干禄岂弟②。

sè bǐ yù zàn huáng liú zài zhōng kǎi tì jūn zǐ

瑟彼玉瓒，黄流在中③。岂弟君子，

fú lù yōu jiàng

福禄攸降。

yuān fēi lì tiān yú yuè yú yuān kǎi tì jūn zǐ xiá

鸢飞戾天，鱼跃于渊。岂弟君子，遐

bú zuò rén

不作人？

qīng jiǔ jì zài xīng mǔ jì bèi yǐ xiǎng yǐ sì yǐ

清酒既载，骍牡既备。以享以祀，以

jiè jǐng fú

介景福。

sè bǐ zuò yù mín suǒ liáo yǐ kǎi tì jūn zǐ

瑟彼柞棫，民所燎矣④。岂弟君子，

shén suǒ lào yǐ

神所劳矣⑤。

①旱：山名。麓：山脚。济济：众多的样子。②岂弟：快乐和悦的样子。干：求。禄：福。③瑟：鲜洁的样子。黄流：即秬鬯，用黑黍合香草酿成的酒。④瑟：茂密的样子。燎：焚柴祭天。⑤劳：保佑。

mò mò gé lěi yì yú tiáo méi kǎi tì jūn zǐ qiú fú bù huí
莫莫葛藟，施于条枚。岂弟君子，求福不回①。

sī zhāi
思齐

sī zhāi tài rén wén wáng zhī mǔ sī mèi zhōu jiāng jīng shì zhī fù tài sì sì huī yīn zé bǎi sī nán
思齐大任②，文王之母。思媚周姜③，京室之妇。大姒嗣徽音，则百斯男④。

huì yú zōng gōng shén wǎng shí yuàn shén wǎng shí tōng xíng yú guǎ qī zhì yú xiōng dì yǐ yù yú jiā bāng
惠于宗公，神罔时怨，神罔时恫⑤。刑于寡妻，至于兄弟，以御于家邦⑥。

yōng yōng zài gōng sù sù zài miào pī xiǎn yì lín wú yì yì bǎo
雍雍在宫，肃肃在庙。不显亦临，无射亦保⑦。

sì róng jí bù tiǎn lì jiǎ bù xiá bù wén yì shì
肆戎疾不殄，烈假不瑕⑧。不闻亦式⑨，

① 回：邪僻。② 思：发语词。齐：通"斋"（zhāi），庄重，恭敬。大任：即太任，文王之母。③ 媚：美好。周姜：即太姜，王季之母。④ 大姒：即太姒，文王的妻子。百：虚数，表示很多。斯：语助词。⑤ 惠：顺。宗公：宗庙中的先公。神：祖宗之神。罔：没有。时：所。恫：痛，伤痛。⑥ 刑：示范，典范。御：治理。⑦ 射：通"斁"（yì），厌倦。保：安定。⑧ 肆：所以。戎：凶，恶。疾：疾病。不：语助词。殄：断绝。烈：通"疠"（lì），病。假：通"瘕"（jiǎ），病害。瑕：通"遐"（xiá），远去。⑨ 不、亦：语助词。式：用，采用。

bú jiàn yì rù
不谏亦入。

sì chéng rén yǒu dé xiǎo zǐ yǒu zào gǔ zhī rén wú
肆成人有德，小子有造。古之人无

yì yù máo sī shì
斁，誉髦斯士①。

huáng yǐ
皇矣

huáng yǐ shàng dì lín xià yǒu hè jiān guān sì fāng
皇矣上帝②，临下有赫。监观四方，

qiú mín zhī mò wéi cǐ èr guó qí zhèng bú huò wéi
求民之莫③。维此二国，其政不获④。维

bǐ sì guó yuán jiū yuán duó shàng dì jī zhī zēng qí shì
彼四国⑤，爰究爰度。上帝耆之，憎其式

kuò nǎi juàn xī gù cǐ wéi yǔ zhái
廓⑥。乃眷西顾，此维与宅。

zuò zhī bǐng zhī qí zì qí yì xiū zhī píng zhī
作之屏之，其菑其翳⑦。修之平之，

qí guàn qí lì qǐ zhī pì zhī qí chēng qí jū rǎng zhī
其灌其栵。启之辟之，其柽其椐。攘之

① 古之人：指文王。斁：厌倦。誉：好名声。髦：出类拔萃。誉髦斯士：使动用法，使斯士誉髦。② 皇：大，伟大。③ 莫：安定。④ 二国：指夏、商。获：得。⑤ 四国：四方诸侯。⑥ 耆：假借为“稽”(jī)，考查。之：指周国。憎：通“增”(zēng)，增加。式廓：规模。⑦ 作：砍伐。屏：除去。其：那些。菑：枯死未倒的树。翳：枯死倒下的树。

tī zhī qí yǎn qí zhè dì qiān míng dé guàn yí zài lù
剔之，其檿其柘。帝迁明德，串夷载路①。
tiān lì jué pèi shòu mìng jì gù
天立厥配②，受命既固。

dì xǐng qí shān zuò yù sī bá sōng bǎi sī duì
帝省其山，柞棫斯拔，松柏斯兑③。
dì zuò bāng zuò duì zì tài bó wáng jì wéi cǐ wáng jì
帝作邦作对，自大伯王季。维此王季，
yīn xīn zé yǒu zé yǒu qí xiōng zé dǔ qí qìng zài
因心则友④。则友其兄，则笃其庆⑤。载
cì zhī guāng shòu lù wú sàng yǎn yǒu sì fāng
锡之光，受禄无丧，奄有四方⑥。

wéi cǐ wáng jì dì duó qí xīn mò qí dé yīn
维此王季，帝度其心，貊其德音⑦。
qí dé kè míng kè míng kè lèi kè zhǎng kè jūn wàng cǐ
其德克明，克明克类，克长克君⑧。王此
dà bāng kè shùn kè bǐ bǐ yú wén wáng qí dé mǐ
大邦，克顺克比⑨。比于文王，其德靡
huǐ jì shòu dì zhǐ yì yú sūn zǐ
悔⑩。既受帝祉，施于孙子。

dì wèi wén wáng wú rán pàn yuán wú rán xīn xiàn
帝谓文王：“无然畔援，无然歆羡，
dàn xiān dēng yú àn mì rén bù gōng gǎn jù dà bāng
诞先登于岸⑪。”密人不恭，敢距大邦，

①迁：转移。明德：指太王。串夷：即犬戎。路：通“露”(lù)，疲倦。②配：辅佐，古人认为人间的君王是上帝的辅佐，乃上帝所立。③山：指岐山。拔：茂盛。兑：笔直挺拔。④因：依照，顺从。友：友爱。⑤笃：深厚。庆：福。⑥光：光荣。奄：尽，包括。⑦貘：通“莫”(mò)，广布，传播。⑧明：明辨是非。类：区分善恶。长：为人师长。君：为人君。⑨比：听从，服从。⑩比：至，到。悔：过失。⑪然：这样，如此。畔援：蛮横跋扈。歆羡：贪慕。诞：句首助词。岸：高位。

qīn ruǎn cú gōng wáng hè sī nù yuán zhěng qí jǔ yǐ àn
侵阮徂共。王赫斯怒，爰整其旅，以按
cú jǔ yǐ dǔ yú zhōu hù yǐ suì yú tiān xià
徂旅①。以笃于周祜，以对于天下②。

yī qí zài jīng qǐn zì ruǎn jiāng zhì wǒ gāo gāng
依其在京，侵自阮疆③。陟我高冈，
wú shǐ wǒ líng wǒ líng wǒ ē wú yǐn wǒ quán wǒ quán
无矢我陵④，我陵我阿。无饮我泉，我泉
wǒ chí duó qí yǎn yuán jū qí zhī yáng zài wèi zhī jiāng
我池。度其鲜原，居岐之阳，在渭之将⑤。
wàn bāng zhī fāng xià mín zhī wáng
万邦之方⑥，下民之王。

dì wèi wén wáng yú huái míng dé bú dà shēng yǐ sè
帝谓文王：“予怀明德，不大声以色，
bù zhǎng jiǎ yǐ gé bù shí bù zhī shùn dì zhī zé
不长夏以革⑦。不识不知，顺帝之则⑧。”
dì wèi wén wáng xún ěr qiú fāng tóng ěr dì xiōng yǐ
帝谓文王：“询尔仇方⑨，同尔弟兄。以
ěr gōu yuán yǔ ěr lín chōng yǐ fá chóng yōng
尔钩援，与尔临冲，以伐崇墉⑩。”

① 按：遏止，阻止。旅：假借为“莒”（jǔ），国名。此句大意为：文王整军阻止密人侵犯莒国。② 对：通“遂”（suì），安定。③ 依：茂盛的样子，引申为强盛的样子。京：周京，代指周人。侵：通“寝”（qǐn），息兵。此句大意为：周人兵强马壮，出征阮国，大获全胜后息兵而归。④ 矢：陈列，陈兵。⑤ 度：测量，计算。鲜：通“巘”（yǎn），不和大山相连的小山。原：平原。将：旁边，侧边。⑥ 方：榜样，法则。⑦ 怀：归向，倾向。明德：品德高尚的人。大：注重。以：与。长：依仗。夏：通“榎”（jiǎ），榎木，多用作笞罚的刑具。革：皮鞭，也是一种刑具。⑧ 则：法则。⑨ 询：询问，商量。仇方：友邦，邻邦。⑩ 钩、援：兵器。临、冲：战车。崇：国名。墉：城。

lín chōng xián xián chóng yōng yán yán zhí xùn lián lián yōu
临冲闲闲，崇墉言言。执讯连连，攸

guó ān ān shì lèi shì mà shì zhì shì fù sì fāng yǐ
馘安安①。是类是祃，是致是附，四方以

wú wǔ lín chōng fú fú chóng yōng yì yì shì fá shì
无侮②。临冲茀茀，崇墉仡仡。是伐是

sì shì jué shì hū sì fāng yǐ wú fú
肆，是绝是忽，四方以无拂③。

líng tái
灵台

jīng shǐ líng tái jīng zhī yíng zhī shù mín gōng zhī
经始灵台④，经之营之。庶民攻之⑤，

bú rì chéng zhī jīng shǐ wù jí shù mín zǐ lái
不日成之。经始勿亟，庶民子来⑥。

wáng zài líng yòu yōu lù yōu fú yōu lù zhuó zhuó bái
王在灵囿，麀鹿攸伏。麀鹿濯濯，白

niǎo hè hè wáng zài líng zhǎo wū rèn yú yuè
鸟翯翯。王在灵沼，於牣鱼跃⑦。

jù yè wéi cōng fén gǔ wéi yōng wū lún gǔ zhōng
虡业维枞，贲鼓维镛⑧。於论鼓钟⑨，

① 讯：俘虏。馘：战争中割下敌人的左耳以计算军功。安安：从容不迫的样子。② 类：出师时祭祀天神。祃：祭祀马神。致：给予。附：安抚。以：因而。③ 忽：灭绝。拂：违逆，抗拒。④ 经：经营。始：治理。⑤ 攻：治，建造。⑥ 子：通“兹”（zī），多。⑦ 於：叹词。牣：满。⑧ 虡：悬挂钟磬的木架。业：虡顶部的装饰木版。枞：虡上刻的锯齿花纹，也叫崇牙。贲：大鼓。镛：大钟。⑨ 论：通“伦”（lún），排列有序的样子。

wū lè bì yōng
於乐辟雍。

wū lùn gǔ zhōng, wū lè bì yōng①。tuó gǔ péng péng,
於论鼓钟，於乐辟雍①。鼍鼓逢逢，

méng sǒu zòu gōng
矇瞍奏公②。

xià wǔ
下武

xià wǔ wéi zhōu, shì yǒu zhé wáng. sān hòu zài tiān,
下武维周③，世有哲王。三后在天，

wáng pèi yú jīng
王配于京④。

wáng pèi yú jīng, shì dé zuò qiú. yǒng yán pèi mìng,
王配于京，世德作求⑤。永言配命，

chéng wáng zhī fú
成王之孚⑥。

chéng wáng zhī fú, xià tǔ zhī shì. yǒng yán xiào sī,
成王之孚，下土之式⑦。永言孝思，

xiào sī wéi zé
孝思维则。

mèi zī yì rén, yīng hóu shùn dé. yǒng yán xiào sī,
媚兹一人，应侯顺德⑧。永言孝思，

①辟雍：文王离宫的名字。②奏：演奏。③下：后，后人。武：继承。④后：君，君主，古代天子和诸侯都可称后。三后：指大王、王季、文王。王：指武王。⑤作：为。求：通“逑”（qiú），匹配。⑥孚：信誉，威信。⑦式：法度，法则。⑧媚：爱。兹：此。一人：指武王。应：当。侯：语助词。顺：遵循，遵守。

zhāo zāi sì fú
昭哉嗣服。

zhāo zī lái yù shéng qí zǔ wǔ wū wàn sī nián
昭兹来许，绳其祖武①。於万斯年，
shòu tiān zhī hù
受天之祜。

shòu tiān zhī hù sì fāng lái hè wū wàn sī nián bù
受天之祜，四方来贺。於万斯年，不
xiá yǒu zuǒ
遐有佐②。

wén wáng yǒu shēng
文王有声

wén wáng yǒu shēng yù jùn yǒu shēng yù qiú jué níng
文王有声，遹骏有声③。遹求厥宁，
yù guān jué chéng wén wáng zhēng zāi
遹观厥成。文王烝哉④！

wén wáng shòu mìng yǒu cǐ wǔ gōng jì fá yú chóng zuò
文王受命，有此武功。既伐于崇，作
yì yú fēng wén wáng zhēng zāi
邑于丰。文王烝哉！

zhù chéng yī xù zuò fēng yī pǐ fěi jí qí yù
筑城伊淢，作丰伊匹⑤。匪棘其欲，

① 许：通“御”（yù），进。绳：继承。武：迹，足迹。② 不：助词，无实义。遐：远，这里指远方的部族。佐：辅佐。③ 声：名声，声誉。遹：句首助词。骏：大。④ 烝：美。⑤ 淢：用作动词，挖护城河。丰：地名。匹：配。

yù zhuī lái xiào wáng hòu zhēng zāi
遹追来孝①。王后烝哉②！

wáng gōng yī zhuó wéi fēng zhī yuán sì fāng yōu tóng
王公伊濯③，维丰之垣。四方攸同，

wáng hòu wéi hàn wáng hòu zhēng zāi
王后维翰④。王后烝哉！

fēng shuǐ dōng zhù wéi yǔ zhī jì sì fāng yōu tóng huáng
丰水东注，维禹之绩。四方攸同，皇

wáng wéi bì huáng wáng zhēng zāi
王维辟。皇王烝哉⑤！

hào jīng bì yōng zì xī zì dōng zì nán zì běi wú
镐京辟雍，自西自东，自南自北，无

sī bù fú huáng wáng zhēng zāi
思不服⑥。皇王烝哉！

kǎo bǔ wéi wáng zhái shì hào jīng wéi guī zhēn zhī
考卜维王，宅是镐京⑦。维龟正之⑧，

wǔ wáng chéng zhī wǔ wáng zhēng zāi
武王成之。武王烝哉！

fēng shuǐ yǒu qǐ wǔ wáng qǐ bú shì yí jué sūn móu
丰水有芑，武王岂不仕？诒厥孙谋，

yǐ yàn yì zǐ wǔ wáng zhēng zāi
以燕翼子⑨。武王烝哉！

①匪棘其欲：《礼记·礼器》引作“匪革其猷”。棘：改变，更改。来：语助词。孝：指王季勤孝之行。②王后：即文王。③公：通“功”(gōng)，功绩，功业。濯：大。同：聚集，这里指归顺。④翰：干，骨干。⑤皇王：即武王。⑥辟雍：离宫的名字，这里指辟雍之礼。思：助词。服：归服。此句大意为武王在镐京行辟雍之礼，四方诸侯前来观礼，无不归服。⑦考卜维王：维王考卜，武王卜卦。宅：定居。⑧正：假借为“贞”(zhēn)，问卜。⑨诒：通“贻”(yí)，留下。燕：通“宴”(yàn)，安乐。翼：庇护。

shēng mín

生民

jué chū shēng mín shí wéi jiāng yuán shēng mín rú hé kè
厥初生民，时维姜嫄。生民如何？克
yīn kè sì yǐ fú wú zǐ lǚ dì wǔ mǐn xīn yōu jiè
禋克祀，以弗无子①。履帝武敏歆，攸介
yōu zhǐ zài zhèn zài sù zài shēng zài yù shí wéi hòu jì
攸止，载震载夙，载生载育，时维后稷②。

dàn mí jué yuè xiān shēng rú tà bú chè bú pì
诞弥厥月，先生如达③。不坼不副，
wú zāi wú hài yǐ hè jué líng shàng dì bù níng bù kāng
无灾无害，以赫厥灵，上帝不宁④。不康
yīn sì jū rán shēng zǐ
禋祀⑤，居然生子。

dàn zhì zhī ài xiàng niú yáng féi zì zhī dàn zhì zhī
诞寘之隘巷，牛羊腓字之⑥。诞寘之
píng lín huì fá píng lín dàn zhì zhī hán bīng niǎo fù yì
平林，会伐平林。诞寘之寒冰，鸟覆翼
zhī niǎo nǎi qù yǐ hòu jì gū yǐ shí tán shí xū jué
之。鸟乃去矣，后稷呱矣。实覃实訏，厥
shēng zài lù
声载路⑦。

① 弗：通“祓”（fú），通过祭祀除去灾难。《毛传》曰：“去无子，求有子。”② 敏：拇，脚的大指。歆：心有所感的样子。介：休息。止：止息。震：怀孕。夙：或为“孕”的讹字。③ 诞：发语词。弥：满。先生：首生，第一胎。达：顺利。④ 坼、副：剖开，裂开。赫：显示。灵：灵异。宁：安。⑤ 康：安乐。⑥ 寘：置，放置。腓：庇护。字：哺乳。⑦ 实：是，如此。覃：长。訏：大。声：哭声。载：满。

dàn shí pú fú kè qí kè nì yǐ jiù kǒu shí
诞实匍匐，克岐克嶷，以就口食①。
yì zhī rěn shū rěn shū pèi pèi hé yì suì suì má mài
蓺之荏菽，荏菽旆旆，禾役穟穟，麻麦
měng měng guā dié běng běng
幪幪，瓜瓞唪唪。

dàn hòu jì zhī sè yǒu xiàng zhī dào fú jué fēng cǎo
诞后稷之穑，有相之道②。茀厥丰草，
zhòng zhī huáng mào shí fāng shí bāo shí zhǒng shí yòu shí fā
种之黄茂③。实方实苞，实种实褎，实发
shí xiù shí jiān shí hǎo shí yǐng shí lì jí yǒu tái jiā shì
实秀，实坚实好，实颖实栗，即有邰家室④。

dàn jiàng jiā zhǒng wéi jù wéi pī wéi mén wéi qǐ
诞降嘉种，维秬维秠，维穈维芑⑤。
gèng zhī jù pī shì huò shì mǔ gèng zhī mén qǐ shì rèn
恒之秬秠，是获是亩⑥。恒之穈芑，是任
shì fù yǐ guī zhào sì
是负，以归肇祀⑦。

dàn wǒ sì rú hé huò chōng huò yóu huò bǒ huò róu
诞我祀如何？或舂或揄，或簸或蹂。
shì zhī sōu sōu zhēng zhī fú fú zài móu zài wéi qǔ xiāo
释之叟叟，烝之浮浮⑧。载谋载惟，取萧
jì zhī qǔ dī yǐ bá zài fán zài liè yǐ xīng sì suì
祭脂⑨。取羝以軷，载燔载烈，以兴嗣岁⑩。

①岐：知。嶷：识。就：求。②相：辅助。③茀：拔掉，去除。丰草：茂密的杂草。黄茂：指黍、稷等嘉禾。④以上几句是对庄稼不同阶段形态的描述。即：就，往。有邰：氏族名。家室：住宅。⑤降：赐予。秬、秠、穈、芑：不同种类的谷物。⑥恒：遍，满。亩：把谷物堆在田里。⑦任：挑。负：背。肇：开始。⑧释：淘米。烝：通“蒸”（zhēng），蒸饭。⑨惟：思考，考虑。萧：青蒿，香气浓烈。脂：脂膏。萧、脂：皆为祭品。⑩羝：公羊。軷：祭祀的一种，祭路神。燔、烈：烤肉。嗣岁：来年。

áng chéng yú dòu yú dòu yú dēng qí xiāng shǐ shēng
卬盛于豆，于豆于登①，其香始升。
shàng dì jū xīn hú xiù dǎn shí hòu jì zhào sì shù wú
上帝居歆，胡臭亶时②。后稷肇祀，庶无
zuì huǐ yǐ qì yú jīn
罪悔，以迄于今③。

hóng wěi

行苇

tuán bǐ háng wěi niú yáng wù jiàn lǚ fāng bāo fāng
敦彼行苇④，牛羊勿践履。方苞方
tǐ wéi yè nǐ nǐ qī qī xiōng dì mò yuǎn jù ěr
体，维叶泥泥⑤。戚戚兄弟，莫远具尔⑥。
huò sì zhī yán huò shòu zhī jī
或肆之筵，或授之几⑦。

sì yán shè xí shòu jī yǒu qī yù huò xiàn huò zuò
肆筵设席，授几有缉御⑧。或献或酢，
xǐ jué diàn jiǎ tǎn hǎi yǐ jiàn huò fán huò zhì jiā yáo pí
洗爵奠斝。醓醢以荐，或燔或炙。嘉殽脾
jué huò gē huò è
臄，或歌或咢⑨。

diāo gōng jì jiān sì hóu jì jūn shě shǐ jì jūn
敦弓既坚，四鍭既钧⑩。舍矢既均，

①卬：我。登：祭祀时盛肉食的礼器，形状像浅口的高脚盘。②居：安。歆：享受。胡：大，这里指香气浓烈。亶：确实。时：好。③悔：过失。迄：至。④敦：草丛生的样子。行苇：路边的芦苇。⑤体：芦苇长大成形。泥泥：茂盛的样子。⑥具：通“俱”(jù)，都。尔：通“迩”(ěr)，近。⑦肆：陈列，陈设。几：矮脚木桌。⑧有：助词。缉：连续不断地。御：侍候，侍奉。⑨脾：牛胃。臄：牛舌。咢：击鼓而不歌。⑩鍭：箭的一种。钧：均等。

xù bīn yǐ xián diāo gōng jì gòu jì xié sì hóu sì
序宾以贤①。敦弓既句②，既挟四鍭。四
hóu rú shù xù bīn yǐ bù wǔ
鍭如树，序宾以不侮③。

zēng sūn wéi zhǔ jiǔ lǐ wéi rú zhuó yǐ dà dǒu yǐ
曾孙维主，酒醴维醹。酌以大斗，以
qí huáng gǒu huáng gǒu tái bèi yǐ yǐn yǐ yì shòu kǎo wéi
祈黄耇。黄耇台背，以引以翼④。寿考维
qí yǐ jiè jǐng fú
祺，以介景福⑤。

jì zuì 既醉

jì zuì yǐ jiǔ jì bǎo yǐ dé jūn zǐ wàn nián jiè
既醉以酒，既饱以德。君子万年，介
ěr jǐng fú
尔景福。

jì zuì yǐ jiǔ ěr yáo jì jiāng jūn zǐ wàn nián
既醉以酒，尔殽既将⑥。君子万年，
jiè ěr zhāo míng
介尔昭明。

zhāo míng yǒu róng gāo lǎng lìng zhōng lìng zhōng yǒu chù
昭明有融，高朗令终⑦。令终有俶，

①舍矢：射箭。均：射中。序宾：给宾客排序。贤：射箭的技艺水平。②句：通“彀”(gòu)，拉满弓。③树：立，指四支箭都射在靶上。侮：怠慢。④黄耇：长寿老人。台背：同“鲐背”，老人背上有老年斑，犹如鲐鱼背上之花纹。这里用来指人长寿。引：导引，带领。翼：在两边扶着。⑤祺：吉祥。介：赐予。景福：大福。⑥将：美，善。⑦融：长盛的样子。高朗：高明。令终：善终。

gōng shī jiā gào
公尸嘉告①。

qí gào wéi hé biān dòu jìng jiā péng yǒu yōu shè
其告维何？笾豆静嘉②。朋友攸摄③，
shè yǐ wēi yí
摄以威仪。

wēi yí kǒng shí jūn zǐ yǒu xiào zǐ xiào zǐ bú kuì
威仪孔时，君子有孝子。孝子不匮，
yǒng cì ěr lèi
永锡尔类。

qí lèi wéi hé shì jiā zhī kǔn jūn zǐ wàn nián
其类维何？室家之壸④。君子万年，
yǒng cì zuò yìn
永锡祚胤⑤。

qí yìn wéi hé tiān bèi ěr lù jūn zǐ wàn nián
其胤维何？天被尔禄⑥。君子万年，
jǐng mìng yǒu pú
景命有仆⑦。

qí pú wéi hé lí ěr nǚ shì lí ěr nǚ shì
其仆维何？釐尔女士⑧。釐尔女士，
cóng yǐ sūn zǐ
从以孙子⑨。

① 俶：开始。公尸：即君尸，祖先为君主。嘉告：善言，赐福。② 告：祝福之词。静：通“净”（jìng），洁净。③ 摄：辅佐，帮助。④ 壸：广大，长远。⑤ 祚：福。胤：后代。⑥ 被：加，赋予。⑦ 仆：附属，依附。⑧ 釐：赏赐。女士：士女，男子和女子。⑨ 从：随之。孙子：子孙。

fú yī

凫鹥

fú yī zài jīng gōng shī lái yàn lái níng ěr jiǔ jì

凫鹥在泾①，公尸来燕来宁。尔酒既

qīng ěr yáo jì xīn gōng shī yàn yǐn fú lù lái chéng

清，尔殽既馨。公尸燕饮，福禄来成。

fú yī zài shā gōng shī lái yàn lái yí ěr jiǔ jì

凫鹥在沙②，公尸来燕来宜。尔酒既

duō ěr yáo jì jiā gōng shī yàn yǐn fú lù lái wéi

多，尔殽既嘉。公尸燕饮，福禄来为。

fú yī zài zhǔ gōng shī lái yàn lái chǔ ěr jiǔ jì

凫鹥在渚，公尸来燕来处。尔酒既

xǔ ěr yáo yī fǔ gōng shī yàn yǐn fú lù lái xià

湑，尔殽伊脯。公尸燕饮，福禄来下。

fú yī zài cóng gōng shī lái yàn lái zōng jì yàn yú

凫鹥在潨，公尸来燕来宗③。既燕于

zōng fú lù yōu jiàng gōng shī yàn yǐn fú lù lái chóng

宗，福禄攸降。公尸燕饮，福禄来崇④。

fú yī zài mén gōng shī lái zhǐ xūn xūn zhǐ jiǔ xīn

凫鹥在亹，公尸来止熏熏⑤。旨酒欣

xīn fán zhì fēn fēn gōng shī yàn yǐn wú yǒu hòu jiān

欣，燔炙芬芬。公尸燕饮，无有后艰。

①凫、鹥：水鸟。泾：水中。②沙：水边沙滩。③潨：水汇合处。宗：尊或聚。一说指宗庙。④崇：积累，增多。⑤亹：水边。熏熏：和乐的样子。

假乐

jiā lè

jiā lè jūn zǐ xiǎn xiǎn lìng dé yí mín yí rén
假乐君子①，显显令德。宜民宜人，
shòu lù yú tiān bǎo yòu mìng zhī zì tiān shēn zhī
受禄于天。保右命之，自天申之。

gān lù bǎi fú zǐ sūn qiān yì mù mù huáng huáng
干禄百福，子孙千亿②。穆穆皇皇，
yí jūn yí wáng bù qiān bú wàng shuài yóu jiù zhāng
宜君宜王。不愆不忘，率由旧章③。

wēi yí yì yì dé yīn zhì zhì wú yuàn wú wù shuài
威仪抑抑，德音秩秩。无怨无恶，率
yóu qún pǐ shòu fú wú jiāng sì fāng zhī gāng
由群匹④。受福无疆，四方之纲。

zhī gāng zhī jì yàn jí péng yǒu bǎi bì qīng shì
之纲之纪，燕及朋友⑤。百辟卿士，
mèi yú tiān zǐ bú xiè yú wèi mín zhī yōu jì
媚于天子⑥。不解于位，民之攸塈⑦。

①假：通“嘉”（jiā），善，美。②干：求，一说“干”为“千”的误字。③愆：过失。忘：遗忘。率：沿循，依循。章：制度，法度。④群匹：指群臣。⑤纲、纪：治理，统领。燕：宴请。朋友：指群臣。⑥百辟：诸侯。媚：爱，亲爱。⑦解：通“懈”（xiè），懈怠。塈：休息。

gōng liú

公刘

dǔ gōng liú　fěi jū fěi kāng　nǎi yì nǎi jiāng　nǎi
笃公刘，匪居匪康①。乃埸乃疆，乃
jī nǎi cāng　nǎi guǒ hóu liáng　yú tuó yú náng　sī jí yòng
积乃仓②。乃裹糇粮，于橐于囊，思辑用
guāng　gōng shǐ sī zhāng　gān gē qī yáng　yuán fāng qǐ xíng
光③。弓矢斯张，干戈戚扬，爰方启行。

dǔ gōng liú　yú xū sī yuán　jì shù jì fán　jì
笃公刘，于胥斯原④。既庶既繁，既
shùn nǎi xuān　ér wú yǒng tàn　zhì zé zài yǎn　fù jiàng zài
顺乃宣⑤，而无永叹。陟则在巘，复降在
yuán　hé yǐ zhōu zhī　wéi yù jí yáo　bǐng běng róng dāo
原。何以舟之⑥？维玉及瑶，鞞琫容刀。

dǔ gōng liú　shì bǐ bǎi quán　zhān bǐ pǔ yuán　nǎi
笃公刘，逝彼百泉，瞻彼溥原⑦。乃
zhì nán gāng　nǎi gòu yú jīng　jīng shī zhī yě　yú shí chǔ
陟南冈，乃觏于京。京师之野，于时处
chù　yú shí lú lǚ　yú shí yán yán　yú shí yǔ yǔ
处，于时庐旅，于时言言，于时语语⑧。

dǔ gōng liú　yú jīng sī yī　qiāng qiāng jǐ jǐ　bǐ
笃公刘，于京斯依⑨。跄跄济济，俾

①笃：忠厚。居：安。康：宁。此句大意是：公刘不敢安居享乐。②埸、疆：修整田界。积、仓：屯积粮食。③裹：包。糇粮：干粮。思：发语词。辑：和睦。用：连词，因而。光：光显，光大。④胥：视察，察看。⑤顺：安，安定。宣：通畅，舒畅。⑥舟：通“周”（zhōu），环绕。⑦逝：去，往。溥：广大。⑧处处：居住。庐旅：暂居。言言：许多人一起说话。语语：许多人一起谈论。⑨京：地名。依：安居。

yán bǐ jī　jì dēng nǎi yī　nǎi gào qí cáo　zhí shǐ
筵俾几①。既登乃依，乃造其曹②。执豕
yú láo　zhuó zhī yòng páo　sì zhī yìn zhī　jūn zhī zōng zhī
于牢，酌之用匏。食之饮之，君之宗之。

dǔ gōng liú　jì pǔ jì cháng　jì yǐng nǎi gāng　xiàng
笃公刘，既溥既长，既景乃冈③。相
qí yīn yáng　guān qí liú quán　qí jūn sān shàn　duó qí xí
其阴阳，观其流泉④。其军三单，度其隰
yuán　chè tián wéi liáng　duó qí xī yáng　bīn jū yǔn huāng
原，彻田为粮⑤。度其夕阳，豳居允荒⑥。

dǔ gōng liú　yú bīn sī guǎn　shè wèi wéi luàn　qǔ
笃公刘，于豳斯馆⑦。涉渭为乱，取
lì qǔ duàn　zhǐ jī nǎi lǐ　yuán zhòng yuán yǒu　jiā qí
厉取锻⑧。止基乃理，爰众爰有⑨。夹其
huáng jiàn　sù qí guò jiàn　zhǐ lǚ nǎi mì　ruì jū zhī jí
皇涧，溯其过涧⑩。止旅乃密，芮鞫之即⑪。

jiǒng zhuó
泂酌

jiǒng zhuó bǐ xíng lǎo　yì bǐ zhù zī　kě yǐ fēn chì
泂酌彼行潦，挹彼注兹，可以馈饎⑫。

① 跄跄济济：群臣有威仪的样子。筵：竹席，用作动词，设筵。几：用作动词，摆设小矮桌。② 登：升席入坐。依：靠着，这里指依靠着矮几。造：假借为“告”（gào），告祭。曹：“褿”（cáo）之假借，祭猪神。③ 既：已经。溥：广大，这里指公刘开辟的土地。景：通“影”（yǐng），测量日影来确定方位。④ 阴、阳：山的南北面，山北为阴，山南为阳。⑤ 单：通“禅”（shàn），更番轮换。彻田：开垦田地。⑥ 夕阳：山的西面。豳：地名。允：确实。荒：广大，宽广。⑦ 馆：修建房舍宫室。⑧ 乱：横流渡水。厉：磨刀石。锻：锤炼金属用的砧石。⑨ 基：屋基。爰：于是。众：百姓众多。有：财物富有。⑩ 皇涧、过涧：豳地涧名。溯：面对。⑪ 旅：寄居，这里指定居者。密：假借为“宓”（mì），安宁。芮鞫：水边。即：就。⑫ 泂：远。酌：舀水。挹：舀。注：灌注。馈：蒸饭。饎：酒食。

kǎi tì jūn zǐ mín zhī fù mǔ
岂弟君子，民之父母。

jiǒng zhuó bǐ xíng lǎo yì bǐ zhù zī kě yǐ zhuó léi
洞酌彼行潦，挹彼注兹，可以濯罍。

kǎi tì jūn zǐ mín zhī yōu guī
岂弟君子，民之攸归。

jiǒng zhuó bǐ xíng lǎo yì bǐ zhù zī kě yǐ zhuó gài
洞酌彼行潦，挹彼注兹，可以濯溉①。

kǎi tì jūn zǐ mín zhī yōu jì
岂弟君子，民之攸塈。

quán ē
卷阿

yǒu quán zhě ē piāo fēng zì nán kǎi tì jūn zǐ
有卷者阿②，飘风自南。岂弟君子，
lái yóu lái gē yǐ shǐ qí yīn
来游来歌，以矢其音③。

bàn huàn ěr yóu yǐ yōu yóu ěr xiū yǐ kǎi tì jūn
伴奂尔游矣④，优游尔休矣。岂弟君
zǐ bǐ ěr mí ěr xìng sì xiān gōng qiú yǐ
子，俾尔弥尔性，似先公酋矣⑤。

ěr tǔ yǔ bǎn zhāng yì kǒng zhī hòu yǐ kǎi tì jūn
尔土宇昄章⑥，亦孔之厚矣。岂弟君

①溉：通“概”(gài)，酒器。②卷：弯曲。阿：大丘陵。③矢：陈，陈列。矢其音：大意为发出唱歌的声音。④伴奂：悠闲，往来自得的样子。⑤弥：终，尽。性：生命。此句大意为：使你长寿。似：通“嗣”(sì)，继承。酋：遗绪，功业。⑥土宇：邦家。昄：大。章：显著。

zǐ　bǐ ěr mí ěr xìng　bǎi shén ěr zhǔ yǐ
子，俾尔弥尔性，百神尔主矣①。

ěr shòu mìng cháng yǐ　fú lù ěr kāng yǐ　kǎi tì jūn
尔受命长矣，茀禄尔康矣。岂弟君

zǐ　bǐ ěr mí ěr xìng　chún gǔ ěr cháng yǐ
子，俾尔弥尔性，纯嘏尔常矣。

yǒu píng yǒu yì　yǒu xiào yǒu dé　yǐ yǐn yǐ yì
有冯有翼，有孝有德，以引以翼②。

kǎi tì jūn zǐ　sì fāng wéi zé
岂弟君子，四方为则。

yóng yóng áng áng　rú guī rú zhāng　lìng wèn lìng wàng
颙颙卬卬③，如圭如璋，令闻令望。

kǎi tì jūn zǐ　sì fāng wéi gāng
岂弟君子，四方为纲。

fèng huáng yú fēi　huì huì qí yǔ　yì jí yuán zhǐ
凤皇于飞，翙翙其羽，亦集爰止④。

ǎi ǎi wáng duō jí shì　wéi jūn zǐ shǐ　mèi yú tiān zǐ
蔼蔼王多吉士，维君子使，媚于天子⑤。

fèng huáng yú fēi　huì huì qí yǔ　yì fù yú tiān　ǎi
凤皇于飞，翙翙其羽，亦傅于天。蔼

ǎi wáng duō jí rén　wéi jūn zǐ mìng　mèi yú shù rén
蔼王多吉人，维君子命，媚于庶人。

fèng huáng míng yǐ　yú bǐ gāo gāng　wú tóng shēng yǐ
凤皇鸣矣，于彼高冈。梧桐生矣，

yú bǐ cháo yáng　běng běng qī qī　yōng yōng jiē jiē
于彼朝阳⑥。菶菶萋萋，雍雍喈喈。

①主：主祭。②冯、翼：依靠，辅佐。引：引导。③颙颙：温和的样子。卬卬：志气高昂的样子。④翙翙：鸟飞声。集：鸟停在树上。⑤媚：爱，亲爱。⑥朝阳：山的东面。

jūn zǐ zhī chē jì shù qiě duō jūn zǐ zhī mǎ jì
君子之车，既庶且多。君子之马，既

xián qiě chí shǐ shī bù duō wéi yǐ suì gē
闲且驰。矢诗不多，维以遂歌①。

mín láo

民劳

mín yì láo zhǐ qì kě xiǎo kāng huì cǐ zhōng guó yǐ
民亦劳止，汔可小康②。惠此中国，以

suí sì fāng wú zòng guǐ suí yǐ jǐn wú liáng shì è kòu
绥四方③。无纵诡随，以谨无良④。式遏寇

nüè cǎn bú wèi míng róu yuǎn néng ěr yǐ dìng wǒ wáng
虐，憯不畏明⑤。柔远能迩，以定我王⑥。

mín yì láo zhǐ qì kě xiǎo xiū huì cǐ zhōng guó
民亦劳止，汔可小休⑦。惠此中国，

yǐ wéi mín qiú wú zòng guǐ suí yǐ jǐn hūn náo shì è
以为民逑⑧。无纵诡随，以谨惛怓⑨。式遏

kòu nüè wú bǐ mín yōu wú qì ěr láo yǐ wéi wáng xiū
寇虐，无俾民忧。无弃尔劳，以为王休⑩。

mín yì láo zhǐ qì kě xiǎo xī huì cǐ jīng shī yǐ
民亦劳止，汔可小息。惠此京师，以

suí sì guó wú zòng guǐ suí yǐ jǐn wǎng jí shì è kòu
绥四国。无纵诡随，以谨罔极。式遏寇

①遂：成。②劳：劳苦。亦、止：语助词。汔：庶几，表示希望。康：安居。③惠：爱。中国：同下“京师”，国都。绥：安抚。④纵：听从。诡随：狡诈善变的人。谨：提防。⑤式：语助词。遏：阻止，制止。寇：掠夺，抢劫。憯：副词，竟，曾。明：法典。⑥柔：安抚。远：指四方诸侯。能：亲善。迩：指王畿之内的人。王：指周王室。⑦休：好，美。⑧逑：聚集，聚合。⑨惛怓：好争吵的人。⑩劳：功劳，功绩。休：善，美。

nüè wú bǐ zuò tè jìng shèn wēi yí yǐ jìn yǒu dé
虐，无俾作慝。敬慎威仪，以近有德。

mín yì láo zhǐ qì kě xiǎo qì huì cǐ zhōng guó bǐ
民亦劳止，汔可小愒。惠此中国，俾

mín yōu xiè wú zòng guǐ suí yǐ jǐn chǒu lì shì è kòu
民忧泄。无纵诡随，以谨丑厉。式遏寇

nüè wú bǐ zhèng bài róng suī xiǎo zǐ ér shì hóng dà
虐，无俾正败①。戎虽小子，而式弘大②。

mín yì láo zhǐ qì kě xiǎo ān huì cǐ zhōng guó guó
民亦劳止，汔可小安。惠此中国，国

wú yǒu cán wú zòng guǐ suí yǐ jǐn qiǎn quǎn shì è kòu
无有残③。无纵诡随，以谨缱绻④。式遏寇

nüè wú bǐ zhèng fǎn wáng yù yù rǔ shì yòng dà jiàn
虐，无俾正反。王欲玉女⑤，是用大谏。

bǎn
板

shàng dì bǎn bǎn xià mín zú dān chū huà bù rán
上帝板板，下民卒瘅⑥。出话不然，

wéi yóu bù yuǎn mǐ shèng guǎn guǎn bù shí yú dǎn yóu
为犹不远⑦。靡圣管管，不实于亶⑧。犹

zhī wèi yuǎn shì yòng dà jiàn
之未远，是用大谏。

①正：通“政”(zhèng)，政治，政教。败：败坏。②戎：你，指周王。式：作用。③残：残暴，凶害。④缱绻：反覆无常的人。⑤玉：爱，当作玉一样宝爱。⑥上帝：指周王。板板：邪僻，乖戾。卒：病。瘅：病。⑦出：说好话。然：是，对。不然：指不去做。犹：通“猷”(yóu)，谋略。远：长远。⑧管管：随心所欲的样子。实：实行。亶：诚信，诚意。

tiān zhī fāng nàn wú rán xiàn xiàn tiān zhī fāng guì
天之方难，无然宪宪①。天之方蹶，
wú rán yì yì cí zhī jí yǐ mín zhī qià yǐ cí
无然泄泄②。辞之辑矣③，民之洽矣。辞
zhī dù yǐ mín zhī mò yǐ
之怿矣，民之莫矣④。

wǒ suī yì shì jí ěr tóng liáo wǒ jí ěr móu
我虽异事⑤，及尔同寮。我即尔谋，
tīng wǒ áo áo wǒ yán wéi fú wù yǐ wéi xiào xiān
听我嚣嚣⑥。我言维服⑦，勿以为笑。先
mín yǒu yán xún yú chú ráo
民有言：询于刍荛⑧。

tiān zhī fāng nüè wú rán xuè xuè lǎo fū guàn guàn xiǎo
天之方虐，无然谑谑。老夫灌灌，小
zǐ jiǎo jiǎo fěi wǒ yán mào ěr yòng yōu xuè duō jiāng
子跻跻⑨。匪我言耄，尔用忧谑⑩。多将
hè hè bù kě jiù yào
熇熇，不可救药⑪。

tiān zhī fāng qí wú wéi kuā pí wēi yí zú mí
天之方侪，无为夸毗⑫。威仪卒迷，
shàn rén zài shī mín zhī fāng diàn xī zé mò wǒ gǎn kuí
善人载尸⑬。民之方殿屎，则莫我敢葵⑭。

① 方：正在。难：降下灾难。然：指示代词，这样，那样。宪宪：高兴，得意。② 蹶：变动，动乱。泄泄：话多的样子。③ 辞：政令。辑：和，温和。④ 怿：通“斁”（dù），败坏。莫：通“瘼”（mò），病，疾苦。⑤ 异事：不同职务。⑥ 即：接近。谋：商议。嚣嚣：傲慢而不听人说话的样子。此句大意为：我来同你商议谋划，你却态度傲慢不听我言。⑦ 服：治，指合理的意见。⑧ 询：咨询。刍荛：樵夫。⑨ 灌灌：情意恳切的样子。跻跻：傲慢的样子。⑩ 言：话。耄：老而昏。忧谑：开玩笑。⑪ 将：扶持，助长。熇熇：火势炽盛的样子。药：治。⑫ 侪：愤怒。夸毗：卑躬屈膝以取媚于人。⑬ 迷：迷惑错乱。载：则。善人载尸：此句大意为贤人好像神主一样不再开口说话。⑭ 殿屎：呻吟。葵：通“揆”（kuí），度量，考察。

sàng luàn miè zī zēng mò huì wǒ shī
丧乱蔑资①，曾莫惠我师。

tiān zhī yòu mín rú xūn rú chí rú zhāng rú guī
天之牖民②，如埙如篪，如璋如圭，
rú qǔ rú xié xié wú yuē yì yǒu mín kǒng yì mín zhī
如取如携。携无曰益，牖民孔易③。民之
duō pì wú zì lì pì
多辟，无自立辟④。

jiè rén wéi fān dà shī wéi yuán dà bāng wéi píng dà
价人维藩，大师维垣，大邦维屏，大
zōng wéi hàn huái dé wéi níng zōng zǐ wéi chéng wú bǐ
宗维翰⑤。怀德维宁，宗子维城。无俾
chéng huài wú dú sī wèi
城坏，无独斯畏⑥。

jìng tiān zhī nù wú gǎn xì yù jìng tiān zhī yú
敬天之怒，无敢戏豫。敬天之渝⑦，
wú gǎn chí qū hào tiān yuē míng jí ěr chū wǎng hào tiān
无敢驰驱。昊天曰明，及尔出王⑧。昊天
yuē dàn jí ěr yóu yǎn
曰旦，及尔游衍⑨。

① 蔑：无，没有。资：财物。② 牖：通“诱”（yòu），诱导，引导。③ 携：提携，指提携百姓。曰：语助词。无益：没有阻碍。易：容易。④ 辟：邪僻。无自：无从。立辟：立法。⑤ 价：通“介”（jiè）。价人：甲士，指军队。藩：藩篱。大师：民众。垣：墙。大邦：诸侯大国。屏：屏障。大宗：周天子同姓的宗族。翰：栋梁。⑥ 无独斯畏：不要陷于可怕的孤立之地。⑦ 渝：变，指天灾。⑧ 王：通“往”（wǎng），去，前往。出王：出游。⑨ 旦：明。游衍：外出游乐。

荡

荡荡上帝，下民之辟①。疾威上帝，其命多辟②。天生烝民，其命匪谌③。靡不有初，鲜克有终。

文王曰咨④，咨女殷商。曾是强御，曾是掊克，曾是在位，曾是在服⑤。天降滔德，女兴是力⑥。

文王曰咨，咨女殷商。而秉义类，强御多怼⑦。流言以对，寇攘式内⑧。侯作侯祝，靡届靡究⑨。

文王曰咨，咨女殷商。女炰烋于中

① 荡荡：放荡，不守法度的样子。上帝：指君主。辟：君主。② 疾威：暴虐的样子。辟：邪僻。③ 命：命运，天命。谌：信，可信。④ 咨：叹词，表示叹息。⑤ 强御：强横残暴。掊克：聚敛财物。服：从事职务。⑥ 滔德：傲慢无忌的恶德，即强御，掊克。兴：兴起。力：力行。此句大意为：上天降给你恶德，你还去助长它。⑦ 而：你。秉：任用。义：善。怼：怨恨。⑧ 对：遂。寇：掠夺。攘：侵夺。式：因此。内：入，进。⑨ 作：通"诅"(zǔ)，诅咒。祝：通"咒"(zhòu)。究：穷尽。

guó liǎn yuàn yǐ wéi dé pī míng ěr dé shí wú bèi wú
国，敛怨以为德①。不明尔德，时无背无

cè ěr dé bù míng yǐ wú péi wú qīng
侧②。尔德不明，以无陪无卿③。

wén wáng yuē zī zī rǔ yīn shāng tiān bù miǎn ěr yǐ
文王曰咨，咨女殷商。天不湎尔以

jiǔ bù yí cóng tè jì qiān ěr zhǐ mǐ míng mǐ huì
酒，不义从式④。既愆尔止，靡明靡晦⑤。

shì háo shì hū bǐ zhòu zuò yè
式号式呼，俾昼作夜。

wén wáng yuē zī zī rǔ yīn shāng rú tiáo rú táng rú
文王曰咨，咨女殷商。如蜩如螗，如

fèi rú gēng xiǎo dà jìn sàng rén shàng hū yóu xíng nèi
沸如羹⑥。小大近丧，人尚乎由行⑦。内

bì yú zhōng guó tán jí guǐ fāng
奰于中国⑧，覃及鬼方。

wén wáng yuē zī zī rǔ yīn shāng fēi shàng dì bù shí
文王曰咨，咨女殷商。匪上帝不时，

yīn bú yòng jiù suī wú lǎo chéng rén shàng yǒu diǎn xíng zēng
殷不用旧。虽无老成人，尚有典刑。曾

shì mò tīng dà mìng yǐ qīng
是莫听，大命以倾。

wén wáng yuē zī zī rǔ yīn shāng rén yì yǒu yán
文王曰咨，咨女殷商。人亦有言：

① 炰烋：咆哮，这里指商人的暴怒。中国：国中。敛：聚。② 不：大。时：是。无背无侧：“背无臣，侧无人也。”③ 陪、卿：辅佐的人。④ 义：通“宜”（yí），应当。式：通“慝”（tè），邪恶。⑤ 愆：过失，错误。止：行为举止。明：白天。晦：黑夜。靡明靡晦：指不分日夜地沉湎于喝酒。⑥ 蜩、螗：蝉。这两句形容殷商政乱之危急。⑦ 小大：大大小小的事。丧：失败。由行：沿着老路走，不知改变。⑧ 奰：愤怒，怨怒。

diān pèi zhī jiē zhī yè wèi yǒu hài běn shí xiān bō
“颠沛之揭，枝叶未有害，本实先拨①。”
yīn jiàn bù yuǎn zài xià hòu zhī shì
殷鉴不远，在夏后之世。

yì
抑

yì yì wēi yí wéi dé zhī yú rén yì yǒu yán
抑抑威仪，维德之隅②。人亦有言：
mǐ zhé bù yú shù rén zhī yú yì zhí wéi jí zhé
“靡哲不愚。”庶人之愚，亦职维疾③。哲
rén zhī yú yì wéi sī lì
人之愚，亦维斯戾④。

wú jìng wéi rén sì fāng qí xùn zhī yǒu jué dé xíng
无竞维人，四方其训之⑤。有觉德行⑥，
sì guó shùn zhī xū mó dìng mìng yuǎn yóu chén gào jìng shèn
四国顺之。订谟定命，远犹辰告⑦。敬慎
wēi yí wéi mín zhī zé
威仪，维民之则。

qí zài yú jīn xīng mí luàn yú zhèng diān fù jué
其在于今，兴迷乱于政⑧。颠覆厥

① 颠沛：倾倒，倒下。揭：树根翘起。本：树根。拨：败，坏。② 抑抑：慎密貌。隅：偶，正配。③ 职：只。④ 戾：罪。这两句大意为：一般人的愚只是小毛病，聪明人的愚会造成大罪恶。⑤ 无：发语词。竞：强。此句大意为：国家的强大在于人。训：顺从，服从。⑥ 觉：正直。⑦ 订：大。谟：谋略。定：决定，确定。命：号令，政令。辰：按时。告：布告，传播。此句大意为：用宏大谋略来制定政令，有长远政策就按时播告。⑧ 兴：语助词。

dé huāng dān yú jiǔ rǔ suī dān lè zòng fú niàn jué shào
德，荒湛于酒。女虽湛乐从，弗念厥绍①。
wǎng fū qiú xiān wáng kè gǒng míng xíng
罔敷求先王，克共明刑②。

sì huáng tiān fú shàng rú bǐ quán liú wú lún xū yǐ
肆皇天弗尚，如彼泉流，无沦胥以
wáng sù xīng yè mèi sǎ sǎo tíng nèi wéi mín zhī zhāng
亡③。夙兴夜寐，洒扫廷内，维民之章④。
xiū ěr chē mǎ gōng shǐ róng bīng yòng jiè róng zuò yòng tì mán
修尔车马，弓矢戎兵。用戒戎作，用逷蛮
fāng
方⑤。

zhì ěr rén mín jǐn ěr hóu dù yòng jiè bù yú
质尔人民，谨尔侯度，用戒不虞⑥。
shèn ěr chū huà jìng ěr wēi yí wú bù róu jiā bái guī
慎尔出话⑦，敬尔威仪，无不柔嘉。白圭
zhī diàn shàng kě mó yě sī yán zhī diàn bù kě wéi yě
之玷，尚可磨也。斯言之玷，不可为也。

wú yì yóu yán wú yuē gǒu yǐ mò mén zhèn shé
无易由言，无曰："苟矣，莫扪朕舌⑧。"
yán bù kě shì yǐ wú yán bù chóu wú dé bú bào huì
言不可逝矣，无言不雠，无德不报⑨。惠

①虽：语助词。从：通"纵"（zòng），放纵，纵容。绍：续，继承。②敷：普遍，广泛。共：通"拱"（gǒng），执，执行。刑：典章，法则。③肆：发语词。尚：保佑，帮助。无：发语词。沦胥：一个接着一个。④章：表率。⑤用：介词，相当于"以"。戒：准备。戎：指军队。作：行动。逷：整治，剪除。⑥质：安定。侯：助词。度：法度。戒：警惕，防备。不虞：意外的变故。⑦出话：发布政令。⑧易：轻易。由：于。苟：苟且，随便。扪：摸，按。此句大意为：不要说"随便说吧，反正没人能按住我的舌头"。⑨逝：追，及。雠：起作用。报：回报。

yú péng yǒu shù mín xiǎo zǐ zǐ sūn shéng shéng wàn mín mǐ
于朋友，庶民小子。子孙绳绳，万民靡
bù chéng
不承①。

shì ěr yǒu jūn zǐ jí róu ěr yán bù xiá yǒu qiān
视尔友君子，辑柔尔颜，不遐有愆。
xiàng zài ěr shì shàng bú kuì yú wū lòu wú yuē bù
相在尔室，尚不愧于屋漏②。无曰："不
xiǎn mò yú yún gòu shén zhī gé sī bù kě duó sī
显，莫予云觏③。"神之格思，不可度思，
shěn kě yì sī
矧可射思④！

bì ěr wéi dé bǐ zāng bǐ jiā shū shèn ěr zhǐ bù
辟尔为德⑤，俾臧俾嘉。淑慎尔止，不
qiān yú yí bú jiàn bù zéi xiǎn bù wéi zé tóu wǒ
愆于仪⑥。不僭不贼，鲜不为则⑦。投我
yǐ táo bào zhī yǐ lǐ bǐ tóng ér jiǎo shí hòng xiǎo zǐ
以桃，报之以李。彼童而角，实虹小子⑧。

rěn rǎn róu mù yán mín zhī sī wēn wēn gōng rén
荏染柔木，言缗之丝⑨。温温恭人，

①承：顺从。②尚：庶几，表希望。屋漏：本义为室内西北角，古代亲人去世后会在室内西北角施设小帐，安放死者神主，指代迁入宗庙的祖先神灵。此句大意为：希望你独处于室时，应当（谨慎行事）不愧于神灵。③显：显现。云：助词。觏：遇见，看见。此句大意为：不要说（我的言行）不会显露，没有人会看见我。④格：至，到。思：语助词。度：猜测，揣测。矧：况且。射：厌倦。此句大意为：神明的踪迹是不可猜测的，怎么能厌倦（就不敬神明呢）。⑤辟：修明，修正。为：助词。⑥止：行为举止。仪：仪表。⑦贼：伤害，残害。则：准则。⑧童：无角的小羊。角：认为有角。虹：通"讧"（hòng），惑乱，溃乱。小子：指周王。⑨荏染：柔弱的样子。柔木：指能做琴瑟的柔韧的树木。缗：安加（丝弦）。

wéi dé zhī jī qí wéi zhé rén gào zhī huà yán shùn dé zhī
维德之基。其维哲人，告之话言，顺德之
xíng qí wéi yú rén fù wèi wǒ jiàn mín gè yǒu xīn
行①。其维愚人，覆谓我僭，民各有心。

wū hū xiǎo zǐ wèi zhī zāng pǐ fēi shǒu xié zhī yán
於乎小子，未知臧否。匪手携之，言
shì zhī shì fēi miàn mìng zhī yán tí qí ěr jiè yuē
示之事②。匪面命之，言提其耳③。借曰
wèi zhī yì jì bào zǐ mín zhī mǐ yíng shuí sù zhī ér
未知，亦既抱子④。民之靡盈，谁夙知而
mù chéng
莫成⑤？

hào tiān kǒng zhāo wǒ shēng mǐ lè shì ěr méng méng
昊天孔昭，我生靡乐。视尔梦梦，
wǒ xīn cǎn cǎn huì ěr zhūn zhūn tīng wǒ miǎo miǎo fēi yòng wéi
我心惨惨。诲尔谆谆，听我藐藐。匪用为
jiào fù yòng wéi xuè jiè yuē wèi zhī yì yù jì mào
教，覆用为虐⑥。借曰未知，亦聿既耄⑦。

wū hū xiǎo zǐ gào ěr jiù zhǐ tīng yòng wǒ móu shù
於乎小子，告尔旧止。听用我谋，庶
wú dà huǐ tiān fāng jiān nán yuē sàng jué guó qǔ pì bù
无大悔。天方艰难，曰丧厥国。取譬不

①话言：善言。行：实行。②匪：通“非”（fēi），非但，不仅。示：指示，指点。此句大意为：我不仅亲手搀扶你，还指点你许多道理。③面：当面。命：教导。提其耳：拉着你的耳朵教诲你。④借：借口，假借。此句大意为：找借口说他（年幼）没有知识，但他已经有了孩子（这个借口就不成立）。⑤盈：满，完满。夙知：早慧。莫：晚。⑥教：教诲。覆：反，反而。虐：通“谑”（xuè），开玩笑。⑦聿：语助词。耄：年老。

yuǎn hào tiān bú tè huí yù qí dé bǐ mín dà jí
远，昊天不忒①。回遹其德，俾民大棘②。

sāng róu
桑柔

yù bǐ sāng róu qí xià hóu xún luō cǎi qí liú
菀彼桑柔，其下侯旬③。捋采其刘，
mò cǐ xià mín bù tiǎn xīn yōu chuàng kuàng chén xī zhuō
瘼此下民④。不殄心忧，仓兄填兮⑤。倬
bǐ hào tiān nìng bù wǒ jīn
彼昊天，宁不我矜⑥。

sì mǔ kuí kuí yú zhào yǒu piān luàn shēng bù yí mǐ
四牡骙骙，旟旐有翩。乱生不夷，靡
guó bù mǐn mín mǐ yǒu lí jù huò yǐ jìn wū hū yǒu
国不泯。民靡有黎，具祸以烬⑦。於乎有
āi guó bù sī pín
哀，国步斯频⑧。

guó bù miè zī tiān bù wǒ jiāng mǐ suǒ zhǐ níng
国步蔑资，天不我将⑨。靡所止疑⑩，
yún cú hé wǎng jūn zǐ shí wéi bǐng xīn wú jìng shuí shēng
云徂何往？君子实维，秉心无竞。谁生
lì jiē zhì jīn wéi gěng
厉阶，至今为梗⑪。

①忒：偏差。②回遹：邪僻。棘：灾难。③旬：树荫均布。④刘：稀疏的样子。瘼：病。⑤殄：绝，断绝。仓兄：悲伤失意的样子。填：通“尘”（chén），久。⑥倬：明，光明。矜：怜悯，同情。⑦黎：众。具：通“俱”（jù），都。祸：遭祸。烬：灭绝。⑧国步：国家的命运。频：危急。⑨蔑：没有。资：帮助。将：扶助。⑩疑：通“凝”（níng），安定，止息。⑪厉：祸害。阶：根源。梗：祸患。

忧心殷殷，念我土宇。我生不辰，逢天僤怒。自西徂东，靡所定处。多我觏痻，孔棘我圉①。

为谋为毖，乱况斯削②。告尔忧恤，诲尔序爵。谁能执热，逝不以濯③？其何能淑，载胥及溺④。

如彼溯风，亦孔之僾⑤。民有肃心，荓云不逮⑥。好是稼穑，力民代食⑦。稼穑维宝，代食维好。

天降丧乱，灭我立王。降此蟊贼，稼穑卒痒⑧。哀恫中国，具赘卒荒⑨。靡有

①痻：灾难。棘：危急。圉：边境，边疆。②毖：谨慎，慎重。削：减少。③执：持。逝：语助词。濯：洗。此句大意为：谁能不洗濯就解除炎热的苦难？④胥：皆，都。溺：陷入危险境地。⑤溯风：逆风。僾：呼吸不畅。⑥肃：进取，上进。荓：使。云：有。逮：行。此句大意为：民有进取心，但现实使他们不能实行。⑦好：喜爱。力民：收取人民的赋税。代食：不事生产而食禄。⑧蟊贼：吃庄稼的害虫。痒：病害。⑨中国：王畿地区。赘：接连发生。荒：荒芜。

lǚ lì yǐ niàn qióng cāng
旅力，以念穹苍。

wéi cǐ huì jūn mín rén suǒ zhān bǐng xīn xuān yóu kǎo
维此惠君，民人所瞻。秉心宣犹，考
shèn qí xiàng wéi bǐ bú shùn zì dú bǐ zāng zì yǒu
慎其相①。维彼不顺，自独俾臧②。自有
fèi cháng bǐ mín zú kuáng
肺肠，俾民卒狂③。

zhān bǐ zhōng lín shēn shēn qí lù péng yǒu yǐ jiàn bù
瞻彼中林，甡甡其鹿。朋友已谮，不
xū yǐ gǔ rén yì yǒu yán jìn tuì wéi gǔ
胥以穀④。人亦有言：进退维谷。

wéi cǐ shèng rén zhān yán bǎi lǐ wéi bǐ yú rén fù
维此圣人，瞻言百里。维彼愚人，覆
kuáng yǐ xǐ fēi yán bù néng hú sī wèi jì
狂以喜。匪言不能，胡斯畏忌？

wéi cǐ liáng rén fú qiú fú dí wéi bǐ rěn xīn
维此良人，弗求弗迪⑤。维彼忍心，
shì gù shì fù mín zhī tān luàn nìng wéi tú dú
是顾是复⑥。民之贪乱，宁为荼毒⑦。

dà fēng yǒu suì yǒu kōng dà gǔ wéi cǐ liáng rén zuò
大风有隧，有空大谷。维此良人，作
wéi shì gǔ wéi bǐ bú shùn zhēng yǐ zhōng gòu
为式穀⑧。维彼不顺，征以中垢⑨。

①宣：光明。犹：通“猷”（yóu），通达。考：考察。相：辅，辅佐大臣。②不顺：不施顺道之君，指昏君。独：独断。③肺肠：心肠，指心思。④谮：不信任。胥：相互。以：与。穀：善。⑤迪：任用。⑥忍心：即愚人。顾：瞻前顾后。复：反复。⑦宁：乃，竟。荼毒：祸乱。⑧作为：行为，所作所为。式：效法。⑨不顺：即愚人。征：前，往。垢：污垢，污秽。

dà fēng yǒu suì tān rén bài lèi tīng yán zé duì
大风有隧，贪人败类①。听言则对，
sòng yán rú zuì fěi yòng qí liáng fù bǐ wǒ bèi
诵言如醉②。匪用其良，覆俾我悖③。

jiē ěr péng yǒu yú qǐ bù zhī ér zuò rú bǐ fēi
嗟尔朋友，予岂不知而作。如彼飞
chóng shí yì yì huò jì zhī yìn rǔ fǎn yú lái hè
虫，时亦弋获。既之阴女，反予来赫④。

mín zhī wǎng jí zhí liáng shàn bèi wéi mín bú lì
民之罔极，职凉善背⑤。为民不利，
rú yún bú kè mín zhī huí yù zhí jìng yòng lì
如云不克。民之回遹，职竞用力⑥。

mín zhī wèi lì zhí dào wéi kòu liàng yuē bù kě
民之未戾，职盗为寇⑦。凉曰不可⑧，
fù bèi shàn lì suī yuē fěi yú jì zuò ěr gē
覆背善詈。虽曰匪予⑨，既作尔歌。

yún hàn
云汉

zhuō bǐ yún hàn zhāo huí yú tiān wáng yuē wū hū
倬彼云汉，昭回于天⑩。王曰於乎，

①隧：疾风的样子。败：残害。类：同类，这里指良人。②听言：顺从的话。对：答，回答。诵言：讽谏的话。③覆：反。反而。悖：悖逆，叛乱。④阴：通“荫”（yìn），庇护。赫：威吓。⑤职：主要。凉：刻薄，凉薄。善背：善于背叛。⑥竞：强。用力：使用暴力。此句大意为：人民邪僻，只是因为统治者使用暴力压迫。⑦戾：善，安定。⑧凉：假借为“谅”（liàng），诚恳。⑨匪：通“诽”（fěi），诽谤。⑩倬：大，浩大。云汉：银河。昭：光明。回：旋转。

hé gū jīn zhī rén tiān jiàng sàng luàn jī jǐn jiàn zhēn mǐ
何辜今之人？天降丧乱，饥馑荐臻①。靡
shén bù jǔ mǐ ài sī shēng guī bì jì zú nìng mò
神不举，靡爱斯牲②。圭壁既卒③，宁莫
wǒ tīng
我听？

hàn jì tài shèn yùn lóng chóng chóng bù tiǎn yīn sì
旱既大甚，蕴隆虫虫④。不殄禋祀，
zì jiāo cú gōng shàng xià diàn yì mǐ shén bù zōng hòu jì
自郊徂宫。上下奠瘗，靡神不宗⑤。后稷
bú kè shàng dì bù lín hào dù xià tǔ nìng dīng wǒ gōng
不克，上帝不临。耗斁下土，宁丁我躬⑥。

hàn jì tài shèn zé bù kě tuī jīng jīng yè yè
旱既大甚，则不可推⑦。兢兢业业，
rú tíng rú léi zhōu yú lí mín mǐ yǒu jié yí hào tiān shàng
如霆如雷。周余黎民，靡有孑遗。昊天上
dì zé bù wǒ kùi hú bù xiāng wèi xiān zǔ yú cuī
帝，则不我遗⑧。胡不相畏，先祖于摧⑨。

hàn jì tài shèn zé bù kě jǔ hè hè yán yán
旱既大甚，则不可沮⑩。赫赫炎炎，
yún wǒ wú suǒ dà mìng jìn zhǐ mǐ zhān mǐ gù qún gōng
云我无所。大命近止，靡瞻靡顾。群公

①荐：屡次，重复。臻：至，到。②举：举办祭祀。爱：吝啬。牲：牺牲。③圭、璧：祭祀用的玉器。卒：尽，用尽。④蕴：通“煴”（yùn），闷热。虫虫：通“爞爞”（chóng chóng），热气熏蒸的样子。⑤上下奠瘗：上祭天，在地上陈设祭品，下祭地，把祭品埋在土里。宗：尊奉。⑥耗：损毁。斁：败坏。丁：遭逢，遭遇。⑦推：除去。⑧遗：假借为“馈”（kuì），给与饮食。⑨先祖：先祖之祀或先祖之业。于：而。摧：毁灭，灭绝。⑩沮：停止。

xiān zhèng zé bù wǒ zhù fù mǔ xiān zǔ hú nìng rěn yú
先正，则不我助。父母先祖，胡宁忍予。

hàn jì tài shèn dí dí shān chuān hàn bá wéi nüè
旱既大甚，涤涤山川①。旱魃为虐，
rú tán rú fén wǒ xīn dàn shǔ yōu xīn rú xūn qún gōng
如惔如焚。我心惮暑，忧心如熏。群公
xiān zhèng zé bù wǒ wén hào tiān shàng dì nìng bǐ wǒ dùn
先正，则不我闻。昊天上帝，宁俾我遁？

hàn jì tài shèn mǐn miǎn wèi qù hú nìng diān wǒ yǐ
旱既大甚，黾勉畏去②。胡宁瘨我以
hàn cǎn bù zhī qí gù qí nián kǒng sù fāng shè bú
旱？憯不知其故③。祈年孔夙，方社不
mù hào tiān shàng dì zé bù wǒ yú jìng gōng míng shén yí
莫。昊天上帝，则不我虞。敬恭明神，宜
wú huǐ nù
无悔怒。

hàn jì tài shèn sàn wú yǒu jì jū zāi shù zhèng jiù
旱既太甚，散无友纪④。鞫哉庶正，疚
zāi zhǒng zǎi cù mǎ shī shì shàn fū zuǒ yòu mǐ rén bù
哉冢宰⑤。趣马师氏，膳夫左右。靡人不
zhōu wú bù néng zhǐ zhān yǎng hào tiān yún rú hé lǐ
周⑥，无不能止。瞻卬昊天，云如何里⑦？

zhān yǎng hào tiān yǒu huì qí xīng dà fū jūn zǐ zhāo
瞻卬昊天，有嘒其星。大夫君子，昭

① 涤涤：光秃秃没有草木的样子。② 黾勉：勉力。畏去：使可怕的旱魃离去。③ 瘨：伤害。憯：副词，表出乎意料，竟。④ 散：散漫。友：假借为“有”（yǒu）。⑤ 鞫：穷困，贫困。庶正：众官之长。疚：贫病。⑥ 周：周济。⑦ 里：通“悝”（lǐ），悲伤。

gé wú yíng　dà mìng jìn zhǐ　wú qì ěr chéng　hé qiú wèi
假无赢①。大命近止，无弃尔成②。何求为

wǒ　yǐ lì shù zhèng　zhān yǎng hào tiān　hé huì qí níng
我，以戾庶正③。瞻卬昊天，曷惠其宁？

sōng gāo
崧高

sōng gāo wéi yuè　jùn jí yú tiān　wéi yuè jiàng shén
崧高维岳，骏极于天④。维岳降神，

shēng lǚ jí shēn　wéi shēn jí fǔ　wéi zhōu zhī hàn　sì guó
生甫及申⑤。维申及甫，维周之翰。四国

yú fān　sì fāng yú yuán
于蕃，四方于宣⑥。

wěi wěi shēn bó　wáng zuǎn zhī shì　yú yì yú xiè
亹亹申伯，王缵之事⑦。于邑于谢，

nán guó shì shì　wáng mìng shào bó　dìng shēn bó zhī zhái　dēng
南国是式⑧。王命召伯，定申伯之宅。登

shì nán bāng　shì zhí qí gōng
是南邦，世执其功。

wáng mìng shēn bó　shì shì nán bāng　yīn shì xiè rén　yǐ
王命申伯，式是南邦。因是谢人，以

① 假：通“格”(gé)，招请……到来。昭假：祭祀以祈祷神灵降临。赢：过失，差错。② 成：诚，诚意。③ 戾：安定。④ 崧：通“嵩”(sōng)，嵩山。岳：山之尊者。极：至，到。⑤ 甫：通“吕”(lǚ)，国名，这里指吕侯。申：国名，这里指申侯。⑥ 蕃：通“藩”(fān)，屏障。宣：通“垣”(yuán)，垣墙，这里比喻屏障。⑦ 缵：使动用法，使继承，使担任。⑧ 于：为。于：介词，在。谢：地名。于邑于谢：在谢地建造城邑。南国：周南一带。式：法则。

zuò ěr yōng wáng mìng shào bó chè shēn bó tǔ tián wáng
作尔庸①。王命召伯，彻申伯土田②。王
mìng fù yù qiān qí sī rén
命傅御，迁其私人③。

shēn bó zhī gōng shào bó shì yíng yǒu chù qí chéng qǐn
申伯之功，召伯是营。有俶其城，寝
miào jì chéng jì chéng miǎo miǎo wáng cì shēn bó sì mǔ jiǎo
庙既成。既成藐藐，王锡申伯。四牡蹻
jiǎo gōu yīng zhuó zhuó
蹻，钩膺濯濯。

wáng qiǎn shēn bó lù chē shèng mǎ wǒ tú ěr jū
王遣申伯，路车乘马。“我图尔居，
mò rú nán tǔ cì ěr jiè guī yǐ zuò ěr bǎo wǎng jìn
莫如南土。锡尔介圭，以作尔宝。往近
wáng jiù nán tǔ shì bǎo
王舅，南土是保。”

shēn bó xìn mài wáng jiàn yú méi shēn bó huán nán xiè
申伯信迈，王饯于郿。申伯还南，谢
yú chéng guī wáng mìng shào bó chè shēn bó tǔ jiāng yǐ
于诚归④。王命召伯，彻申伯土疆。以
zhì qí zhāng shì chuán qí xíng
峙其粻，式遄其行⑤。

shēn bó bō bō jì rù yú xiè tú yù tān tān zhōu
申伯番番，既入于谢。徒御啴啴，周
bāng xián xǐ róng yǒu liáng hàn pī xiǎn shēn bó wáng zhī yuán
邦咸喜。戎有良翰，不显申伯⑥。王之元

① 因：依靠。庸：通“墉”（yōng），城墙。② 彻：治理。③ 傅御：辅助之臣。私人：家臣。④ 诚：诚心。谢于诚归：诚归于谢，诚心归于南国。⑤ 以：乃。峙：通“庤”（zhì），储备。粻：粮食。式：以，因而。⑥ 戎：你，这里指周王。

jiù wén wǔ shì xiàn
舅，文武是宪。

shēn bó zhī dé róu huì qiě zhí róu cǐ wàn bāng
申伯之德，柔惠且直。揉此万邦①，
wén yú sì guó jí fǔ zuò sòng qí shī kǒng shuò qí fēng
闻于四国。吉甫作诵，其诗孔硕。其风
sì hǎo yǐ zèng shēn bó
肆好②，以赠申伯。

zhēng mín
烝民

tiān shēng zhēng mín yǒu wù yǒu zé mín zhī bǐng yí
天生烝民，有物有则③。民之秉彝，
hào shì yì dé tiān jiān yǒu zhōu zhāo gé yú xià bǎo zī
好是懿德④。天监有周，昭假于下。保兹
tiān zǐ shēng zhòng shān fǔ
天子，生仲山甫。

zhòng shān fǔ zhī dé róu jiā wéi zé lìng yí lìng sè
仲山甫之德，柔嘉维则。令仪令色，
xiǎo xīn yì yì gǔ xùn shì shì wēi yí shì lì tiān zǐ
小心翼翼。古训是式，威仪是力⑤。天子
shì ruò míng mìng shǐ fù
是若，明命使赋⑥。

①揉：安抚。②风：曲调，音调。③烝：众。物：事物。则：法则。④秉：顺从，保持。彝：常性，常理。懿：好，善。⑤古训：故训，先王之遗典。式：效法。威仪：礼节。力：力行。⑥若：顺从。赋：颁布。

wáng mìng zhòng shān fǔ shì shì bǎi bì zuǎn róng zǔ
王命仲山甫，式是百辟①。缵戎祖
kǎo wáng gōng shì bǎo chū nà wáng mìng wáng zhī hóu shé
考②，王躬是保。出纳王命，王之喉舌③。
fù zhèng yú wài sì fāng yuán fā
赋政于外，四方爰发④。

sù sù wáng mìng zhòng shān fǔ jiāng zhī bāng guó ruò pǐ
肃肃王命，仲山甫将之⑤。邦国若否⑥，
zhòng shān fǔ míng zhī jì míng qiě zhé yǐ bǎo qí shēn sù
仲山甫明之。既明且哲，以保其身。夙
yè fěi xiè yǐ shì yì rén
夜匪解，以事一人。

rén yì yǒu yán róu zé rú zhī gāng zé tǔ zhī
人亦有言：“柔则茹之，刚则吐之⑦。”
wéi zhòng shān fǔ róu yì bù rú gāng yì bù tǔ bù wǔ
维仲山甫，柔亦不茹，刚亦不吐。不侮
guān guǎ bú wèi qiáng yù
矜寡，不畏强御。

rén yì yǒu yán dé yóu rú máo mín xiǎn kè jǔ zhī
人亦有言：“德輶如毛，民鲜克举之⑧。”
wǒ yí tú zhī wé zhòng shān fǔ jǔ zhī ài mò zhù zhī
我仪图之，维仲山甫举之，爱莫助之⑨。

①式：法式，榜样，这里用作动词，做榜样。百辟：诸侯。②缵：继承。戎：你。祖考：先祖。③出：发布政令。纳：接受呈报。④爰：乃。发：施行。⑤将：行，执行。⑥邦国：国家政事。若：善。否：恶。⑦茹：吃。刚：坚硬。⑧輶：轻。鲜：少。克：能够。⑨我：诗人自称。仪图：揣度，思索。爱：可惜。此句大意为：仲山甫能高举轻如毛的德，可惜没有能帮助他的人。

gǔn zhí yǒu quē wéi zhòng shān fǔ bǔ zhī
衮职有阙①，维仲山甫补之。

zhòng shān fǔ chū zǔ sì mǔ yè yè zhēng fū qiè
仲山甫出祖②，四牡业业，征夫捷
qiè měi huái mǐ jí sì mǔ bāng bāng bā luán qiāng qiāng wáng
捷，每怀靡及。四牡彭彭，八鸾锵锵。王
mìng zhòng shān fǔ chéng bǐ dōng fāng
命仲山甫，城彼东方。

sì mǔ kuí kuí bā luán jiē jiē zhòng shān fǔ cú qí
四牡骙骙，八鸾喈喈。仲山甫徂齐，
shì chuán qí guī jí fǔ zuò sòng mù rú qīng fēng zhòng shān
式遄其归③。吉甫作诵，穆如清风。仲山
fǔ yǒng huái yǐ wèi qí xīn
甫永怀，以慰其心。

hán yì
韩奕

yì yì liáng shān wéi yǔ diàn zhī yǒu zhuō qí dào
奕奕梁山，维禹甸之，有倬其道④。
hán hóu shòu mìng wáng qīn mìng zhī zuǎn róng zǔ kǎo wú fèi
韩侯受命，王亲命之："缵戎祖考，无废
zhèn mìng sù yè fěi xiè qián gōng ěr wèi zhèn mìng bú yì
朕命。夙夜匪解，虔共尔位。朕命不易，

① 衮：王侯穿的绣龙纹的礼服。职：偶然。阙：破损。② 祖：行祭，出行时祭祀路神，这里指出行东方。③ 式：乃。遄：快速。归：返回镐京。④ 奕奕：高大的样子。甸：治理。

gàn bù tíng fāng, yǐ zuǒ róng bì
干不庭方，以佐戎辟①。”

sì mǔ yì yì, kǒng xiū qiě zhāng. hán hóu rù jìn,
四牡奕奕，孔修且张②。韩侯入觐，
yǐ qí jiè guī, rù jìn yú wáng. wáng cì hán hóu, shū qí
以其介圭，入觐于王。王锡韩侯，淑旂
suí zhāng, diàn fú cuò héng, xuán gǔn chì xì, gōu yīng lòu yáng,
绥章，簟茀错衡，玄衮赤舄，钩膺镂钖，
kuò hóng qiǎn miè, tiáo gé jīn è.
鞹鞃浅幭，鞗革金厄。

hán hóu chū zǔ, chū sù yú tú. xiǎn fǔ jiàn zhī, qīng jiǔ
韩侯出祖，出宿于屠。显父饯之，清酒
bǎi hú. qí yáo wéi hé? páo biē xiān yú. qí sù wéi hé?
百壶。其殽维何？炰鳖鲜鱼。其蔌维何③？
wéi sǔn jí pú. qí zèng wéi hé? shèng mǎ lù chē. biān dòu
维笋及蒲。其赠维何？乘马路车。笾豆
yǒu jū, hóu shì yàn xū.
有且，侯氏燕胥④。

hán hóu qǔ qī, fén wáng zhī shēng, guì fǔ zhī zǐ. hán
韩侯取妻，汾王之甥，蹶父之子。韩
hóu yíng zhǐ, yú guì zhī lǐ. bǎi liàng bāng bāng, bā luán qiāng
侯迎止，于蹶之里。百两彭彭，八鸾锵
qiāng, pī xiǎn qí guāng. zhū dì cóng zhī, qí qí rú yún. hán
锵，不显其光。诸娣从之，祁祁如云。韩

① 干：正，治理。庭：通“廷”（tíng），朝贡，朝觐。方：方国。干不庭方：整治不来朝见的方国。戎辟：你的天子。② 修：长。张：大。③ 蔌：蔬菜。维何：是什么。④ 且：多。侯氏：指韩侯。燕胥：同“燕誉”，安乐。

hóu gù zhī lán qí yíng mén
侯顾之，烂其盈门①。

guì fǔ kǒng wǔ mǐ guó bú dào wèi hán jí xiàng yōu
蹶父孔武，靡国不到。为韩姞相攸②，
mò rú hán lè kǒng lè hán tǔ chuān zé xū xū fáng xù fǔ
莫如韩乐。孔乐韩土，川泽讦讦，鲂鲊甫
fǔ yōu lù yǔ yǔ yǒu xióng yǒu pí yǒu māo yǒu hǔ qìng
甫，麀鹿噳噳，有熊有罴，有猫有虎。庆
jì lìng jū hán jí yàn yù
既令居③，韩姞燕誉。

pǔ bǐ hán chéng yān shī suǒ wán yǐ xiān zǔ shòu mìng
溥彼韩城，燕师所完④。以先祖受命，
yīn shì bǎi mán wáng cì hán hóu qí zhuī qí mò yǎn shòu
因时百蛮⑤。王锡韩侯，其追其貊，奄受
běi guó yīn yǐ qí bó shí yōng shí hè shí mǔ shí jí
北国，因以其伯⑥。实墉实壑，实亩实藉⑦。
xiàn qí pí pí chì bào huáng pí
献其貔皮，赤豹黄罴。

① 顾：曲顾，古时迎亲的礼节，男子到女家亲迎，要三次回顾以导引其妻。烂：华美。② 相：看，察看。攸：处所。③ 庆既令居：庆贺终于得到好住处。④ 溥：大。燕：国名。师：民众。完：建造。⑤ 因：依靠。时：通“是”(shì)，这。⑥ 追、貊：古代北方部族名。奄：包括。受：接受。北国：北方各诸侯国。因：用。以：为。伯：长。此句大意为：用你做北方诸侯的方伯。⑦ 墉：用作动词，筑城。壑：用作动词，挖城壕。亩：开垦田地。藉：征收赋税。

江汉

江汉浮浮，武夫滔滔。匪安匪游，淮夷来求①。既出我车，既设我旟。匪安匪舒，淮夷来铺②。

江汉汤汤，武夫洸洸。经营四方，告成于王。四方既平，王国庶定。时靡有争，王心载宁。

江汉之浒③，王命召虎："式辟四方，彻我疆土④。匪疚匪棘，王国来极⑤。于疆于理，至于南海⑥。"

王命召虎，来旬来宣⑦："文武受命，

①求：征讨，讨伐。②安：安逸。舒：舒适。铺：陈列，驻扎。③浒：水边。④式：发语词。辟：开辟。彻：治理。⑤疚：害。棘：急。极：准则。⑥于：往。疆：划分边界。理：治理土地。南海：东海。⑦旬：通"徇"（xún），巡行，巡视。宣：宣扬，宣布。

shào gōng wéi hàn wú yuē yú xiǎo zǐ shào gōng shì sì zhào
召公维翰。无曰予小子，召公是似①。肇

mǐn róng gōng yòng cì ěr zhǐ
敏戎公，用锡尔祉②。

lài ěr guī zàn jù chàng yī yǒu gào yú wén rén
釐尔圭瓒，秬鬯一卣③。告于文人④，

cì shān tǔ tián yú zhōu shòu mìng zì shào zǔ mìng hǔ bài
锡山土田。于周受命，自召祖命。”虎拜

qǐ shǒu tiān zǐ wàn nián
稽首：“天子万年！”

hǔ bài qǐ shǒu duì yáng wáng xiū zuò shào gōng guǐ
虎拜稽首：“对扬王休，作召公考，

tiān zǐ wàn shòu míng míng tiān zǐ lìng wèn bù yǐ shǐ qí
天子万寿⑤！明明天子，令闻不已。矢其

wén dé qià cǐ sì guó
文德，洽此四国⑥。”

cháng wǔ
常武

hè hè míng míng wáng mìng qīng shì nán zhòng tài zǔ tài
赫赫明明，王命卿士，南仲大祖，大

shī huáng fǔ zhěng wǒ liù shī yǐ xiū wǒ róng jì jǐng
师皇父：“整我六师，以修我戎⑦。既敬

①似：通“嗣”(sì)，继承。②肇：谋，谋划。敏：迅疾。戎：你。公：通“功”(gōng)，功绩。祉：福。③釐：赏赐。秬鬯：美酒。卣：酒器。④文人：指召虎祖先有文德的人，即下文“召祖”。⑤对扬：称颂，称扬。休：美。考：通“簋”(guǐ)，古代祭祀时所用礼器。⑥矢：施行。洽：和谐，调和。⑦戎：兵甲之事。

jì jiè huì cǐ nán guó
既戒，惠此南国[①]。”

wáng wèi yǐn shì mìng chéng bó xiū fǔ zuǒ yòu chén
王谓尹氏，命程伯休父：“左右陈
háng jiè wǒ shī lǚ shuài bǐ huái pǔ xǐng cǐ xú tǔ bù
行，戒我师旅。率彼淮浦，省此徐土[②]。不
liú bù chǔ sān shì jiù xù
留不处，三事就绪[③]。”

hè hè yè yè yǒu yán tiān zǐ wáng shū bǎo zuò fěi
赫赫业业，有严天子。王舒保作，匪
shào fěi yóu xú fāng yì sāo zhèn jīng xú fāng rú léi rú
绍匪游[④]。徐方绎骚，震惊徐方。如雷如
tíng xú fāng zhèn jīng
霆，徐方震惊。

wáng fèn jué wǔ rú zhèn rú nù jìn jué hǔ chén hǎn
王奋厥武，如震如怒。进厥虎臣，阚
rú xiāo hǔ pū tún huái fén réng zhí chǒu lǔ jié bǐ
如虓虎[⑤]。铺敦淮渍，仍执丑虏[⑥]。截彼
huái pǔ wáng shī zhī suǒ
淮浦，王师之所。

wáng lǚ tān tān rú fēi rú hàn rú jiāng rú hàn rú
王旅啴啴，如飞如翰，如江如汉，如
shān zhī bāo rú chuān zhī liú mián mián yì yì bú cè bú
山之苞，如川之流[⑦]。绵绵翼翼，不测不
kè zhuó zhēng xú guó
克，濯征徐国[⑧]。

①敬：通“警”（jǐng），警戒。戒：戒备。惠：恩惠，加惠。②淮：淮水。浦：水边。省：视察，巡视。③留：停留。处：居住。三事：三卿。就绪：安排妥当。④舒：从容。保：安闲。作：行，行进。绍：迟缓。⑤进：推进，进攻。虎臣：勇猛的军队。阚：虎怒的样子。⑥铺：布，布阵。敦：通“屯”（tún），驻扎。渍：水边高地。仍：连续多次。⑦旅：军队。啴啴：人数众多的样子。苞：本，根基。⑧濯：大。

wáng yóu yǔn sāi xú fāng jì lái xú fāng jì tóng tiān
王犹允塞，徐方既来①。徐方既同，天
zǐ zhī gōng sì fāng jì píng xú fāng lái tíng xú fāng bù huí
子之功。四方既平，徐方来庭。徐方不回②，
wáng yuē huán guī
王曰还归。

zhān yǎng
瞻卬

zhān yǎng hào tiān zé bù wǒ huì kǒng chén bù níng
瞻卬昊天，则不我惠。孔填不宁③，
jiàng cǐ dà lì bāng mǐ yǒu dìng shì mín qí zhài máo zéi máo
降此大厉。邦靡有定，士民其瘵④。蟊贼蟊
jí mǐ yǒu yí jiè zuì gǔ bù shōu mǐ yǒu yí chōu
疾，靡有夷届⑤。罪罟不收，靡有夷瘳⑥。

rén yǒu tǔ tián rǔ fǎn yǒu zhī rén yǒu mín rén
人有土田，女反有之⑦。人有民人，
rǔ fù duó zhī cǐ yí wú zuì rǔ fǎn shōu zhī bǐ yí yǒu
女覆夺之。此宜无罪，女反收之。彼宜有
zuì rǔ fù tuō zhī
罪，女覆说之⑧。

zhé fū chéng chéng zhé fù qīng chéng yī jué zhé fù
哲夫成城，哲妇倾城⑨。懿厥哲妇⑩，

① 犹：通“猷”（yóu），谋划。允：确实。塞：实用。来：归顺。② 回：违反，背叛。③ 填：久，长久。④ 瘵：病。⑤ 夷：平。届：止，尽。⑥ 罟：网。罪罟：统治者制定的条目繁多的法网。收：收敛。瘳：病愈。⑦ 有：取，占有。⑧ 说：通“脱”（tuō），开脱。⑨ 倾城：倾败国家。⑩ 懿：通“噫”（yī），叹词。

为枭为鸱。妇有长舌，维厉之阶。乱匪降自天，生自妇人。匪教匪诲，时维妇寺①。

鞫人忮忒，谮始竟背②。岂曰不极？伊胡为慝③！如贾三倍，君子是识④。妇无公事，休其蚕织⑤。

天何以刺？何神不富⑥？舍尔介狄，维予胥忌⑦。不吊不祥，威仪不类⑧。人之云亡，邦国殄瘁⑨。

天之降罔，维其优矣⑩。人之云亡，

①寺：亲近。②鞫：穷究，极力追究。鞫人：爱刺探别人想法的人。忮：假借为“技”(jì)，巧，善于。忒：恶毒。谮：诬陷，进谗言。始：开始。竟：终。背：背叛。此句大意为：鞫人善于作恶，先是进谗言诬陷别人，最终背叛君主。③极：穷尽。伊：发语词。慝：喜爱。此句大意为：难道还没有做绝？为什么做得这样凶恶？④贾：商人。三倍：形容获利之多。君子：从政者。识：通“职”(zhí)，主持。此句大意为：商人牟利，君子参政，人人要各安其职。⑤休：停止。此句大意为：妇人没有参政的权利，此妇却停止本该做的蚕织工作而去参与政治了。⑥刺：惩罚，责罚。富：降福。⑦舍：放弃，放任。介狄：披甲的狄人。胥：相互。忌：忌恨。此句大意为：你放任武装的狄人不管，只是忌恨我。⑧吊：怜悯，抚恤。不祥：灾祸。类：善。⑨殄瘁：病困。⑩罔：猎网，引申为法网。优：多，厚。

xīn zhī yōu yǐ tiān zhī jiàng wǎng wéi qí jī yǐ rén zhī
心之忧矣。天之降罔，维其几矣①。人之
yún wáng xīn zhī bēi yǐ
云亡，心之悲矣。

bì fèi làn quán wéi qí shēn yǐ xīn zhī yōu yǐ nìng
觱沸槛泉，维其深矣。心之忧矣，宁
zì jīn yǐ bú zì wǒ xiān bú zì wǒ hòu miǎo miǎo hào
自今矣？不自我先，不自我后。藐藐昊
tiān wú bú kè gǒng wú tiǎn huáng zǔ shì jiù ěr hòu
天，无不克巩②。无忝皇祖，式救尔后。

shào mín
召旻

mín tiān jí wēi tiān dǔ jiàng sāng diān wǒ jī jǐn
旻天疾威，天笃降丧③。瘨我饥馑，
mín zú liú wáng wǒ jū yǔ zú huāng
民卒流亡，我居圉卒荒④。

tiān jiàng zuì gǔ máo zéi nèi hòng hūn zhuó mǐ gōng kuì
天降罪罟，蟊贼内讧。昏椓靡共，溃
kuì huí yù shí jìng yí wǒ bāng
溃回遹，实靖夷我邦⑤。

gāo gāo zǐ zǐ zēng bù zhī qí diàn jīng jīng yè yè
皋皋訾訾，曾不知其玷⑥。兢兢业业，

①几：危险，危急。②巩：约束，控制。③旻天：秋天，泛指天。疾威：暴戾，暴虐。笃：厚，重。④瘨：降灾，灾害。圉：边疆，边境。⑤昏：混乱。椓：通“诼”（zhuó），诽谤。共：通“供”（gōng），供职。溃溃：昏乱的样子。靖：图谋。夷：平。⑥皋皋、訾訾：馋人说坏话毁谤人的样子。曾：竟。玷：污点。

kǒng chén bù níng wǒ wèi kǒng biǎn
孔填不宁，我位孔贬①。

rú bǐ suì hàn cǎo bú kuì mào rú bǐ qī chá
如彼岁旱，草不溃茂，如彼栖苴②。

wǒ xiàng cǐ bāng wú bú kuì zhǐ
我相此邦，无不溃止。

wéi xī zhī fù bù rú shí wéi jīn zhī jiù bù rú zī
维昔之富不如时，维今之疚不如兹③。

bǐ shū sī bài hú bú zì tì zhí kuàng sī yǐn
彼疏斯粺，胡不自替，职兄斯引④。

chí zhī jié yǐ bù yún zì bīn quán zhī jié yǐ
池之竭矣，不云自频⑤。泉之竭矣，

bù yún zì zhōng pǔ sī hài yǐ zhí kuàng sī hóng bù
不云自中⑥。溥斯害矣，职兄斯弘，不

zāi wǒ gōng
灾我躬⑦。

xī xiān wáng shòu mìng yǒu rú shào gōng rì pì guó bǎi
昔先王受命，有如召公。日辟国百

lǐ jīn yě rì cù guó bǎi lǐ wū hū āi zāi wéi jīn
里，今也日蹙国百里⑧。於乎哀哉！维今

zhī rén bú shàng yǒu jiù
之人，不尚有旧⑨。

①填：久。不宁：不安宁。贬：下降。②溃、茂：茂盛。栖：枯萎的。苴：枯草。③时：是，此时。疚：穷困，这里指穷人。此句大意为：从前的富人也不像现在的富人这样坏，现在的穷人比过去更穷困。④彼：他，别人。疏：糙米。斯：你，指弄权乱国的人。粺：精米。替：辞职。职：只，只是。兄：通“况”（kuàng），状况。引：长，延长。此句大意为：别人吃糙米，你却吃精米，你为什么还不辞职。（你的当权）只是把灾祸延长而已。⑤频：通“滨”（bīn），水边。池水的干涸从水边开始，比喻王朝的混乱从外部群臣不贤开始。⑥中：泉水的中间。泉水的枯竭从中心开始，比喻国家的丧亡从朝廷内部腐烂开始。⑦灾：降灾。⑧蹙：缩小，收缩。⑨旧：旧人。

《毛诗序》中说“颂者，美盛德之形容，以其成功告于神明者也。”《颂》主要用于君主和诸侯的祭祀或者其他重大典礼时的演奏，是一种载歌载舞的宗庙乐歌，现存诗41篇。季札在鲁国观《颂》后，曾赞美说：“直而不倨，曲而不屈；迩而不逼，远而不携；迁而不淫，复而不厌；哀而不愁，乐而不荒；用而不匮，广而不宣；施而不费，取而不贪；处而不底，行而不流。”总的来讲，《颂》的音乐是缓慢和平的，有节度的，有的无韵，不分章，用以表演盛德。

zhōu sòng

周颂

《周颂》是产生于西周初年都城镐京一带的颂歌，反映的是武、成、康、昭时期的盛世生活状况，皆为祭神酬神的乐歌，如《清庙》《维天之命》《维清》是周王祭祀周文王的乐歌；《烈文》是周成王祭祀祖先时戒勉诸侯的乐歌；《天作》是周人祭祀岐山的乐歌……受周代先祖后稷所从事的农耕传统影响，《周颂》内容多与农事生产有关，现存诗 31 篇。

qīng miào
清庙

wū mù qīng miào sù yōng xiǎn xiàng jǐ jǐ duō shì
於穆清庙，肃雍显相①。济济多士，
bǐng wén zhī dé duì yuè zài tiān jùn bēn zǒu zài miào pī
秉文之德。对越在天，骏奔走在庙②。不
xiǎn pī chéng wú yì yú rén sī
显不承，无射于人斯③。

wéi tiān zhī mìng
维天之命

wéi tiān zhī mìng wū mù bù yǐ wū hū pī xiǎn
维天之命④，於穆不已。於乎不显，
wén wáng zhī dé zhī chún xià yǐ yì wǒ wǒ qí shōu zhī
文王之德之纯。假以溢我，我其收之⑤。
jùn huì wǒ wén wáng zēng sūn dǔ zhī
骏惠我文王，曾孙笃之⑥。

① 於：叹词。穆：美。清庙：祭祀有清明之德者的宗庙。肃：敬。雍：和谐。显：明，有明德。相：助祭者。② 对越：同“对扬”，称颂，称扬。在天：指文王的在天之灵。骏：敏疾，迅速。③ 不：通“丕”(pī)，大。显：光明。承：继承。射：通“斁”(yì)，厌倦。④ 维：通“惟”(wéi)，思，想。⑤ 假：嘉，美。溢：赐予。收：接受。⑥ 骏惠：顺从。笃：笃行，忠诚实行。

wéi qīng
维清

wéi qīng jī xī wén wáng zhī diǎn zhào yīn qì yòng
维清缉熙，文王之典①。肇禋，迄用

yǒu chéng wéi zhōu zhī zhēn
有成，维周之祯②。

liè wén
烈文

liè wén bì gōng cì zī zhǐ fú huì wǒ wú jiāng
烈文辟公③，锡兹祉福。惠我无疆，

zǐ sūn bǎo zhī wú fēng mǐ yú ěr bāng wéi wáng qí chóng
子孙保之。无封靡于尔邦④，维王其崇

zhī niàn zī róng gōng jì xù qí huáng zhī wú jìng wéi
之。念兹戎功，继序其皇之⑤。无竞维

rén sì fāng qí xùn zhī pī xiǎn wéi dé bǎi bì qí xíng
人，四方其训之⑥。丕显维德，百辟其刑

zhī wū hū qián wáng bú wàng
之⑦。於乎，前王不忘！

①维：发语词。清：清明。缉熙：光明。典：典章制度。②肇：开始。禋：祭祀。迄：至。用：因此。成：成功。祯：吉祥。③烈：有功业的。文：有文德的。辟公：诸侯。④封：大。靡：祸害，罪过。⑤继序：继承。皇：大，大功业。⑥竞：强。无竞维人：没有比贤士更令国家强大的了。训：通“驯”（xùn），顺从。⑦刑：效法。

tiān zuò
天作

tiān zuò gāo shān tài wáng huāng zhī bǐ zuò yǐ wén wáng

天作高山，大王荒之①。彼作矣，文王

gēng zhī bǐ cú yǐ qí yǒu yí zhī xíng zǐ sūn bǎo zhī

康之②。彼徂矣，岐有夷之行，子孙保之③。

hào tiān yǒu chéng mìng
昊天有成命

hào tiān yǒu chéng mìng èr hòu shòu zhī chéng wáng bù

昊天有成命，二后受之④。成王不

gǎn kāng sù yè jī mìng yòu mì wū jī xī dǎn jué

敢康，夙夜基命宥密⑤。於缉熙！单厥

xīn sì qí jìng zhī

心，肆其靖之⑥。

wǒ jiāng
我将

wǒ jiāng wǒ xiǎng wéi yáng wéi niú wéi tiān qí yòu zhī

我将我享，维羊维牛，维天其右之⑦。

①作：生。太王：指古公亶父。荒：开垦，开辟。②作：治理，经营。康：通“庚”(gēng)，续，继承。③夷：平坦。行：路。④二后：指文王、武王。⑤康：安乐，享乐。基：谋，谋划。命：天命。宥：助词。密：勤勉。⑥单：尽心尽意。肆：巩固，坚固。靖：平定，安定。⑦我：武王的自称。将：进献。享：奉献祭品。右：保佑，帮助。

yí shì xíng wén wáng zhī diǎn rì jìng sì fāng yī gǔ wén
仪式刑文王之典，日靖四方①。伊嘏文
wáng jì yòu xiǎng zhī wǒ qí sù yè wèi tiān zhī wēi
王，既右飨之②。我其夙夜，畏天之威，
yú shí bǎo zhī
于时保之。

shí mài
时迈

shí mài qí bāng hào tiān qí zǐ zhī shí yòu xù yǒu
时迈其邦，昊天其子之，实右序有
zhōu bó yán zhèn zhī mò bú zhèn shè huái róu bǎi shén
周③。薄言震之，莫不震叠④。怀柔百神，
jí hé qiáo yuè yǔn wáng wéi hòu míng zhāo yǒu zhōu shì
及河乔岳⑤。允王维后，明昭有周，式
xù zài wèi zài jí gān gē zài gāo gōng shǐ wǒ qiú yì
序在位⑥。载戢干戈，载櫜弓矢。我求懿
dé sì yú shí xià yǔn wáng bǎo zhī
德，肆于时夏⑦，允王保之。

①仪、式、刑：效法。靖：安定。②嘏：伟大。飨：鬼神享用祭品。③时：按时。迈：巡行，巡视。子：当作儿子。右、序：帮助。④叠：通“慑”（shè），恐惧。⑤河：黄河。乔岳：泰山。河乔岳：一说泛指高山大河。⑥式：发语词。序：秩序，有序。在位：指诸侯。⑦肆：施行。夏：华夏，指周的疆域。

执竞

执竞武王，无竞维烈①。不显成康，上帝是皇。自彼成康，奄有四方，斤斤其明②。钟鼓喤喤，磬筦将将，降福穰穰。降福简简，威仪反反。既醉既饱，福禄来反③。

思文

思文后稷④，克配彼天。立我烝民，莫匪尔极⑤。贻我来牟，帝命率育⑥。无此疆尔界，陈常于时夏⑦。

① 执：持。竞：强。执竞：指武王持有自强不息之心。竞：争。烈：功绩。此句大意为：武王的功绩没有能比得上的。② 奄：包括，尽。斤斤：通“昕昕”（xīn xīn），明察的样子。③ 反：回报，报答。④ 思：语助词。文：有文德的。⑤ 立：假借为“粒”（lì），用作动词，养育。极：最，最大的功绩。⑥ 来：小麦。牟：大麦。率：都，皆。⑦ 陈：分布。常：稼穑之道。

chén gōng
臣工

jiē jiē chén gōng jìng ěr zài gōng wáng lí ěr chéng lái
嗟嗟臣工，敬尔在公。王釐尔成，来
zī lái rú jiē jiē bǎo jiè wéi mù zhī chūn yì yòu
咨来茹①。嗟嗟保介②，维莫之春，亦又
hé qiú rú hé xīn yú wū huáng lái móu jiāng shòu jué
何求？如何新畬③？於皇来牟，将受厥
míng míng zhāo shàng dì qì yòng kāng nián mìng wǒ zhòng rén
明④。明昭上帝，迄用康年。命我众人，
zhì nǎi jiǎn bó yǎn guān zhì yì
庤乃钱镈，奄观铚艾⑤。

yī xī
噫嘻

yī xī chéng wáng jì zhāo gé ěr shuài shí nóng fū
噫嘻成王，既昭假尔⑥。率时农夫，
bō jué bǎi gǔ jùn fā ěr sī zhōng sān shí lǐ yì fú ěr
播厥百谷。骏发尔私，终三十里。亦服尔
gēng shí qiān wéi ǒu
耕，十千维耦⑦。

①釐：赐。成：功劳。茹：商量。②嗟嗟：叹词。保介：田官。③畬：已耕过三年的田。④皇：好。明：指收成。⑤庤：准备，储备。钱、镈：农具。奄：一同。铚艾：收割庄稼。⑥假：通“格”（gé），招请……到来。昭假：祭祀以祈祷神灵降临。⑦耦：二人并肩耕地。

zhèn lù
振鹭

zhèn lù yú fēi yú bǐ xī yōng wǒ kè lì zhǐ yì yǒu sī róng zài bǐ wú wù zài cǐ wú yì shù jī sù yè yǐ yǒng zhòng yù

振鹭于飞，于彼西雍①。我客戾止，亦有斯容②。在彼无恶，在此无斁。庶几夙夜，以永终誉③。

fēng nián
丰年

fēng nián duō shǔ duō tú yì yǒu gāo lǐn wàn yì jí zǐ wéi jiǔ wéi lǐ zhēng bì zǔ bǐ yǐ qià bǎi lǐ jiàng fú kǒng jiē

丰年多黍多稌，亦有高廪，万亿及秭。为酒为醴，烝畀祖妣，以洽百礼，降福孔皆④。

①振：鸟群飞的样子。雍：沼泽。②戾：至，到。止：语助词。容：仪容。亦有斯容：宾客也有如白鹭一般美好的仪容。③终：通“众”（zhòng），众多。终誉：盛誉。④烝：进献。畀：给予。皆：普遍。

有瞽

有瞽有瞽①，在周之庭。设业设虡，崇牙树羽。应田县鼓，鞉磬柷圉②。既备乃奏，箫管备举。喤喤厥声，肃雝和鸣，先祖是听。我客戾止，永观厥成。

潜

猗与漆沮，潜有多鱼③。有鳣有鲔，鲦鲿鰋鲤。以享以祀，以介景福④。

① 瞽：盲人乐师。② 应：小鼓。田：大鼓。柷、圉：乐器名。③ 猗与：赞叹词。漆、沮：水名。潜：深藏在水中。④ 介：祈求。

yōng
雝

yǒu lái yōng yōng zhì zhǐ sù sù xiàng wéi bì gōng
有来雝雝①，至止肃肃。相维辟公②，
tiān zǐ mù mù wū jiàn guǎng mǔ xiàng yú sì sì xià zāi
天子穆穆。於荐广牡，相予肆祀③。假哉
huáng kǎo suí yú xiào zǐ xuān zhé wéi rén wén wǔ wéi
皇考，绥予孝子④。宣哲维人，文武维
hòu yàn jí huáng tiān kè chāng jué hòu suí wǒ méi shòu
后。燕及皇天，克昌厥后。绥我眉寿，
jiè yǐ fán zhǐ jì yòu liè kǎo yì yòu wén mǔ
介以繁祉⑤。既右烈考，亦右文母⑥。

zài jiàn
载见

zài jiàn bì wáng yuē qiú jué zhāng lóng qí yáng yáng
载见辟王，曰求厥章⑦。龙旂阳阳，
hé líng yāng yāng tiáo gé yǒu qiāng xiū yǒu liè guāng shuài jiàn
和铃央央。鞗革有鸧，休有烈光。率见
zhāo kǎo yǐ xiào yǐ xiǎng yǐ jiè méi shòu yǒng yán bǎo zhī
昭考，以孝以享⑧。以介眉寿，永言保之，

① 来：指前来助祭的诸侯。雝雝：和睦的样子。② 相：助祭。辟公：诸侯。③ 荐：进献。相：辅助，帮助。肆：陈列，陈设。④ 假：嘉，美。绥：安，安抚。⑤ 绥、介：赐予。繁祉：多福。⑥ 右：通“侑”(yòu)，劝酒劝食。烈考：指文王。文母：指文王之妻太姒。⑦ 载：开始。辟王：指成王。章：制度，法度。⑧ 率：率领。昭考：指武王。孝、享：祭献鬼神。

思皇多祜。烈文辟公，绥以多福，俾缉熙于纯嘏。

有客

有客有客①，亦白其马。有萋有且，敦琢其旅②。有客宿宿，有客信信③。言授之絷④，以絷其马⑤。薄言追之，左右绥之⑥。既有淫威，降福孔夷⑦。

武

於皇武王，无竞维烈。允文文王，克开厥后。嗣武受之，胜殷遏刘，耆定

① 有：助词。② 有萋有且：随从众多的样子。旅：随从。③ 宿：住一夜。信：住两夜。宿宿、信信：住了好多天的样子。④ 絷：马索。⑤ 絷：用作动词，栓。⑥ 追：送，践行。绥：安，安抚。⑦ 淫、夷：大。

ěr gōng
尔功①。

mǐn yú xiǎo zǐ
闵予小子

mǐn yú xiǎo zǐ zāo jiā bú zào qióng qióng zài jiù
闵予小子，遭家不造，嬛嬛在疚②。
wū hū huáng kǎo yǒng shì kè xiào niàn zī huáng zǔ zhì jiàng
於乎皇考，永世克孝。念兹皇祖，陟降
tíng zhǐ wéi yú xiǎo zǐ sù yè jìng zhǐ wū hū huáng
庭止③。维予小子，夙夜敬止。於乎皇
wáng jì xù sī bú wàng
王，继序思不忘。

fǎng luò
访落

fǎng yú luò zhǐ shuài shí zhāo kǎo wū hū yōu zāi
访予落止，率时昭考④。於乎悠哉，
zhèn wèi yǒu ài jiāng yú jiù zhī jì yóu pàn huàn wéi
朕未有艾⑤。将予就之，继犹判涣⑥。维
yú xiǎo zǐ wèi kān jiā duō nàn shào tíng shàng xià zhì jiàng
予小子，未堪家多难。绍庭上下⑦，陟降

①遏：遏止。刘：杀，杀戮。胜殷遏刘：战胜殷商而停止了厮杀。耆：致，达到。②闵：怜悯。予小子：周成王自称。不造：不善。嬛嬛：孤独无依的样子。疚：痛苦。③陟降：升降。这里指祖先神灵下降。庭：庙庭。④访：询问。落：开始。昭考：指武王。⑤悠：通“忧”（yōu），忧虑。艾：阅历，经历。⑥将：扶助。就：因袭。之：指先王之道。犹：通“猷”（yóu），谋略。判涣：发扬光大。⑦绍：继承。庭：公正。上下：升降官员。此句大意为：继承公正地选拔群臣的先王之道。

jué jiā xiū yǐ huáng kǎo yǐ bǎo míng qí shēn
厥家。休矣皇考，以保明其身。

jìng zhī
敬之

jìng zhī jìng zhī tiān wéi xiǎn sī mìng bú yì zāi
敬之敬之，天维显思，命不易哉①。
wú yuē gāo gāo zài shàng zhì jiàng jué shì rì jiān zài zī
无曰高高在上，陟降厥士，日监在兹。
wéi yú xiǎo zǐ bù cōng jìng zhǐ rì jiù yuè jiāng xué yǒu jī
维予小子，不聪敬止，日就月将，学有缉
xī yú guāng míng bì shí zī jiān shì wǒ xiǎn dé xíng
熙于光明②。佛时仔肩，示我显德行③。

xiǎo bì
小毖

yú qí chéng ér bì hòu huàn mò yú píng fēng zì
予其惩，而毖后患④。莫予荓蜂，自
qiú xīn shì zhào yǔn bǐ táo chóng fān fēi wéi niǎo wèi
求辛螫⑤。肇允彼桃虫，拚飞维鸟⑥。未

①显：明察。思：语气词。易：容易。命不易：保有天命不容易。②聪：聪达。敬：谨慎。就：成就。将：进。日就月将：日积月累。学：学习。缉熙：积渐广大，发扬光大。③佛：通“弼”（bì），辅佐，辅助。仔肩：责任。显：光明。④惩：警戒，鉴戒。毖：谨慎，戒慎。⑤荓蜂：牵引拉拽，引申为协助扶持。螫：假借为“事”（shì）。辛螫：辛苦。⑥允：副词，确实。桃虫：小鸟。鸟：大鸟。这句用来比喻小祸成大灾。

kān jiā duō nàn yú yòu jí yú liǎo
堪家多难，予又集于蓼。

zài shān
载芟

zài shān zài zé qí gēng shì shì qiān ǒu qí yún
载芟载柞，其耕泽泽①。千耦其耘，
cú xí cú zhěn hóu zhǔ hóu bó hóu yà hóu lǚ hóu qiáng
徂隰徂畛。侯主侯伯，侯亚侯旅，侯彊
hóu yǐ yǒu tǎn qí yè sī mèi qí fù yǒu yī qí shì
侯以②。有嗿其馌，思媚其妇，有依其士③。
yǒu lüè qí sì chù zài nán mǔ bō jué bǎi gǔ shí hán
有略其耜，俶载南亩，播厥百谷④。实函
sī huó yì yì qí dá yǒu yàn qí jié yàn yàn qí miáo
斯活，驿驿其达⑤。有厌其杰，厌厌其苗，
mián mián qí biāo zài huò jǐ jǐ yǒu shí qí jī wàn yì
绵绵其麃⑥。载获济济，有实其积，万亿
jí zǐ wéi jiǔ wéi lǐ zhēng bì zǔ bǐ yǐ qià bǎi lǐ
及秭。为酒为醴，烝畀祖妣，以洽百礼。
yǒu bì qí xiāng bāng jiā zhī guāng yǒu jiāo qí xīn hú kǎo
有飶其香⑦，邦家之光。有椒其馨，胡考

① 芟：除草。柞：砍树。泽泽：土地润泽的样子。② 侯：发语词。亚、旅：大夫。以：帮手。③ 嗿：众人吃饭的声音。馌：送到田间的饭菜。媚：美好。依：壮盛的样子。④ 略：锋利。俶载：开始从事工作，这里指开始耕作。⑤ 实：种子。函：蕴涵生气。活：有生机。达：幼苗萌发。⑥ 厌：茂盛的样子。杰：长势好的禾苗。厌厌：禾苗整齐美好的样子。麃：禾穗。⑦ 飶：香气浓郁。

zhī níng fěi cǐ yǒu cǐ fěi jīn sī jīn zhèn gǔ rú zī
之宁①。匪且有且，匪今斯今，振古如兹②。

liáng sì
良耜

cè cè liáng sì chù zài nán mǔ bō jué bǎi gǔ
畟畟良耜③，俶载南亩。播厥百谷，
shí hán sī huó huò lái shàn rǔ zài kuāng jí jǔ qí
实函斯活。或来瞻女④，载筐及莒。其
xiǎng yī shǔ qí lì yī jiū qí bó sī zhào yǐ hāo tú
饷伊黍，其笠伊纠，其镈斯赵，以薅荼
liǎo tú liǎo xiǔ zhǐ shǔ jì mào zhǐ huò zhī zhì zhì
蓼⑤。荼蓼朽止，黍稷茂止。获之挃挃，
jī zhī lì lì qí chóng rú yōng qí bǐ rú zhì yǐ kāi
积之栗栗。其崇如墉，其比如栉。以开
bǎi shì bǎi shì yíng zhǐ fù zǐ níng zhǐ shā shí chún mǔ
百室，百室盈止，妇子宁止。杀时犉牡，
yǒu qiú qí jiǎo yǐ sì yǐ xù xù gǔ zhī rén
有捄其角。以似以续，续古之人。

①椒：芬芳。胡考：寿考，长寿，这里指老年人。宁：安，安宁。②且：假借为“此”（cǐ）。匪且有且，匪今斯今：不是此时才有此耕种之事。振古：自古。③畟畟：深耕貌。耜：农具，犁头。④瞻：通“赡”（shàn），送饭给人吃。⑤饷：犹“馌”（yè）。纠：用绳编织。赵：刺地，锄草。荼蓼：杂草。

丝衣

丝衣其紑，载弁俅俅①。自堂徂基，自羊徂牛。鼐鼎及鼒，兕觥其觩，旨酒思柔。不吴不敖②，胡考之休。

酌

於铄王师，遵养时晦③。时纯熙矣，是用大介④。我龙受之，蹻蹻王之造⑤。载用有嗣，实维尔公允师⑥。

① 丝衣：装神受祭的尸所穿的白色绸衣。紑：衣服洁白鲜亮的样子。载：佩戴。弁：礼冠。俅俅：冠饰华美的样子。② 吴：喧哗。敖：通“傲”（ào），傲慢。③ 铄：辉煌，盛美。遵：率，指率领王师。养：取。时晦：指昏聩的商纣王。④ 介：善。⑤ 龙：假借为“宠”（chǒng），荣幸，光荣。造：成就，事业。⑥ 允：助词。师：效法。

huán
桓

suí wàn bāng lǚ fēng nián tiān mìng fěi xiè huán huán wǔ
绥万邦，娄丰年，天命匪解。桓桓武
wáng bǎo yǒu jué shì yú yǐ sì fāng kè dìng jué jiā
王，保有厥士①。于以四方②，克定厥家。
wū zhāo yú tiān huáng yǐ jiàn zhī
於昭于天，皇以间之③。

lài
赉④

wén wáng jì qín zhǐ wǒ yīng shòu zhī fū shí yì sī
文王既勤止，我应受之。敷时绎思，
wǒ cú wéi qiú dìng shí zhōu zhī mìng wū yì sī
我徂维求定⑤。时周之命，於绎思。

①桓桓：威武的样子。②于：于是。以：有。③皇：君。以：用。间：代替，指周代商。④赉：赐予。⑤敷：布施，施行。时：是，这，这里指文王之功。绎：连续不断。思：语助词。此句大意为：布施文王之政，使之连续不断绝。徂：往，指伐商。

般[1]

pán

wū huáng shí zhōu zhì qí gāo shān duò shān qiáo yuè yǔn
於皇时周，陟其高山。嶞山乔岳，允

yóu xī hé fū tiān zhī xià póu shí zhī duì shí zhōu
犹翕河②。敷天之下，裒时之对③，时周

zhī mìng
之命。

① 般：乐，喜乐。② 嶞山：狭长的山。乔岳：高大的山。允：助词。犹：顺。翕：合，合流。河：黄河。此句大意为：众河流顺着山势之道而合流到黄河。③ 敷：普，遍。裒：聚集。时：是，这。对：会和。此句大意为：普天之下都聚集会和于此，皆属于周。

lǔ sòng
鲁颂

“鲁”，国名，周公旦的封国，都城在今山东曲阜一带。因为周公在京师辅佐周成王，封地由长子伯禽代为受封，是为第一位鲁公。鲁国之所以有“颂诗”，是因为周公有大功勋于天下，周成王特赐历代鲁公以天子之礼乐祭祀周公。《鲁颂》现存4篇，都是春秋时期的作品，均为赞颂鲁侯的乐歌。

jiōng

駉

jiōng jiōng mǔ mǎ zài jiōng zhī yě bó yán jiōng zhě
駉駉牡马，在坰之野[1]。薄言駉者，
yǒu yù yǒu huáng yǒu lí yǒu huáng yǐ chē bāng bāng sī wú
有驈有皇，有骊有黄，以车彭彭[2]。思无
jiāng sī mǎ sī zāng
疆，思马斯臧。

jiōng jiōng mǔ mǎ zài jiōng zhī yě bó yán jiōng zhě yǒu
駉駉牡马，在坰之野。薄言駉者，有
zhuī yǒu pī yǒu xīng yǒu qí yǐ chē pī pī sī wú qī
骓有駓，有骍有骐，以车伾伾。思无期，
sī mǎ sī cái
思马斯才。

jiōng jiōng mǔ mǎ zài jiōng zhī yě bó yán jiōng zhě yǒu
駉駉牡马，在坰之野。薄言駉者，有
tuó yǒu luò yǒu liú yǒu luò yǐ chē yì yì sī wú yì
驒有骆，有駵有雒，以车绎绎。思无斁，
sī mǎ sī zuò
思马斯作[3]。

jiōng jiōng mǔ mǎ zài jiōng zhī yě bó yán jiōng zhě yǒu
駉駉牡马，在坰之野。薄言駉者，有
yīn yǒu xiá yǒu diàn yǒu yú yǐ chē qū qū sī wú xié
骃有騢，有驔有鱼[4]，以车祛祛。思无邪，

①駉：肥壮的马。駉駉：马肥壮的样子。坰：郊野，遥远的野地。②驈、皇、骊、黄：不同颜色的马。下面三段也是在列举不同颜色的马。以车：用马驾车。③作：腾跃。④鱼：双眼周围有白毛的马。

sī mǎ sī cú
思马斯祖①。

yǒu bì

有駜

yǒu bì yǒu bì bì bǐ shèng huáng sù yè zài gōng zài
有駜有駜②，駜彼乘黄。夙夜在公，在
gōng míng míng zhèn zhèn lù lù yú xià gǔ yuān yuān
公明明③。振振鹭，鹭于下④。鼓咽咽⑤，
zuì yán wǔ xū xū lè xī
醉言舞。于胥乐兮⑥！

yǒu bì yǒu bì bì bǐ shèng mǔ sù yè zài gōng zài
有駜有駜，駜彼乘牡。夙夜在公，在
gōng yǐn jiǔ zhèn zhèn lù lù yú fēi gǔ yuān yuān zuì yán
公饮酒。振振鹭，鹭于飞。鼓咽咽，醉言
guī xū xū lè xī
归。于胥乐兮！

yǒu bì yǒu bì bì bǐ shèng xuān sù yè zài gōng zài
有駜有駜，駜彼乘駽。夙夜在公，在
gōng zài yàn zì jīn yǐ shǐ suì qí yǒu jūn zǐ yǒu gǔ
公载燕。自今以始，岁其有。君子有穀，
yí sūn zǐ xū xū lè xī
诒孙子。于胥乐兮！

① 徂：行，这里指马善于行走的样子。② 駜：马肥壮有力的样子。③ 明明：假借为“勉勉”（miǎn miǎn），勤勉。④ 振振：鸟群飞的样子。鹭：水鸟，这里特指鹭羽，用鹭鸟的羽毛制作的舞衣。此句是描写跳鹭羽舞时，舞者如鹭鸟一般上下翻飞的样子。⑤ 咽咽：同“渊渊”（yuān yuān），形容鼓声有节奏。⑥ 于：通“吁”（xū），叹词。胥：皆，都。

pàn shuǐ

泮水

sī lè pàn shuǐ bó cǎi qí qín lǔ hóu lì zhǐ
思乐泮水，薄采其芹①。鲁侯戾止，
yán guān qí qí qí qí pèi pèi luán shēng huì huì wú xiǎo
言观其旂。其旂茷茷，鸾声哕哕。无小
wú dà cóng gōng yú mài
无大，从公于迈。

sī lè pàn shuǐ bó cǎi qí zǎo lǔ hóu lì zhǐ qí
思乐泮水，薄采其藻。鲁侯戾止，其
mǎ jiǎo jiǎo qí mǎ jiǎo jiǎo qí yīn zhāo zhāo zài sè zài
马跻跻。其马跻跻，其音昭昭。载色载
xiào fěi nù yī jiào
笑，匪怒伊教②。

sī lè pàn shuǐ bó cǎi qí mǎo lǔ hóu lì zhǐ zài
思乐泮水，薄采其茆。鲁侯戾止，在
pàn yǐn jiǔ jì yǐn zhǐ jiǔ yǒng cì nán lǎo shùn bǐ cháng
泮饮酒。既饮旨酒，永锡难老。顺彼长
dào qū cǐ qún chǒu
道，屈此群丑③。

mù mù lǔ hóu jìng míng qí dé jìng shèn wēi yí wéi
穆穆鲁侯，敬明其德。敬慎威仪，维
mín zhī zé yǔn wén yǔn wǔ zhāo gé liè zǔ mǐ yǒu bú
民之则。允文允武，昭假烈祖。靡有不

①思：发语词。薄：语助词。泮水：水名。②色：和颜悦色。匪：非，不。伊：是。教：教导。③屈：征服。群丑：指叛乱的淮夷。

xiào zì qiú yī hù
孝，自求伊祜①。

míng míng lǔ hóu kè míng qí dé jì zuò pàn gōng huái
明明鲁侯，克明其德。既作泮宫，淮
yí yōu fú jiǎo jiǎo hǔ chén zài pàn xiàn guó shū wèn rú gāo
夷攸服。矫矫虎臣，在泮献馘。淑问如皋
yáo zài pàn xiàn qiú
陶②，在泮献囚。

jǐ jǐ duō shì kè guǎng dé xīn huán huán yú zhēng tī
济济多士，克广德心。桓桓于征，狄
bǐ dōng nán zhēng zhēng huáng huáng bù wú bù yáng bú jū
彼东南③。烝烝皇皇，不吴不扬。不告
yú xiōng zài pàn xiàn gōng
于讻④，在泮献功。

jiǎo gōng qí qiú shù shǐ qí sōu róng chē kǒng bó
角弓其觩，束矢其搜⑤。戎车孔博，
tú yù wú yì jì kè huái yí kǒng shū bú nì shì gù ěr
徒御无斁。既克淮夷，孔淑不逆。式固尔
yóu huái yí zú huò
犹，淮夷卒获。

piān bǐ fēi xiāo jí yú pàn lín shí wǒ sāng shèn huái
翩彼飞鸮，集于泮林。食我桑黮，怀
wǒ hǎo yīn jǐng bǐ huái yí lái xiàn qí chēn yuán guī
我好音⑥。憬彼淮夷，来献其琛⑦。元龟
xiàng chǐ dà lù nán jīn
象齿，大赂南金⑧。

① 孝：通“效”（xiào），效法。祜：福。② 淑问：善于审问。③ 狄：通“剔”（tī），治理。④ 告：通“鞠”（jū），穷究，严格治罪。讻：诉讼。⑤ 搜：众，多。⑥ 怀：给予。⑦ 憬：远行的样子。琛：珍宝。⑧ 赂：通“璐”（lù），美玉。南金：南方产的黄金。

閟宫

閟宫有侐，实实枚枚①。赫赫姜嫄，其德不回②。上帝是依，无灾无害。弥月不迟，是生后稷。降之百福，黍稷重穋，植稺菽麦。奄有下国，俾民稼穑。有稷有黍，有稻有秬。奄有下土，缵禹之绪③。

后稷之孙，实维大王。居岐之阳，实始翦商。至于文武，缵大王之绪，致天之届④，于牧之野。“无贰无虞，上帝临女。”敦商之旅⑤，克咸厥功。王曰叔父：“建尔元子，俾侯于鲁。大启尔宇，为周室辅。”

①閟宫：神庙。侐：清静。实实：广大的样子。枚枚：细致严密的样子。②回：邪僻。③奄：包括，全部。缵：继承。绪：功绩。④致：执行，奉行。届：通“殛”（jí），诛杀，讨伐。⑤敦：治理。

nǎi mìng lǔ gōng bǐ hóu yú dōng cì zhī shān chuān tǔ
乃命鲁公，俾侯于东。锡之山川，土
tián fù yōng zhōu gōng zhī sūn zhuāng gōng zhī zǐ lóng qí chéng
田附庸。周公之孙，庄公之子。龙旂承
sì liù pèi ěr ěr chūn qiū fěi xiè xiǎng sì bú tè huáng
祀，六辔耳耳。春秋匪解，享祀不忒。皇
huáng hòu dì huáng zǔ hòu jì xiǎng yǐ xīng xī shì xiǎng shì
皇后帝！皇祖后稷！享以骍牺，是飨是
yí jiàng fú jì duō zhōu gōng huáng zǔ yì qí fú rǔ
宜，降福既多。周公皇祖，亦其福女。

qiū ér zài cháng xià ér bì héng bái mǔ xīng gāng
秋而载尝，夏而楅衡①。白牡骍刚，
xī zūn qiāng qiāng máo páo zì gēng biān dòu dà fáng wàn wǔ
牺尊将将。毛炰胾羹，笾豆大房②。万舞
yáng yáng xiào sūn yǒu qìng bǐ ěr chì ér chāng bǐ ěr shòu
洋洋，孝孙有庆。俾尔炽而昌，俾尔寿
ér zāng bǎo bǐ dōng fāng lǔ bāng shì cháng bù kuī bù bēng
而臧。保彼东方，鲁邦是常。不亏不崩，
bú zhèn bù téng sān shòu zuò péng rú gāng rú líng
不震不腾。三寿作朋，如冈如陵。

gōng chē qiān shèng zhū yīng lǜ téng èr máo chóng gōng
公车千乘，朱英绿縢。二矛重弓，
gōng tú sān wàn bèi zhòu zhū qīn zhēng tú zēng zēng róng dí
公徒三万。贝胄朱綅，烝徒增增。戎狄
shì yīng jīng shū shì chéng zé mò wǒ gǎn chéng bǐ ěr chāng
是膺，荆舒是惩，则莫我敢承③。俾尔昌

① 尝：秋祭。楅衡：在牛角上加上横木防止牛角碰坏，这里指为秋祭挑选牛牲。② 大房：祭祀时盛牛羊等祭品的礼器，又叫俎。③ 膺：击。承：抵抗，对抗。

ér chì bǐ ěr shòu ér fù huáng fà tái bèi shòu xū yǔ shì
而炽，俾尔寿而富。黄发台背，寿胥与试①。
bǐ ěr chāng ér dà bǐ ěr qí ér ài wàn yǒu qiān suì
俾尔昌而大，俾尔耆而艾②。万有千岁，
méi shòu wú yǒu hài
眉寿无有害。

tài shān yán yán lǔ bāng suǒ zhān yǎn yǒu guī méng suì
泰山岩岩，鲁邦所詹。奄有龟蒙，遂
huāng dà dōng zhì yú hǎi bāng huái yí lái tóng mò bú
荒大东③。至于海邦，淮夷来同。莫不
shuài cóng lǔ hóu zhī gōng
率从，鲁侯之功。

bǎo yǒu fú yì suì huāng xú zhái zhì yú hǎi bāng
保有凫绎，遂荒徐宅④。至于海邦，
huái yí mán mò jí bǐ nán yí mò bú shuài cóng mò gǎn
淮夷蛮貊。及彼南夷，莫不率从。莫敢
bú nuò lǔ hóu shì ruò
不诺，鲁侯是若⑤。

tiān cì gōng chún gǔ méi shòu bǎo lǔ jū cháng yǔ xǔ
天锡公纯嘏，眉寿保鲁。居常与许，
fù zhōu gōng zhī yǔ lǔ hóu yàn xǐ lìng qī shòu mǔ yí
复周公之宇。鲁侯燕喜，令妻寿母。宜
dà fū shù shì bāng guó shì yǒu jì duō shòu zhǐ huáng fà
大夫庶士，邦国是有。既多受祉，黄发
ní chǐ
儿齿⑥。

① 试：比。寿胥与试：可与长寿之人相比。② 耆、艾：指长寿。③ 龟、蒙：山名。荒：拥有。④ 凫、绎：山名。徐宅：徐国。⑤ 诺：听从，服从。若：善，好。⑥ 黄发儿齿：指人长寿。

cú lái zhī sōng xīn fǔ zhī bǎi shì duàn shì duó shì
徂来之松，新甫之柏①。是断是度，是
xún shì chǐ sōng jué yǒu xì lù qǐn kǒng shuò xīn miào yì
寻是尺②。松桷有舄，路寝孔硕，新庙奕
yì xī sī suǒ zuò kǒng màn qiě shuò wàn mín shì ruò
奕③。奚斯所作，孔曼且硕④，万民是若。

①徂来、新甫：山名。②断：斩断。度：砍断。寻：八尺为寻，用作动词，用寻丈量。尺：用作动词，用尺量。③新庙：指闷宫。④奚斯：人名。作：作此诗。曼：长。硕：宏大。

shāng sòng

商颂

“商”，国名，商汤所建立的国家，是西周之前天下诸侯的共主。周公平定三监之乱后，周成王将商朝旧都商丘（今河南商丘一带）封给商纣王的庶兄微子启，由他修商汤之礼乐以奉其历代先祖，特别是祭祀他们的始祖商汤，是为宋国，是周成王给予宋国国君的一种特殊优待。《商颂》现存诗5篇，是商朝流传下来的祭祀祖先的颂歌，后可能经过了春秋时期宋人的润色。

nuó
那

yī yú nuó yú zhì wǒ táo gǔ zòu gǔ jiǎn jiǎn
猗与那与①，置我鞉鼓。奏鼓简简，
kàn wǒ liè zǔ tāng sūn zòu gé suí wǒ sī chéng táo
衎我烈祖②。汤孙奏假，绥我思成③。鞉
gǔ yuān yuān huì huì guǎn shēng jì hé qiě píng yī wǒ qìng
鼓渊渊，嘒嘒管声。既和且平，依我磬
shēng wū hè tāng sūn mù mù jué shēng yōng gǔ yǒu yì wàn
声。於赫汤孙，穆穆厥声。庸鼓有斁，万
wǔ yǒu yì wǒ yǒu jiā kè yì bù yí yì zì gǔ zài
舞有奕④。我有嘉客，亦不夷怿。自古在
xī xiān mín yǒu zuò wēn gōng zhāo xī zhí shì yǒu kè gù
昔，先民有作。温恭朝夕，执事有恪。顾
yú zhēng cháng tāng sūn zhī jiāng
予烝尝，汤孙之将⑤。

liè zǔ
烈祖

jiē jiē liè zǔ yǒu zhì sī hù shēn cì wú jiāng
嗟嗟烈祖！有秩斯祜⑥。申锡无疆，

① 猗、那：美盛。与：语气词，表示赞美。② 衎：快乐，愉悦。③ 奏假：同“昭假”，祭祀以祈祷神灵降临。绥：赐予。思：语助词。成：和平，太平。④ 庸：通“镛”（yōng），大钟。斁、奕：盛大。⑤ 顾：光临。烝：冬祭。尝：秋祭。将：奉，进献。⑥ 秩：大。

jí ěr sī suǒ jì zài qīng gū lài wǒ sī chéng yì yǒu hé
及尔斯所①。既载清酤，赉我思成。亦有和
gēng jì jiè jì píng zōng gé wú yán shí mǐ yǒu zhēng
羹，既戒既平②。鬷假无言，时靡有争③。
suí wǒ méi shòu huáng gǒu wú jiāng yuē qí cuò héng bā luán
绥我眉寿，黄耇无疆。约軧错衡，八鸾
qiāng qiāng yǐ gé yǐ xiǎng wǒ shòu mìng pǔ jiāng zì tiān
鸧鸧。以假以享，我受命溥将④。自天
jiàng kāng fēng nián ráng ráng lái gé lái xiǎng jiàng fú wú jiāng
降康，丰年穰穰。来假来飨，降福无疆。
gù yú zhēng cháng tāng sūn zhī jiāng
顾予烝尝，汤孙之将。

xuán niǎo
玄鸟

tiān mìng xuán niǎo jiàng ér shēng shāng zhái yīn tǔ máng máng
天命玄鸟，降而生商，宅殷土芒芒。
gǔ dì mìng wǔ tāng zhēng yù bǐ sì fāng fāng mìng jué hòu
古帝命武汤，正域彼四方⑤。方命厥后，
yǎn yǒu jiǔ yù shāng zhī xiān hòu shòu mìng bú dài zài wǔ
奄有九有⑥。商之先后，受命不殆，在武
dīng sūn zǐ wǔ dīng sūn zǐ wǔ wáng mǐ bú shèng lóng
丁孙子。武丁孙子，武王靡不胜⑦。龙

①申：一再，重复。及：到，至。②和羹：调好的汤。戒：齐备。平：正。③鬷假：奏假，敬事神灵。争：争论。④假、享：鬼神享用祭祀。溥将：广大长久。⑤古帝：上帝。正：通“征”（zhēng），征伐。域：有。⑥方：普遍。有：通“域”（yù），州。九有：九域。⑦此二句或应为：受命不殆，在武王孙子。武王孙子，武丁靡不胜。大意为：天命永在武汤的子孙中，武汤的孙子中武丁是无不胜任的。

qí shí shèng dà chì shì chéng bāng jī qiān lǐ wéi mín
旂十乘，大糦是承①。邦畿千里，维民
suǒ zhǐ zhào yù bǐ sì hǎi sì hǎi lái gé lái gé qí
所止，肇域彼四海。四海来假②，来假祁
qí jǐng yuán wéi hé yīn shòu mìng xián yí bǎi lù shì hè
祁。景员维河，殷受命咸宜，百禄是何③。

cháng fā
长发

jùn zhé wéi shāng cháng fā qí xiáng hóng shuǐ máng máng
濬哲维商，长发其祥④。洪水芒芒，
yǔ fū xià tǔ fāng wài dà guó shì jiāng fú yuán jì cháng yǒu
禹敷下土方，外大国是疆。幅陨既长，有
sōng fāng jiāng dì lì zǐ shēng shāng
娀方将，帝立子生商⑤。

xuán wáng huán bō shòu xiǎo guó shì dá shòu dà guó shì
玄王桓拨，受小国是达，受大国是
dá shuài lǐ bú yuè suí shì jì fā xiàng tǔ liè liè
达⑥。率履不越，遂视既发⑦。相土烈烈，
hǎi wài yǒu jié
海外有截⑧。

①糦：酒食。承：进献。②假：通“格”(gé)，到。③景：景山。员：周围。河：黄河。何：通“荷”(hè)，蒙受。④长：常，久。发：兴发，显现。⑤幅陨：通“幅员”，疆域。有娀：氏族名，这里指契的母亲有娀氏。将：大，这里指有娀氏正在壮年。⑥玄王：即契。桓拨：英明。受：接受。达：通达，顺利。⑦履：通“礼”(lǐ)，礼，礼仪。视：巡视。既：尽，都。发：施行。⑧相土：人名，契的孙子。截：整齐。

dì mìng bù wé zhì yú tāng qí tāng jiàng bù chí shèng
帝命不违，至于汤齐。汤降不迟，圣
jìng rì jī zhāo gé chí chí shàng dì shì zhī dì mìng shì
敬日跻①。昭假迟迟，上帝是祗，帝命式
yú jiǔ wéi
于九围②。

shòu xiǎo qiú dà qiú wéi xià guó zhuì liú hè tiān zhī
受小球大球，为下国缀旒，何天之
xiū bú jìng bù qiú bù gāng bù róu fū zhèng yōu yōu
休③。不竞不絿，不刚不柔。敷政优优，
bǎi lù shì qiú
百禄是遒。

shòu xiǎo gǒng dà gǒng wéi xià guó jùn máng hè tiān zhī
受小共大共，为下国骏厖④。何天之
chǒng fū zòu qí yǒng bú zhèn bú dòng bù nǎn bù sǒng bǎi
龙，敷奏其勇。不震不动，不戁不竦，百
lù shì zǒng
禄是总⑤。

wǔ wáng zài pèi yǒu qián bǐng yuè rú huǒ liè liè
武王载旆，有虔秉钺⑥。如火烈烈，
zé mò wǒ gǎn è bāo yǒu sān niè mò suì mò dá jiǔ
则莫我敢曷。苞有三蘖，莫遂莫达⑦。九
yù yǒu jié wéi gù jì fá kūn wú xià jié
有有截，韦顾既伐，昆吾夏桀⑧。

①降：降生。圣：明智，明通。敬：恭谨。跻：升，进。日跻：与日俱增。②迟迟：久，长久。祗：敬。式：法则，典范。九围：九州。③球：象征权力的玉。缀旒：表率。④共：通“拱”(gǒng)，法，法则。骏厖：庇护。⑤戁：恐。竦：惧。总：集聚，聚合。⑥武王：商汤。有虔：威武的样子。⑦苞：本。蘖：分枝。遂：生。达：长。⑧九有：九州。截：整治。韦、顾、昆吾：国名。夏桀：人名，夏朝亡国君主。

xī zài zhōng yè yǒu zhèn qiě yè yǔn yě tiān zǐ

昔在中叶，有震且业①。允也天子，

jiàng yú qīng shì shí wéi ē héng shí zuǒ yòu shāng wáng

降予卿士②。实维阿衡，实左右商王③。

yīn wǔ
殷武

tà bǐ yīn wǔ fèn fá jīng chǔ shēn rù qí zǔ

挞彼殷武④，奋伐荆楚。罙入其阻，

póu jīng zhī lǚ yǒu jié qí suǒ tāng sūn zhī xù

裒荆之旅⑤。有截其所⑥，汤孙之绪。

wéi rǔ jīng chǔ jū guó nán xiāng xī yǒu chéng tāng zì

维女荆楚，居国南乡。昔有成汤，自

bǐ dī qiāng mò gǎn bù lái xiǎng mò gǎn bù lái wàng yuē

彼氐羌，莫敢不来享，莫敢不来王，曰

shāng shì cháng

商是常。

tiān mìng duō bì shè dū yú yǔ zhī jì suì shì lái

天命多辟，设都于禹之绩⑦。岁事来

bì wù yǔ guò zhé jià sè fěi xiè

辟，勿予祸适，稼穑匪解⑧。

① 中叶：指汤在位时。震：震荡。业：危险。② 允：确实，的确。降：赐。予：给予。③ 阿衡：人名，即伊尹。左右：辅佐。④ 挞：勇猛威武的样子。殷武：殷王武丁。⑤ 罙：通“深”（shēn）。阻：险阻，险要。裒：俘虏。⑥ 截：整齐。其所：其地，指荆楚。⑦ 天：指商王。多辟：诸侯。绩：地。⑧ 辟：朝见君王。祸：通“过”（guò），责备。适：通“谪”（zhé），责罚。

tiān mìng jiàng jiān xià mín yǒu yán bú jiàn bú làn bù
天命降监，下民有严。不僭不滥，不
gǎn dài huáng mìng yú xià guó fēng jiàn jué fú
敢怠遑。命于下国，封建厥福①。

shāng yì yì yì sì fāng zhī jí hè hè jué shēng
商邑翼翼，四方之极②。赫赫厥声，
zhuó zhuó jué líng shòu kǎo qiě níng yǐ bǎo wǒ hòu shēng
濯濯厥灵。寿考且宁，以保我后生。

zhì bǐ jǐng shān sōng bǎi wán wán shì duàn shì qiān fāng
陟彼景山，松柏丸丸。是断是迁，方
zhuó shì qián sōng jué yǒu chān lǚ yíng yǒu xián qǐn chéng
斫是虔③。松桷有梴，旅楹有闲，寝成
kǒng ān
孔安④。

① 封：大。建：建立。一说封建为分封诸侯。② 商邑：商的都城。极：准则。③ 断：斩断。迁：迁移，运走。方：是。斫：砍。虔：削。④ 桷：椽子。梴：木头长长的样子。旅：成排的。楹：柱子。闲：高大的样子。寝：寝庙，宗庙的后殿。

参考文献

[1]程俊英、蒋见元:《诗经注析》,中华书局,1991 年。

[2][清]方玉润撰,李先耕点校:《诗经原始》,中华书局,2021 年。

[3]高亨注:《诗经今注》,上海古籍出版社,2019 年。

[4]华锋、边家珍、乘舟译注:《诗经诠译》,大象出版社,2019 年。

[5]李山撰:《诗经选》,商务印书馆,2015 年。

[6]骆玉明解注:《诗经》,三秦出版社,2018 年。

[7][清]马瑞辰撰,陈金生点校:《毛诗传笺通释》,中华书局,1989 年。

[8]毛亨传,郑玄笺,孔颖达疏:《毛诗正义》,台湾艺文印书馆,2007 年。

[9]王力编:《王力古汉语字典》,中华书局,2000 年。

[10][清]王先谦撰,吴格点校:《诗三家义集疏》,北京:中华书局,2021 年。

[11]向熹编著:《诗经词典》,商务印书馆,2014 年。

[12]杨合鸣译注:《诗经译注评》,崇文书局,2017 年。

[13] 中华书局经典教育研究中心编，战学成注释：《诗经诵读本》，中华书局，2020 年。

[14][宋]朱熹集注，赵长征点校：《诗集传》，中华书局，2011 年。